KB064264

당신의 미래를 세탁해드립니다

당신의 미래를 세탁해 드립니다

정욱
장편소설

차례

RESET

한겨울이라고 믿기지 않을 만큼 따뜻한 날이었다. 태오는 양어깨를 최대한 움츠린 채 사람들로 가득한 종로 거리를 빠져나갔다. 종각역과 보신각 사이에는 발 디딜 틈 없이 많은 인파가 몰려 있었다. 걷기만 하는데도 이마와 겨드랑이에 땀이 맺혔다.

3년 만에 열리는 보신각 타종 행사였다. 방역지침이 느슨해졌을지언정 아직 전염병이 종식된 게 아닌데도 사람들은 마스크를 하고 종루 앞으로 꾸역꾸역 밀려들었다. 커다란 스피커를 통해 야외지만 마스크를 써달라는 주최 측의 방송이 주기적으로 흘러나왔다. 한쪽에서는 구급차의 요란한 사이렌

소리가 들려왔고, 행사 현장을 통제하는 경찰의 호루라기와 확성기 소리도 끊이지 않았다. 태오는 그런 아비규환을 뚫고 묵묵히 걸음을 옮겼다. 한 해의 마지막 날인 오늘, 그가 종로에 온 건 타종 행사를 보기 위해서가 아니었다.

마침내 사람들의 장벽을 뚫고 나오자 청계천 바로 앞에 있는 회사 빌딩이 보였다. 불이 전부 꺼진 30층짜리 빌딩이 시커멓게 서 있는 모습이 낯설었다. 태오는 보안요원들이 있는 정문을 피해 화물용 엘리베이터가 있는 쪽문으로 향했다.

화물용 엘리베이터 앞에는 비상구 유도등만이 희미한 빛을 내고 있었다. 태오는 엘리베이터 버튼을 찾으려 핸드폰을 꺼냈다. 손전등 버튼만 누를 생각이었는데, 안면 인식이 되어 핸드폰 잠금이 풀렸다. 전화와 메신저 앱의 배지에 확인하지 않은 알림의 숫자가 적혀 있었다. '999+' 굳이 앱을 열어보지 않아도 알 수 있었다. 태오를 찾는 회사 동료들과 감사팀의 연락일 게 뻔했다.

"멍청한 놈들……."

태오가 텅 빈 회사 건물을 떠올리며 조소하는 사이, 엘리베이터가 도착했다. 태오는 안으로 선뜻 들어가지 못하고 서 있다가, 비상구 유도등을 바라봤다. 문밖으로 달려 나가는 사람의 녹색 형상이 그려져 있었다. 저렇게 도망치고 싶다고 생각하며 태오는 엘리베이터에 타서 최상층 버튼을 눌렀다.

성공하고 싶었다. 이제 서른넷, 서울 상위권 대학을 나와 국내에서도 손꼽히는 유명 금융 기업 오성증권에 입사했지만 그걸로는 부족했다. 태오의 부모님은 가난하다고 할 수는 없었지만 부자도 아니었다. 강남에서 나고 자란 회사 동기들이 벤츠니 BMW니 하는 차를 살 때, 태오는 36개월 할부로 간신히 아반떼를 사는 게 고작이었다. 이제 삼십대 초중반에 불과한 선후배들이 주말마다 골프 라운딩을 가고 호캉스를 즐기는 동안 태오는 열 평 남짓한 원룸 오피스텔에서 게임을 하거나 비슷한 처지의 친구들과 동네 호프집에서 맥주잔을 기울였다.

　태오는 먹고살기 위해 아등바등하는 생계형 직장인의 인생이 아니라 회사는 취미로 다니는 우아한 삶을 살고 싶었다. 소위 말하는 경제적 자유를 갖고 싶었다. 때마침 전 세계를 휩쓴 팬데믹이 어마어마한 유동성을 불러일으켰다. 쉽게 말해 돈 놓고 돈 먹는 세상이 펼쳐진 것이다. 자고 일어나면 주식이 상한가를 쳤고 부동산값이 폭등했다. 2018년 이후로 끝났다고 생각했던 가상화폐의 가치가 끝 간 데 모르고 치솟았다.

　초조했다. 원래 잘살던 사람들은 아무것도 안 해도 가지고 있던 자산이 불어났지만, 자신처럼 통장에 든 몇백만 원과 전세 보증금이 전부인 사람들은 가만히 있다가는 유행하는 말처럼 그야말로 벼락거지가 될 판이었다. 그래서 투자를 시작했다. 평일엔 회사 화장실에 틀어박혀 주식과 가상화폐를 사고팔았고, 주말엔 서울 곳곳을 임장 다니며 갭투자 할 부동산 매물을 알아봤다.

처음엔 손쉽게 돈이 불어나는 것 같았다. 돈이 마구 복사된다는 인터넷 표현을 이해할 수 있을 것 같았다. 기세를 탄 태오는 영혼까지 끌어다 쓴다는 '영끌'을 시도했다. 한도의 한도까지 긁어모아 은행 빚을 내서 재개발이 확실하다는 30년 된 아파트를 샀다. 남은 돈은 미련 없이 가상화폐에 투자했다. 태오는 희망에 부풀었다. 30년 된 아파트와 가상화폐가 자신을 저 위 세상으로 데려다주리라 확신했다. 상류층으로 가는 마지막 사다리를 탄 자신이 기특했다.

그런데 어느 날, 지구 저편에서 전쟁이 일어났다는 소식이 들려왔다. 전 세계의 경기를 부풀리던 거대한 거품이 터져버렸다. 거짓말처럼 글로벌 불황이 찾아왔다. 은행들은 약속이나 한 듯 일제히 금리를 올렸고, 우리나라는 물론 영원할 것 같던 미국 증시도 바닥을 향해 내달렸다.

월급의 대부분을 이자로 내고 있던 태오는 오른 금리를 버틸 수 없었다. 은행에서 저축은행으로, 저축은행에서 사채로 돈을 구하러 뛰어다녔지만 빌리는 돈보다 갚아야 할 돈이 더 빨리 늘어났다. 그때 눈에 들어온 게 담당하고 있던 법인 고객의 계좌였다. 잠깐만, 한 번만, 반등하고 돌려놓으면 된다고 스스로를 속였다. 하지만 그 한 번의 반등은 결국 오지 않았다.

  땡 하는 소리와 함께 엘리베이터가 옥상에 도착했다. 태오는 어둠이 깔린 옥상으로 무거운 발걸음을 옮겼다. 더는 도망칠 곳이 없었다. 정원처럼 꾸며진 휴게공간의 끝까지 걸어가 야트막한 나무 울타리를 넘었다. 비명을 지르며 울부짖고 싶은 기분이었지만, 무표정한 얼굴로 고요히 걸었다. 태오는 담담하게 계획대로 움직였다. 끝까지 걸어 난간 위로 올라갔다. 난간은 붙박이 사다리를 타야 겨우 올라갈 수 있을 정도로 높았다. 세찬 바람이 태오를 덮쳤다. 태오는 코트 안주머니를 뒤져 팩소주를 꺼냈다. 혹시나 마지막 순간 용기가 나지 않을까 두려워 산 것이었다. 이 세상에서 즐기는 최후의 만찬이기도 했다. 팩소주 뚜껑을 따 입으로 가져가는 손이 심하게 떨렸다.
  저 멀리 타종 행사를 보러 온 사람들이 보였다. 온통 불이 꺼진 빌딩 숲 사이로 그곳만이 환하고 따뜻한 공간처럼 보였다. 새해에 대한 희망을 품고 모여든 사람들. 그리고 그 희망을 그대로 간직한 채 내일을 맞이할 사람들.
  그때 문득 태오의 얼굴로 빗방울이 떨어졌다. 한겨울에 눈도 아니고 비라니. 게다가 이런 미지근한 감촉이라니. 태오는 이런 날씨마저 세상에서 엇나가버린 자신을 조롱하는 것 같아 쓰게 웃었다.

사람들의 함성 소리가 선명하게 들렸다. 이제 곧 새해를 맞이하는 카운트다운을 시작할 모양이었다. 태오는 사람들이 세는 숫자를 들으며 다리에 힘을 줬다. 온몸이 떨려와 이를 악물고 눈을 질끈 감았다. 이제 시간이 다가오고 있었다. 5! 4! 3! 2! 1!

"씨바아아아알!"

태오는 옥상 난간 밖으로 몸을 던졌다.

난간에서 발을 뗀 순간, 태오는 바로 후회했다. 다른 방법은 없었을까? 하지만 온몸으로 느껴지는 낙하감은 그에게 이미 늦었다는 걸 말해주고 있었다. 싫다, 싫다, 죽기 싫다! 그렇게 외치며 태오는 눈을 꼭 감았다.

§

등에 둔탁한 충격이 느껴졌다. 태오는 순간 숨을 쉴 수 없었다. 등의 충격이 그대로 폐에 전달된 모양이었다. 투신자살하는 사람은 보통 떨어지는 도중 심장마비로 죽는다고 하던데, 자신은 그런 보통의 경우에 들지 못한 듯했다. 마지막의 마지막까지 재수가 없다고 생각하며, 태오는 눈을 감은 채 다가올

죽음을 기다렸다.

그런데 어째 한참을 기다려도 아무런 변화가 없었다. 아니, 오히려 폐의 충격이 서서히 사라지며 숨쉬기가 한결 편안해 졌다. 죽음이란 이런 것인가? 의문이 들었다. 충격이 있었던 등은 물론, 팔과 다리, 머리 어디 한 군데 아픈 곳이 없었다. 태오는 살며시 눈꺼풀을 들어 올렸다.

한쪽이 보랏빛으로 나간 형광등이 눈에 들어왔다. 고개를 돌리니 어딘지 익숙한 노란 장판과 빛바랜 벽지, 낡은 책상과 옷장이 눈에 들어왔다.

태오가 누워 있는 곳은 그의 자취방이었다. 정확히는 자취방이었던 곳이다. 대학 시절부터 직장에 들어갈 때까지 살았던 곳. 입사한 후 얼마 지나지 않아 회사 근처 오피스텔로 이사했으니까 태오로서도 수년 만에 보는 풍경이었다.

태오는 상체를 일으켜 앉았다. 지금 상황이 이해가 가지 않았다. 빌딩에서 떨어졌으면 그 아래의 아스팔트나 보도블록, 운 좋아야 화단으로 떨어지는 게 정상이다. 설마 이미 죽어서 저세상에 온 것일까? 사후세계가 고작 오래된 자취방의 모습이라니. 초라했던 인생과 잘 어울린다고 해야 할까? 그런 생각에 순간 짜증이 치민 태오는 양손을 들어 자기 뺨을 호되게 내리쳤다. 짜악, 하는 소리와 함께 양쪽 얼굴이 얼얼해졌다. 죽은 다음에 느낀 거라면 억울할 정도의 아픔이었다.

생각할수록 이상한 점은 또 있었다. 애초에 지금 있는 이 빌라는 태오가 이사 가고 얼마 지나지 않아 재건축을 위해 헐렸다고 들었다. 이렇게 태오가 살던 시절 그대로의 모습으로 남아 있을 리 없었다. 그런데 방 안에는 태오가 예전에 쓰던 물건들이 그대로 있었다. 노끈에 묶여 방 한구석에 놓여 있는 전공 책들, 벽에 가지런히 걸린 정장 한 세트. 대학 졸업반 시절 회사에 붙어 입사일을 기다리던 딱 그 시절의 풍경이었다.

그제야 자신이 입고 있는 옷도 달라졌다는 걸 깨달았다. 분명 정장에 코트를 입고 있었는데, 지금은 목이 다 늘어난 후줄근한 티셔츠와 추리닝 바지를 입고 있었다.

태오는 방 한편에 널브러져 있는 패딩을 주워 입고 방을 나섰다. 밖은 어둡고 한겨울 새벽바람이 서늘했다. 빌라 밖으로 나와보니, 길 건너편 교회에서 사람들이 웅성거리는 소리가 들렸다. 그제야 자취방 앞에 교회가 있어 주말마다 소음에 시달렸던 기억이 났다. 예전에는 그렇게 싫었는데, 지금은 그게 뭐든 사람의 기척이 있다는 게 오히려 안심됐다.

약간은 반가운 마음을 품고 그쪽으로 다가가던 태오는 교회 건물에 붙어 있는 커다란 현수막을 보고 묘한 위화감을 느꼈다. 한쪽 벽을 가득 메운 현수막에는 송구영신 예배와 신년 감사 예배를 진행한다는 내용이 적혀 있었다. 특별할 게 없는 내용이었지만, 같이 쓰여 있는 연도가 문제였다.

"새해를 하나님과 함께…… 2018?"

분명 회사 빌딩에서 뛰어내리기 전까지만 해도 2023년을 맞이하는 타종 행사를 하고 있었는데 2018년 현수막이라니. 예전 걸 재활용했다기엔 너무 새것처럼 보였다. 태오는 골목 어귀에 설치된 반사경에 자기 얼굴을 비춰봤다. 어둑한 가로등 아래였지만 대학생 시절 하고 다녔던 투블럭 스타일의 머리가 눈에 들어왔다. 태오는 교회로 향하던 발걸음을 되돌려 자취방으로 뛰어 돌아갔다. 어떤 말도 안 되는 생각이 들었기 때문이었다.

자취방에는 역시 대학 시절부터 쓰던 노트북이 있었다. 전원을 켜고 바로 포털 사이트에 들어갔다. 익숙한 초록 창이 약간 촌스러운 디자인을 하고 있었다. 태오의 등에 오스스 소름이 돋았다. 포털 사이트 메인 화면에는 2018년 새해를 축하한다는 문구가 띄워져 있었다. 혼란한 마음에 점점 가빠오는 숨을 느끼며 방 안을 둘러봤다. 더 확인할 무언가가 필요했다. 자취방에 TV는 없었고, 시계는 벌써 새벽 1시를 가리키고 있었다. 태오는 핸드폰을 찾았다. 회사 옥상에서 들고 있던 최신형 모델이 아니라 예전에 쓰던 구형 모델이 침대 위에 있었다. 새해 축하 메시지가 몇 개 와 있었다. 물론 메시지의 날짜는 2018년 1월 1일이었다.

태오는 핸드폰을 들고 우뚝 선 채 미동도 하지 않았다. 머릿속이 너무 혼란스러운 나머지 움직일 수 없었다는 게 정확할 것이다. 방금 전까지만 해도 죽고자 했던 몸이다. 갑작스러운 상황이 꿈인지 생시인지도 분간이 가지 않았다. 죽기 전에 겪는다는 주마등이 아닐까 하는 생각까지 들었다. 하지만 두근거리는 심장이, 거칠어진 호흡이, 축축해진 손바닥이 모두 지금 이 순간이 현실이라고 말해주고 있었다.

확실했다. 왜인지는 몰라도 태오는 죽음 직전에 2023년에서 5년 전인 2018년으로 돌아왔다. 그것도 대학을 졸업하고 내로라하는 대기업인 오성증권에 합격해 입사일만을 기다리던 그 순간으로.

어떻게? 왜? 의문이 머릿속을 가득 채웠을 때, 태오의 뇌리에 번뜩이는 한 가지 생각이 있었다. 그래, 이 순간 가장 중요한 것. 지금 이 상황이 어떻게 된 일인지는 중요하지 않았다. 자신이 과거로 돌아온 게 사실이라면, 이제 투자에 실패해 회삿돈까지 횡령했던 남태오는 없는 것이다. 거기까지 생각이 미치자, 태오의 잇새로 비명 같은 소리가 터져 나왔다. 태오는 미친 듯 소리를 지르며 좁은 자취방 안을 뛰어다녔다. 됐다. 됐다. 됐다! 이거야말로 그가 꿈꾸던 반전이다. 흥분은 쉽사리 멈추지 않았다. "거, 조용히 좀 합시다!"라는 소리가 어딘가에서 들려올 때까지.

한바탕 난리를 친 태오는 침대에 누워 천장을 바라봤다. 팔다리의 생생한 감각, 가슴이 오르내리는 호흡의 느낌, 이건 절대 꿈이 아니었다. 두근대다 못해 다그닥거리며 날뛰는 가슴을 간신히 진정시키며 머릿속을 정리했다.

아무래도 5년 전으로 돌아온 듯했다. 날짜도 맞춘 듯 새해 첫날이었다. 2018년 1월 1일. 그렇다면 지금부터 2022년 말까지 어떤 일이 있었는지 기억을 되짚어야 했다. 사소한 일들은 필요 없었다. 비트코인의 등락, 어떤 주식이 상한가를 쳤는지, 부동산 폭등이 시작된 시기가 언제인지 정도만 알아도 충분했다. 태오는 영화나 소설 속 시간 회귀물의 주인공들을 떠올렸다. 어느 날 갑자기 과거로 돌아가 미래에 대한 지식을 토대로 자신의 인생을 바꿔버린 주인공들. 자신도 그들 못지않게 잘할 수 있다고 다짐했다. 이 기회는 반드시 잡아야 했다.

침대에 누운 채 그런 생각들을 하나하나 떠올리고 있자니, 잔뜩 긴장하고 있던 온몸의 기운이 서서히 빠져나가는 것이 느껴졌다. 태오는 침대에 몸을 맡기고 눈을 감았다. 긴장이 풀리자 잠이 쏟아졌다. 안도의 마음 때문일까, 자신도 모르게 눈물이 관자놀이를 타고 흘러 베개를 적셨다. 잠이 든 태오는 슬픈 꿈을 꾸는 아이처럼 웅크렸다. 눈을 떴을 때도 이 현실이 계속되기만을 빌며.

§

　태오는 거울을 보며 단장했다. 콧노래가 절로 나왔다. 가장 멀끔한 옷을 찾아 옷장을 뒤적거리면서 연신 시계를 쳐다봤다. 아직 오전 10시, 좀 이른 시간이다. 자꾸만 조급해지는 마음을 애써 억누르며, 태오는 새삼스럽게 찬장 구석에 박혀 있던 홍차 티백을 꺼내 머그컵에 우렸다. 여자친구인 미연이 사준 차라는 사실을 기억해내곤 빙그레 웃었다.

　아침에 눈을 뜨고 머리를 몽롱하게 만들던 수마가 물러난 순간, 태오는 다시 한번 소리 지르며 침대 위를 데굴데굴 굴렀다. 여전히 5년 전 과거에 있다. 그 사실 하나만으로도 세상을 다 가진 듯한 기분이 들었다.

　곧장 노트와 펜을 찾아 어제 잠들기 전 떠올렸던 것들, 앞으로 5년간 일어날 일들을 적기 시작했다. 처음엔 주로 투자와 관련된 사항을 적어나갔지만, 차츰 자신에게 있었던 개인적인 일들도 하나씩 썼다. 기억을 지닌 채 과거로 돌아옴으로써 단순히 돈뿐 아니라 자신의 주변 관계도 획기적으로 바꿀 수 있다는 생각이 들었기 때문이었다.

　가장 먼저 떠오른 건 미연이었다. 아니, 사실은 애써 떠올리지 않으려 했을 뿐, 늘 마음 한구석에 담아두고 살고 있었다. 대학 시절부터 수년을 사귀어온 그녀다. 번듯한 자산을 만들어 미연에게 프러포즈 하겠다는 바람은 태오가 그토록 투자에 매달렸던 이유 중 하나였다. 아이러니하게도 그녀는 태오가 투자에 미쳐 폐인이 돼가는 모습을 보고 떠나버렸지만.

하지만 지금은 아니다. 2018년이면 한창 미연과 알콩달콩 사귀고 있을 때였다. 그리고 1월 1일은 그녀와 데이트했던 날. 신입사원 연수에 들어가기 전 마지막 데이트였기 때문에 태오는 오늘 미연과 무엇을 했는지도 선명하게 기억하고 있었다. 투자에 관한 생각은 잠시 미루고 미연을 만나러 가기로 했다. 어차피 돈에 관한 건 오늘 당장 어떻게 할 수 있는 문제가 아니니 말이다.

차를 마시며 이런저런 추억을 떠올리던 태오는 약속 시간이 다가오자 자취방을 나서 그녀의 집으로 향했다. 태오의 자취방은 그의 대학교 근처에 있었고, 미연이 언니와 함께 사는 집 또한 근처였다. 둘은 캠퍼스 커플이었다. 그래서 이 시절엔 늘 그녀의 집까지 달리듯 걸어가곤 했었다. 그녀의 집으로 가는 길의 익숙한 풍경이 마음을 설레게 했다. 모든 게 선명했고, 즐거웠고, 희망찼다. 몸을 따라 마음도 이십대로 돌아간 듯 싱그러웠다. 미연의 집 초인종을 누르기 전까지는.

벨 소리가 채 가시기도 전에 미연이 현관문을 벌컥 열었다. 그녀는 퀭한 눈으로 태오를 훑어봤다. 빨갛게 충혈된 눈에 눈빛만큼이나 목소리도 신경질적이었다.

"뭐야?"

"어? 오늘 만나기로⋯⋯."

"누가 왔어?"

생각지 못한 미연의 태도에 태오가 말을 잇지 못하고 있는데 그녀의 뒤에서 누군가 걸어 나왔다. 미연과 마찬가지로 잠을 못 잔 듯 푸석한 얼굴에 한바탕 울기까지 했는지 퉁퉁 부은 눈을 한 그녀의 언니였다.

"무슨 개소리야. 내가 왜 너랑 만나?"

"⋯⋯아니, 오늘 데이트하기로 한 날이잖아. 1월 1일."

"데이트? 이 마당에 그게 무슨."

미연은 답답하다는 듯 한숨을 쉬었다. 마치 헤어질 무렵의 그녀를 보는 것 같았다. 뭔가 이상함을 느낀 태오가 눈동자를 굴리고 있는데, 뒤에 있던 그녀의 언니가 태오에게 다가왔다.

"태오 맞지? 이게 얼마 만이야⋯⋯. 그런데 태오 넌 아무런 기억이 없니?"

갑작스러운 물음에 태오가 답을 하지 못하자, 미연의 언니는 다시 물었다.

"분명히 어제까지 2022년이었는데 자고 일어나니 갑자기 2018년이라잖아. 나 분명 미국에 있었는데, 정신 차려보니 한국이야. 남편도 집도 전부 사라졌어. 연락도 안 돼. 넌 안 그래? 전혀 기억이 없어?"

미연의 언니는 얼굴을 일그러뜨린 채 금방이라도 울음을 터뜨릴 듯한 표정을 짓고 있었다. 태오는 그런 미연의 언니를 바라보며 한 가지 사실을 알 수 있었다. 생각도 못 한 일이다. 과거로 돌아온 건 자신만이 아니었다.

"누나도? 그럼…… 미연이 너도?"

미연은 황망한 표정으로 자신과 언니를 차례로 쳐다보는 태오를 보며 입가를 일그러뜨렸다. 몇 달 전, 아니 이제는 먼 미래가 돼버린 그 시간까지 태오와 수년을 함께했던 그녀는 태오의 속마음을 금세 눈치 챘다.

"뉴스 안 봤구나. 그러니 그렇게 뻔뻔한 얼굴로 아무 일 없었다는 듯 내 앞에 나타났겠지. 너 혼자만 과거로 돌아왔다고 생각한 거지? 꺼져. 너한테 쓸 시간 없으니까."

미연은 차갑게 내뱉곤 언니를 감싸 안은 채 문을 닫고 들어가버렸다. 태오는 아무 말도 못 하고 우두커니 집 앞에 서 있다가 뻣뻣한 발걸음으로 떠나며 핸드폰을 꺼내 들었다. 아직 제대로 된 기사는 없었다. 그저 대혼란, 패닉 같은 자극적인 단어만 앞세운 단신들이 전부였다.

태오는 문득 주변을 둘러봤다. 방금까지 익숙한 길이라며 좋아했던 길거리의 풍경이 달라 보였다. 새해 첫날이자 휴일 점심께라고 하기엔 이상할 정도로 행인도 자동차도 없었고, 간간이 지나가는 사람들의 얼굴엔 묘한 긴장감과 공포가 엿 보였다.

태오는 뉴스 검색을 그만두고 인터넷 커뮤니티에 들어갔다. 정보를 얻기엔 차라리 그쪽이 빠를 것 같았다. 다행히 태오의 기대대로 커뮤니티엔 수많은 글이 있었다. 인적이 드문 현실과는 다르게 온라인에선 평소보다 수십, 수백 배의 목소리가 폭발하고 있었다. 그런 글들 하나하나에서 단신에서 말하던 대혼란과 패닉이 느껴져 태오는 자기도 모르게 소름이 돋은 팔뚝을 문질렀다. 한참 동안 커뮤니티 속 사람들의 말을 꿰맞추던 태오는 마침내 한 가지 결론에 도달했다. 믿기 어려웠다. 이건 어떤 영화나 소설 속에서도 보지 못했던 일이었다.

모든 사람이, 전 세계의 모든 사람이 한날한시에 5년 전으로 돌아온 것이다.

미래세탁소

"어서 오세요."

편의점 도어벨이 울리며 손님이 들어왔다. 진열대를 정리하던 점원은 손님 쪽은 쳐다보지도 않고 기계적인 목소리로 인사했다. 손님도 점원의 무성의한 인사를 무시하며 곧장 카운터로 가 진열된 담배를 둘러봤다.

"던힐 하나 주세요."

점원은 정리하던 물건을 내려놓고 잽싸게 카운터로 들어갔다.

"신분증 보여주세요."

"아, 집 앞이라 폰만 들고 왔는데. 그냥 이걸로 안 돼요?"

손님은 핸드폰의 페이 앱을 내밀며 말했다. 화면에는 결제용 바코드만 덜렁 떠 있었다. 점원은 손님을 위아래로 훑어보고는 한숨을 쉬며 속으로 중얼거렸다. 이거 민짜구만.

"안 됩니다. 신분증 있어야 구매하실 수 있어요."

단호한 점원의 태도에 손님은 잠시 생각하는 듯하다가, 안 되겠다 싶었는지 태도를 바꿔 애원하듯 말했다.

"저기, 제가 원래 스물둘이었거든요? 합법적으로 흡연하던 사람이었다고요. 근데 어느 날 갑자기 미성년자가 됐다고 담배를 피우면 안 된다는 거예요. 하루 한 갑씩 피우던 사람한테. 세상에 이런 법이 어딨어요?"

손님은 그렇게 한참 동안 장광설을 늘어놓았다. 살아온 날로 따지면 이제 스물셋이다, 다른 곳에서는 이렇게 사정을 이야기하면 다 알음알음 팔아준다는 등 온갖 말로 설득하려 했지만, 점원은 요지부동이었다. 죄송합니다, 안 됩니다. 두 마디만 반복할 뿐이었다. 점원의 철벽수비에 결국 지쳤는지 손님은 짜증이 가득한 얼굴로 편의점을 나가버렸다. 점원은 그런 손님의 등을 향해 다시 한번 기계적인 말투로 말했다. 안녕히 가세요. 손님이 나가고 다시 편의점이 조용해지자, 점원은 카운터 의자에 털썩 주저앉아 씁쓸하게 중얼거렸다.

"아직도 저런 사람이 있다니. 현실에 적응 못 하고 말이야."

그렇게 말하며 생기 없는 눈으로 허공을 응시하는 점원의 유니폼에는 '남태오'라고 쓰인 명찰이 힘없이 매달려 있었다.

아마 손님의 말은 진실일 것이다. 대충 봐도 고등학교 2, 3학년은 되어 보였으니까. 그렇다면 원래는 이십대 초반이었겠지. 하지만 그렇다고 해서 지금도 성인인 것은 아니다. 태오가 지금 잘나가는 증권맨이 아니라 동네 편의점 아르바이트생이듯이.

'리셋', 사람들은 알 수 없는 이유로 전 세계 사람들이 5년 전 과거로 돌아와버린 그날을 그렇게 불렀다. 초기화 버튼을 누른 것처럼 어느 순간 모든 게 예전으로 돌아왔으니 퍽 어울리는 이름이었다. 전 세계 정부와 과학자들이 리셋의 원인을 찾기 위해 달라붙었지만 별다른 성과를 내지 못하고 있었다. 그러는 사이 2018년 1월 1일로부터 벌써 1년 하고도 수개월이 지났다. 이제는 다들 바뀐 현실에 적응하며 살아가고 있었다. 그런데 아직도 내가 원래는 어쨌다는 식의 타령이라니, 태오로서는 받아주려야 받아줄 수 없었다.

리셋이 일어난 2018년 1월 1일. 원래는 2023년이 되었어야 할 그날, 지구상의 모든 사람은 혼란에 빠졌다. 당장 가장 문제가 된 케이스는 그 시간에 운전하고 있던 이들이었다. 국내에만 크고 작은 교통사고가 수백 건 일어난 것으로 집계됐다. 전 세계적으로는 몇 건의 비행기 추락사고도 보고됐다.

그다음으로 문제가 된 건 사회 시스템의 마비였다. 사회 인프라야 2018년이나 2023년이나 그대로 돌아갔지만, 문제는 그것을 운영해야 하는 사람이었다. 이직이나 퇴직, 부서 이동, 하다못해 승진 등 갖가지 이유로 한 사람이 5년 전과 후에 완전히 같은 일을 하는 경우는 생각보다 많지 않았다. 당장 버스나 지하철 등 대중교통이 제대로 움직이지 않았고, 언론도 기능을 하지 못해 상황에 대한 소식이 사회에 제대로 알려지지 않았다. 가장 큰 문제는 정부였다. 리셋이 일어나기 전 5년 사이 정권 교체가 일어난 것이다. 여당과 야당이 바뀌고, 다수당과 소수당이 뒤집혔다. 당시에는 언론 마비로 오히려 알려지지 않았지만, 후에 밝혀진 바론 내전이나 쿠데타까지 일어날수 있었던 일촉즉발의 상황이었다.

다행히도 혼란은 빠르게 수습됐다. 정치권의 어떤 합의가 있었는지 알려지지는 않았지만 정부는 '2018년을 기준으로 행동하라'는 지침을 발표했다. 사람의 기억을 제외한 모든 것이 2018년에 맞춰져 있었으니 가장 효율적인 방법이었던 셈이다. 우리나라 정부의 지침은 국제적으로도 모범 사례로 여겨져, 곧이어 많은 나라가 같은 지침을 시행했다.

몇 달 후, 국제 정상회담과 유엔 총회를 거쳐 '2018년 이후의 기억을 공식적으로 인정하지 않는다'라는 세계보건기구의 발표가 있었다. 다른 조직도 아니고 세계보건기구가 이 발표를 한 이유도 의미심장했는데, 현재 상황을 실존하는 현상으로 인정하지 않고 5년간의 기억을 일종의 집단환각, 즉 질병으로 치부한 것이었다. 2018년 이후의 기억들은 물론이고 범죄를 비롯한 모든 사건 사고를 공식적으로 인정하지 않으며 공적인 자리에서 언급하는 것조차 강제되었다. 그에 따라 리셋이라는 용어도 방송이나 신문에선 쓰이지 못하고 온라인이나 일상에서만 언급되는 일종의 은어가 되어버렸다.

이런 정부 조치에 대해 당연히 반발도 많았지만, 그보다는 각국 정부의 결정이 최선이었다는 여론이 지배적이었다. 우리나라처럼 빠르게 혼란이 수습된 나라도 있는 반면, 길게는 몇 달간 국가 전체의 기능이 마비된 나라도 많았던 탓이었다.

5년간의 행적이 없던 일이 되는 걸 옹호하는 사람들도 꽤 있었다. 그 기간에 이런저런 돌이키고 싶은 일을 겪었던 사람들이었다. 태오도 그중 하나였다. 갚을 엄두도 안 났던 빚더미는 물론, 회사에서 횡령을 저질렀다는 범죄 사실까지 사라진다는데 싫어할 이유가 있겠는가.

5년의 세월이 사라진 걸 반기는 이들은 '과거 세탁'이라는 말에 빗대어 '미래 세탁'이라는 용어를 만들어냈다. 이제는 사라진 미래에 저질렀던 과오를 없었던 척한다는 뜻이었다. 태오 또한 자신이 미래 세탁의 제대로 된 수혜자라며 들떴었다. 비록 처음 과거로 돌아와 생각했던 것처럼 쉽게 돈을 벌진 못하겠지만, 잘못이 사라졌다는 것만으로도 커다란 이득을 본 기분이었다. 일단 전과자가 되는 건 면했으니까.

'그렇게 생각했었지…….'

태오는 카운터에 엎드렸다. 야간 타임은 이런 게 문제다. 주간에 일하는 것보다 손님이 적어 몸은 편하지만 자꾸 쓸데없는 것들이 떠올랐다.

과거로 돌아왔을 때 태오는 이미 취업이 확정된 상태였다. 리셋 전 오성증권에 최종 합격한 후 신입사원 연수를 기다리는 중이었다. 하지만 리셋으로 인해 문제가 생겼다. 연수는 원래 새해 다음 날인 1월 2일에 시작됐어야 했는데, 사회가 혼란에 빠지며 무기한 연기된 것이다. 당시 태오는 이대로 채용이 취소되는 게 아닐까 걱정했었다. 사회 분위기상 충분히 가능한 일이었으니까. 다행히 세상은 생각보다 빠르게 수습됐고, 몇 달 후 신입사원 연수를 진행한다는 연락을 받았다.

회사의 연락을 받고 나서도 사실 태오는 마음이 편치 않았다. 회사 측에서 고객사의 자금을 횡령했던 자신을 입사하지 못하게 조치할 수도 있다고 생각했기 때문이었다. 하지만 태오가 초조한 마음으로 연수를 기다리는 사이 세계보건기구의 발표가 있었고, 미래 세탁이 이뤄졌다. 다행히 회사도 그 지침을 성실히 따랐고 태오의 입사는 아무런 잡음 없이 진행됐다.

하지만 정부가, 혹은 국제기구가 지침을 정한다고 해서 사람들의 머릿속에 있는 기억이 지워지는 것은 아니었다. 과거로 오기 전 태오는 모두가 부러워하는 핵심부서로 발령받았지만, 리셋 후 신입사원 연수를 마친 태오는 지방에 있는 한직으로 발령받았다. 핵심부서는커녕 보통의 신입사원들이 가는 영업부서도 아니었다.

거기서 끝났다면 태오는 그래도 회사가 자신을 쳐내지 않았음에 안도하며 얌전히 지냈을 것이다. 하지만 문제는 제도보다 사람이었다. 과거로 돌아오기 직전까지 태오의 횡령에 대해 아는 사람은 내사 조직인 감사팀의 담당자들과 태오의 팀 상사 몇 명이 전부였다. 분명 그랬을 텐데, 태오가 입사 후 부서에 배치받고 얼마 지나지 않아 여러 기업의 회사원들이 모이는 익명 커뮤니티에 태오의 이야기가 올라왔다.

실명은 거론하지 않았지만 같은 회사 사람이라면 누구나 대상을 짐작할 수 있을 정도였다. 가뜩이나 사람이 적은 지역 본부라 소문은 금방 돌았고, 오랜만에 신입이 왔다며 태오를 반갑게 맞아주던 사람들의 시선은 한순간에 싸늘하게 바뀌었다. 직접적으로 문제를 제기하는 사람은 없었으나, 아무도 태오 곁에 다가오지 않았다. 그럴듯한 일도 주어지지 않았다. 신입사원이라고는 해도 사실상 5년 동안 일했던 경력자나 다름없었지만, 스스로 일을 찾아서 할 수도 없는 노릇이었다. 아침에 출근해 저녁에 퇴근할 때까지 책상에 멍하니 앉아 있는 날이 이어졌다. 견디다 못한 태오는 결국 회사를 관둘 수밖에 없었다. 커뮤니티에 글이 올라오고 석 달이 지났을 무렵이었다.

태오는 엎드린 채 편의점 카운터에 진열된 일회용 전자담배를 만지작거렸다. 군대 전역 후 끊었으니 담배를 안 피운 지도 벌써 10년이 됐다. 5년 전으로 돌아오고 1년이 또 지났으니 몸은 6년쯤으로 기억하겠지만. 그래서일까? 육체적으로는 금연 기간이 줄어들어서인지 예전보다 담배가 더 당기는 기분이었다. 한 대만 피워볼까 하는 흡연의 유혹과 싸우고 있는데, 인기척이 났다.

"여기 알바는 손님이 와도 누워 있네?"

깜짝 놀란 태오는 후다닥 일어났다. 깔끔한 인상의 남자가 카운터 앞에 서 있었다. 삼십대 중후반쯤 됐을까. 적당한 키에 마른 몸을 가진 남자는 둥근 안경 뒤로 장난기 어린 웃음을 짓고 있었다.

"죄송합니다! 찾으시는 물건 있으세요?"

"죄송할 필요 없어요. 뭐 사러 온 게 아니니까."

남자는 재밌다는 표정으로 태오에게 말했다. 태오가 이 손님을 신종 편의점 진상으로 판단해야 할지 고민하는데, 남자가 말했다.

"남태오 씨죠? 저는 이찬신이라고 합니다."

"어떻게 제 이름을…… 이찬신 씨라고요? 알배추마켓?"

남자가 고개를 끄덕였다. 그는 신생 스타트업을 몇 년 만에 거대 IT 기업들과 나란히 거론되는 큰 기업으로 키운 스타 CEO, 판교 테크노밸리의 떠오르는 신성이었다. 그런 그가 한밤중 강북의 허름한 편의점에 나타날 것이라 누가 상상했겠는가.

"여긴 어떻게, 아니, 저를 어떻게 아시는 건가요?"

편의점 아르바이트생인 지금도, 증권맨이었던 리셋 전에도 판교나 IT와는 거리가 먼 삶을 살았던 태오다. 이찬신이야 워낙 유명인이고 태오가 늘 꿈꾸던 자수성가, 영 앤 리치의 대표 격인 사람이니 잘 알고 있었지만, 반대로 그가 자신을 알 만한 일이 있다고는 생각되지 않았다. 찬신의 입에선 태오가 생각지도 못했던 말이 나왔다.

"우리 회삿돈으로 투자 빚 메꾸다가 도망간 사람이 누군가 해서요."

마치 지나가다 살 게 있어 편의점에 들렀다는 듯한 여상스러운 말투. 태오는 무심코 고개를 끄덕이다가 그 의미를 깨닫고 그대로 굳어버렸다. 팔다리에 소름이 돋고 등허리에 식은 땀이 흘렀다. 그는 열심히 머리를 굴려 리셋 전 오성증권에서 손댔던 회사의 법인명을 기억해내려 애썼다. 당시에 워낙 정신이 없기도 했거니와, 투자금을 빼돌리려고 할 때 막 새로 들어온 구좌라 뭐 하는 회사인지 제대로 들여다보지 못했었다. 그래도 분명 찬신의 회사는 아니었는데. 워낙 유명한 회사라

31

태오가 모를 리 없었다. 찬신의 회사는 그 유명한 알배추마켓, '알아서 배워 추천해주는 인공지능 온라인 상거래 서비스'라는 뜻이라고는 하지만, 어찌 됐든 그 우스꽝스러운 이름을 못 알아봤을 리가 없지 않은가. 물론 서비스명과 회사명이 다를 수는 있지만, 그 회사는 분명 이름이…….

"ABC트레이더스 기억하죠?

설마 알배추의 이니셜 ABC인가. 무슨 작명 센스가. 예상치 못한 연결고리에 태오는 황당한 기분이 들었다. 그런 태오의 마음을 아는지 모르는지, 찬신은 여전히 속을 알 수 없는 얼굴로 싱글거리며 태오를 보고 있었다. 그쯤 되자 저 얼굴이 웃는 건지 비웃는 건지 구별할 수 없었다.

당황한 가운데서도 의문이 들었다. 어쨌건 태오가 그의 회사 자금에 손을 댔던 건 리셋 전의 일, 이제 와서 시시비비를 가릴 것은 아니었다.

"네……. 그런데 어쩐 일로?"

태오가 굳은 얼굴로 대답했지만 찬신은 전혀 신경 쓰지 않는 듯 여전히 생글거리는 표정으로 말했다.

"제가 일을 하나 시작했는데 사람이 필요해서요. 마침 태오 씨가 생각나서 인사 겸 한번 들러봤지요."

"그런데 왜 저를?"

"본의 아니게 태오 씨에 대해 조금 알게 되어서요. 단도직입적으로 말하면 흥미가 생겼습니다. 저희 일에 잘 어울릴 거 같아요."

"어떤 사람을 구하시는지는 모르겠지만 저는 IT 업계에서는 일해본 적이 없는데요."

"그쪽 일은 아니에요. 뭐, 지금은 알배추마켓을 하고 있지도 않고요."

찬신의 알배추마켓이 빠르게 성장해 유명세를 탔던 건 리셋 전 2020년대 이후부터였다. 물론 그 전부터 알배추마켓은 서비스하고 있었고, 그게 아니라도 앱 론칭 전 준비 기간이 최소 몇 년은 있었을 것이다. 그런데 지금 알배추마켓을 하고 있지 않다니. 게다가 '그쪽 일'은 아니라는 찬신의 말도 마음에 걸렸다. 태오는 찬신이 리셋 전의 일을 빌미로 자신을 이상한 일에 써먹으려는 게 아닌가 하는 생각이 들었다.

"무슨 말씀을 하시는 건지 잘 이해가 안 가네요."

"그러지 말고 우리 사무실에 와서 설명 한번 들어볼래요? 여기서 가까우니까."

적당히 거절하려는 태오의 말에도 찬신은 요지부동이었다. 그는 품에서 명함 한 장을 꺼내 꼭 찾아오라고 말하며 태오의 손에 쥐여주고는 편의점을 나섰다. 명함에는 찬신의 연락처와 사무실 주소가 있었다. 한밤중에 나타났다가 홀연히 사라지는 그의 뒷모습을 바라보고 있자니, 태오는 꼭 꿈을 꾸고 있는 것 같았다.

§

　낡았다. 사무실 앞에 도착해 태오가 처음 한 생각이었다. 명함을 들어 찬신에게 받은 주소를 다시 확인했다. 서울 성동구 성수동, 여기가 맞았다. 태오의 눈앞에는 연식이 오래 되어 보이는 3층짜리 상가 건물이 있었다.

　찬신은 사람이 필요하다는 말과 함께 자신의 사무실에 들르라고 종용한 것이 보름 전이었다. 사실 리셋 전 사건을 언급하며 찾아온 그의 말을 굳이 따를 생각은 없었다. 그랬는데 어제저녁 아르바이트를 시작하려 할 때 편의점 사장이 불쑥 찾아온 후에는 더 이상 그럴 수 없게 되었다.

　"자네, 이찬신이라고 아는가? 자네를 잘 안다고 하던데. 엊그제 내가 편의점 보고 있는데 여기 왔더라고"

　태오는 불길한 예감이 들어 등골이 서늘해졌다.

　"뭐라고 하던가요?"

　"자네하고 조만간 일을 같이 할 거라고. 예전에도 일적으로다가 인연이 있었다면서? 뭐, 자네가 갑자기 편의점 일을 못 하게 돼도 이해해달라고 하더만. 자네, 직장 찾게 되면 꼭 미리 말해주어. 나도 사람을 구해야 하니께."

34

그 말에 태오는 황당함을 넘어 화가 나기 시작했다. 찬신이 직접적으로 리셋 전의 일을 언급한 건 아니었지만, 여차하면 과거를 폭로하겠다는 협박이나 다름없었다. 그래서 태오는 찬신의 사무실에 찾아가기로 했다. 같이 일하기 위해서가 아니라 따지기 위해서.

그런데 장소가 영 이상했다. 찬신이 알배추마켓을 하지 않는다고 하긴 했지만, 명함에 적힌 주소가 성수동이라서 스타트업들이 몰려 있는 그럴싸한 오피스 건물을 상상했는데, 가면 갈수록 낡은 주택가만 나왔다. 결국 도착해보니 이 상가 건물이었다.

태오는 머릿속의 잡생각을 지우며 계단을 올라갔다. 왜 알배추마켓을 관두고 여기에 사무실을 차렸는지 알 수 없었지만, 사실 그건 중요한 문제가 아니었다. 굳이 약점을 잡듯 자신의 과거를 들먹이는 찬신이 좋은 뜻으로 자신을 불렀다고 생각되진 않았다. 횡령 사건을 핑계 삼아 공짜로 부려먹거나 불법적인 일을 시키려는 걸 수도 있다. 태오는 찬신이 어떤 요구를 하든 정신을 똑바로 차려야 한다고 마음을 다잡으며 사무실로 향했다. 여기서 더 인생을 꼬이게 만들 수는 없었다.

찬신의 사무실은 가장 위층인 3층에 있었다. 낡은 계단을 올라가자 반쯤 칠이 벗겨진 철문에 304호라는 동그란 팻말이 보였다. 그 아래엔 문과 어울리지 않게 새것처럼 보이는 하얀

색 아크릴 간판이 있었다.

"미래…… 세탁소?"

찬신에게 받은 주소를 다시 확인했다. 이곳이 맞았다. 태오
는 조심스럽게 철문을 두드렸다.

"들어오세요."

문을 열자 제일 먼저 눈에 들어온 건 소파였다. 원래는 갈색
이었겠지만 세월의 때를 얼마나 탔는지 엉덩이가 닿는 부분
은 시커멓게, 등받이 쪽은 허옇게 해진 가죽 소파 한 쌍. 그 사
이엔 역시나 오래돼 보이는 나무 테이블이 있고, 찬신은 그 너
머에 앉아 있었다.

"아, 남태오 씨! 잠시만요. 잠시만요."

태오를 본 찬신은 반가운 표정으로 일어나며 연극적인 제
스처로 '잠시만요'를 반복했다. 첫 번째는 태오에게, 두 번째
는 자기 앞의 소파에 앉아 있는 사람에게 하는 말이었다. 태오
는 그제야 소파 등받이 너머에 누군가 있다는 걸 알았다. 문에
서는 소파의 뒷면만 보이는 데다가, 소파에 파묻히다시피 앉
은 사람이 모자까지 푹 눌러쓰고 있었기 때문에 잘 안 보였다.

"잠깐 저기 앉아서 기다려줄래요?"

찬신은 사무실 안쪽의 책상을 가리켰다. 구석 쪽에 자리 잡
은 작은 철제 책상이었다. 하나같이 어디서 주워 온 듯 낡았
다는 점은 소파와 비슷했다. 태오는 찬신이 가리킨 책상에 앉

으며 사무실을 둘러봤다. 열 평이나 될까. 한쪽 벽면은 역시나 드문드문 녹이 슨 철제 캐비닛이 채우고 있었고, 그 옆에는 물통을 거꾸로 꽂는 냉온수기가 믹스커피 박스를 머리에 이고 서 있었다. 전반적으로 찬신의 사무실은 공인중개사 사무소나 영화에서 본 흥신소 같은 느낌을 풍겼다.

그렇게 태오가 사무실을 여기저기 둘러보고 있는 사이, 소파에 앉아 있던 사람은 찬신에게 무언가 이야기하곤 고개를 숙인 채 종종걸음으로 빠르게 사무실을 빠져나갔다. 태오는 그제야 그 사람을 제대로 봤는데, 챙이 넓은 야구모자에 마스크까지 써 얼굴은 보이지 않았지만 호리호리한 체구나 옷차림이 젊은 여자 같았다.

"아이고, 기다리게 했네. 커피 드시죠?"

찬신은 태오를 소파로 안내하고는 대답도 기다리지 않고 냉온수기 앞에 서서 믹스커피를 타기 시작했다. 태오는 엉거주춤한 자세로 소파에 앉아 찬신을 바라보다가, 무슨 말이라도 해야겠다는 생각에 입을 열었다.

"편의점에 찾아오셨다면서요."

태오의 딱딱한 목소리에도 찬신은 첫 만남에서와 마찬가지로 시종 여유 있는 미소를 지으며 손에 든 종이컵을 홀짝였다.

"네, 뭐 근처에 볼일이 있어서 지나다가."

"제가 편의점을 관둘 거라고 말씀하셨다던데요. 저는 그쪽

하고 일한다고 한 적 없습니다. 혹시 리셋 전의 일을 가지고 협박할 생각이면……!"

"이거 먼저 보시죠."

찬신은 점점 언성이 높아지는 태오의 말을 끊고는 서랍을 뒤져 서류 몇 장을 꺼내 태오에게 내밀었다. 근로계약서였다. '미래세탁소'라는 회사에서 일하기 위한 근로계약서. 근무 시간과 급여, 휴무일 등이 꼼꼼하게 기재돼 있었다.

"편의점 일은 어때요?"

"편의점 일은 왜요?"

태오의 말투는 여전히 날이 서 있었지만, 찬신은 아랑곳하지 않았다.

"그러지 말고 잘 보세요. 나름 신경 써서 만든 건데."

마지못해 계약서를 자세히 읽어보니, 편의점 야간 타임 아르바이트에 비교하기가 황송할 정도로 조건이 괜찮았다. 물론 태오가 다녔던 오성증권 같은 대기업에 비할 순 없지만, 그래도 웬만한 중소기업보다 나은 조건이었다.

"이건 왜……."

"태오 씨랑 일하고 싶다고 했잖아요. 인재를 데려오려면 조건을 맞춰야죠."

"아니, 저랑 왜 일하고 싶으신 건데요?"

"지난 일로 태오 씨를 협박할 생각은 없어요. 편의점 사장님께 찾아간 게 불쾌했다면 사과할게요. 그렇게라도 해야 여기 한번 올 것 같아서. 아무튼, 지난번에 말한 게 답니다. 어쩌다 보니 태오 씨에 대해 알게 됐고, 같이 일하고 싶은 마음이 생 겼을 뿐이에요."

태오는 여전히 찬신을 다 이해할 수 없었지만, 그래도 처음 보다는 화가 가라앉았다. 찬신은 말을 이었다.

"우리 사무실이 뭐 하는 곳인 거 같아요?"

"인공지능 마켓 개발하는 곳 같지는 않네요."

태오의 솔직한 대답에 찬신이 크게 웃었다.

"뭐, 제가 예전에 하던 일하고는 많이 다르죠. 미래세탁소, 그게 우리 회사 이름이에요. 미래 세탁이라는 말 알죠?"

태오는 고개를 끄덕였다.

"정부가 공식적으로 없던 일로 해준다니 그걸로 깔끔하게 사라지면 좋을 텐데, 사람이라는 게 그렇게 안 되잖아요. 어차 피 다들 머릿속에는 그대로 기억하고 있는 일들이니."

찬신이 말하는 바를 태오가 모를 수 없었다. 그 때문에 오성 증권을 관둬야 했으니 말이다.

"그래서 리셋 이후에도 사라진 미래에 얽매여 현재를 제대 로 살아가지 못하는 사람들이 많죠. 여기는 그런 문제들을 해 결해주는 곳이에요. 제대로 미래를 세탁해주는 곳이죠. 저는 세탁소장이고요. 편하게 소장이라고 부르시면 됩니다."

여전히 아리송한 이야기에 태오가 고개를 갸웃하는데, 노크 소리가 들렸다. 찬신은 시계를 확인하며 태오에게 말했다.

"벌써 다음 의뢰 시간이네. 태오 씨, 일단 고객 미팅하는 것 한번 볼래요? 말로 설명하는 것보단 이해가 빠를 테니까."

태오는 뭔가 말려들고 있다는 느낌을 강하게 받았지만 고개를 끄덕였다.

§

의뢰인은 사십대 후반 정도로 보이는 중년 남자였다. 그는 어두운 낯빛으로 소파에 앉아 찬신의 이야기를 묵묵히 들었다. 태오는 멀찍이 떨어져 있으려고 했는데, 찬신이 굳이 자기 옆에 앉기를 권해 소파에 같이 앉았다.

"선생님께서 이미 법률사무소 등에 알아보셨다고는 했지만, 저희 쪽에서도 절차상 한 번 더 확인했습니다. 합법적으로 해결할 수 있으면야 그게 가장 좋은 일이니까요."

찬신의 말에 남자는 우울한 표정으로 고개를 끄덕였다. 별로 기대하지 않는 듯한 눈치였다. 찬신의 입에서도 그다지 긍정적이지 않은 말이 흘러나왔다.

"그런데 역시 법적으로는 쉽지 않더군요. 리셋 자체를 정부에서 인정하지 않다 보니, 리셋 전 사모님께서 외도하신 것과 그로 인해 이혼 절차를 밟으셨던 것 모두 인정받을 수 없다고 하더라고요."

찬신의 말에 남자는 땅이 꺼져라 한숨을 내쉬었다. 태오는 남자의 숨결에서 느껴지는 담배 전 내에 미간을 찌푸리지 않으려 노력하면서도, 찬신이 왜 굳이 남자가 이미 다 알아본 걸 다시 말해 실망감만 안겨주는지 의문을 품었다. 옆에서 들어보니 남자의 사연은 딱하긴 해도 어떻게 해결해주기 어려워 보였다.

남자는 20년 가까이 회사 생활을 하며 가정을 위해 최선을 다해 살았다. 본인의 말에 따르면 지극히 희생적인 삶이었다. 하지만 아내의 생각은 조금 달랐나 보다. 남편은 회사 일이랍시고 주말에도 골프 치러 나가기 일쑤고, 이제 중학교에 들어간 애들은 손을 덜 타는 대신 말도 붙이기 어려운 사이가 됐다. 아내는 외로워졌다. 지금까지는 애들 키우랴 남편 뒷바라지하랴 정신없이 살아왔는데, 시간이 붕 떠버린 것이다.

그래서 아내는 새로운 취미를 찾기 시작했다. 이런저런 모임에 나갔고 거기서 새로운 남자친구도 만났다. 남편의 눈을 피해 행복한 시간을 보냈다. 물론 즐거웠을 것이다. 남편이 외도 사실을 알게 되기 전까진 말이다.

남자는 분노했다. 자신이 할 수 있는 모든 수단을 동원해 재판을 벌였다. 대기업 부장이었던 그는 나름 쓸모 있는 끈이 꽤 있었다. 그 덕에 유책배우자인 아내는 아이들과 재산 모두를 빼앗긴 채 내쫓겼다. 그쯤 되니 내연남도 그녀에게서 떠나갔다.

그런데 갑자기 세상이 천지개벽해버렸다. 때마침 리셋이 일어난 것이다. 남자는 분노했지만 방법이 없었다. 눈 떠보니 아내가 집으로 돌아와 있었다. 아내는 시침 뚝 떼고 가정에 충실한 현모양처 흉내를 냈다. 돌아온 5년 전은 외도를 시작하기 전이라, 아내를 쫓아낼 수 있는 어떤 구실도 없었다.

주변에선 남자에게 말했다. 하늘이 도왔다. 아내도 이제 정신 차린 것 같으니 잘 살아보라고. 하지만 남자는 아내를 볼 때마다 속에서 열불이 올라와 도저히 견딜 수가 없었다. 아내의 얼굴만 봐도 바람피운 놈팡이가 떠오르는데 어떻게 참으란 말인가. 남자는 이곳저곳 수소문하기 시작했다. 변호사도 어쩔 수 없다고 했지만 다른 방법이 있으리라 생각했다. 그래서 남자가 찾아낸 곳이 바로 여기, 미래세탁소였다.

"이제 리셋되고 1년쯤 지났겠다. 선생님도 백방으로 수소문하다가 거의 포기했었다고 하셨으니, 사모님도 슬슬 안심하실 거라 생각했거든요."

찬신은 옆에 놓여 있던 커다란 서류 봉투를 들어 테이블 위에 내용물을 쏟아부었다. 좌르르 하는 소리와 함께 사진과 서류들이 펼쳐졌다.

"이건!"

"네, 사모님이 누군가를 만나고 계시더라고요. 그게 리셋 전의 그 사람인지까지는 확인 못 했습니다만."

태오는 입을 쩍 벌렸다. 새로운 불륜의 증거를 수집하다니. 이건 그냥 흥신소 아닌가?

"사진은 현장 증거고요, 이쪽 서류에 촬영 일시와 장소가 정리돼 있습니다. 모텔에 협조를 구해서 CCTV를 지우지 않게 이야기해뒀으니, 경찰 대동하시면 바로 확인하실 수 있을 겁니다. 이후 이혼 절차는 저희 쪽에서 도와드리긴 어려우니 변호사와 함께하시면 됩니다."

"이놈의 여편네가!"

남자는 사진을 하나하나 확인하며 부들부들 떨더니, 테이블 위에 펼쳐진 사진과 서류를 서류 봉투에 쓸어 담고는 뛰쳐나갔다. 찬신은 현관에 서서 남자의 뒤통수에 대고 친절한 미소로 말했다.

"잔금은 가능하면 오늘 중에 이체 부탁드립니다."

그러고는 태오를 향해 물었다.

"이제 저희 일이 어떤 건지 대충 감이 잡히시나요?"

"……흥신소네요?"

태오의 대답에 찬신은 곤란하다는 듯 웃었다. 그러더니 조금 전까지 의뢰인이 앉아 있던 태오의 맞은편에 앉았다.

"하하, 이런 의뢰만 받는 건 아니에요. 사실 불륜 관련 일은 저도 처음 해본 거예요. 숨어서 모텔 들어가는 사진 찍는데 손 떨려서 죽는 줄 알았다니까요?"

찬신의 말에도 태오는 의심스러운 표정을 풀지 않았다.

"사실, 이 미래세탁소의 일이 명확하게 정의되거나 공인된 일은 아니에요. 리셋 전의 일들은 법적으로 인정받지 못하니까요. 하지만 오히려 그래서 더 의미 있죠. 정부가 리셋을 공식적으로 부인하다 보니, 경찰서나 법원을 찾아가서는 해결이 안 되는 일들이 많이 생겼으니까요."

찬신은 문 쪽을 턱으로 가리키며 말했다.

"조금 전의 경우엔 외도에 대한 문제라 마치 흥신소 일처럼 보였을 거예요. 본질적으론 리셋 전이라면 사라졌어야 할 아내와 아내의 외도가 의뢰인에게 다시 나타난 게 문제죠. 의뢰인은 그걸 세탁하고 싶었던 거고요. 리셋 때문에 의뢰인들이 가져오는 문제는 꽤 다양해요."

찬신은 계약서를 다시 꺼내 태오 앞에 펼쳐놓았다.

"아까도 말했지만 리셋 전의 일을 가지고 강요할 생각은 없어요. 잘 생각해봐요."

§

　다음 날 태오는 여전히 의욕 없는 얼굴로 편의점 카운터에 앉아 찬신이 건넨 계약서를 만지작거리며 상념에 젖어 있었다. 역시 거절해야겠다고 마음먹고 있었다. 도대체 뭘 하는 곳인지 알 수 없는 그런 수상한 사무실에서 일하는 건 내키지 않았다. 차라리 당분간 아르바이트를 계속하면서 공무원 준비라도 해보는 게 낫겠다 싶었다. 물론 공무원이 된다고 해도 다니던 회사의 돈을 횡령했다는 과오가 따라오지 않으리란 법은 없다. 그래도 아는 사람 하나 없는 어디 지방직에 지원한다면 괜찮지 않을까? 멍하니 그런 생각을 하고 있는데 편의점 문이 열렸다.

　"어서 오세요. 엇!"

　태오는 자기도 모르게 큰 소리를 내고 말았다. 그 소리에 별생각 없이 안으로 들어오던 손님도 태오를 돌아봤다. 미연이었다. 그녀를 만나는 건 그날 이후 처음이었다. 하필이면 여기서 마주치다니, 일부러 집에서 먼 편의점을 택했던 태오로서는 황망한 일이었다. 미연도 당황했는지 급히 고개를 돌리고는 냉장고 쪽으로 빠르게 걸음을 옮겼다.

　그녀가 물건을 고르는 몇 분이 태오에게는 몇 시간처럼 길게 느껴졌다. 미연도 그랬을까. 그녀는 바구니 가득 담긴 물건을 카운터에 올려놓고는 카드지갑을 한참 만지작거리다가 먼저 말을 꺼냈다.

"저기."

"응?"

속으로 어쩔 줄 몰라 하며 기계적으로 상품의 바코드를 찍던 태오는 화들짝 놀라 대답했다.

"저번엔 미안했어."

느닷없는 미연의 사과에 태오는 고개를 들었다.

"좋게 끝난 거 아니었잖아, 우리. 근데 아무렇지도 않은 얼굴로 우리 집에 온 널 보니까 화부터 나더라. 언니는 또 언니대로 울고불고 난리였고."

뉴스도 안 봤구나. 그러니 그렇게 뻔뻔한 얼굴로 아무 일 없었다는 듯 내 앞에 나타났겠지. 꺼져. 지난번 그녀의 말이 떠올라 태오의 얼굴이 붉게 달아올랐다. 부끄러웠다.

"……언니는 괜찮으셔?"

"그 뒤로 형부랑 연락이 닿아서 지금은 미국에 가 있어."

간신히 꺼낸 태오의 말에 미연은 엷게 웃으며 답했다. 한결 가벼워진 표정이었다.

"넌 어떻게 지내? 여기에서 아르바이트하는 거야?"

"어, 응. 그게……."

지금 자신의 표정이 어떨지 몰라 얼굴을 숨기려고 태오는 고개를 떨궜다. 다른 사람도 아니고 미연에게는 이런 모습을 보이고 싶지 않았다. 그때 태오의 눈에 계약서가 들어왔다.

"아, 너 알배추마켓 알지? 나 거기 대표가 하는 회사에서 일하기로 했어."

"어머, 그 알배추마켓? 잘됐다!"

태오는 미연의 오해를 굳이 정정하지 않았다. 어쨌든 거짓말은 아니었으니까. 태오는 계약서를 슬그머니 카운터 아래로 숨기며 말을 이었다.

"응. 어제 면접 봤는데 잘 봐주셔서."

"대박이네, 축하해."

미연은 연신 축하를 건네며 태오에게 이런저런 말을 건넸다. 그녀 나름대로 태오를 걱정했던 것 같았다. 그렇게 한참 재잘거리던 미연은 밝은 얼굴로 편의점을 나섰다. 하지만 그런 그녀의 뒷모습을 바라보는 태오의 표정은 점점 어두워졌다. 그는 계약서를 꺼내 들고 한숨을 내쉬었다.

떨어진 별도 빛나고 싶다

"에엥, 세탁소가 아니라고? 근데 왜 간판에 세탁소라고 써 놨댜?"

이해할 수 없다는 표정으로 타박하는 노인의 말에 태오는 그저 쓴웃음을 지을 수밖에 없었다. 그러게요, 왜 이름을 그렇게 지었을까요. 목구멍을 간질이는 속마음을 꾹꾹 눌러 담고는 연신 고개를 숙이며 노인을 배웅했다.

"잘 말씀드렸어요?"

철문을 닫고 들어오자 안쪽 책상에 앉아 종이컵에 든 믹스 커피를 홀짝이며 스포츠신문을 보던 찬신이 태평한 목소리로 말했다.

"네에."

늘어지는 태오의 말꼬리에 담긴 불만을 감지하지 못했는지, 찬신은 고개를 끄덕이고 다시 신문에 집중했다. 인터넷을 통해 실시간으로 경기 결과를 볼 수 있는 세상에 스포츠신문이라니, 홀로 과거에 머무른 듯한 이 사무실에 잘 어울린다고 생각하며 태오는 자신의 책상으로 가 앉았다.

잘한 선택인 걸까. 미래세탁소에 출근한 지 일주일, 매일 수십 번씩 떠오르는 생각이 또다시 태오의 머릿속을 어지럽혔다. 일이 힘든 건 아니었다. 정확히는 힘들 게 없었다. 일주일간 제대로 된 일이 없었으니까. 사무실을 청소하고, 상가 건물 외벽에 간판을 주문해 단 게 전부였다.

찬신의 지시에 별생각 없이 멀리서도 잘 보이는 커다란 간판을 새로 단 건 큰 패착이었는데, 새로 생긴 간판을 보고 동네 주민들이 세탁소가 개업한 줄 알고 찾아오기 시작한 것이다. 덕분에 태오는 하루에도 몇 번씩 빨랫거리를 들고 방문하는 주민들에게 이곳은 세탁소가 아니라고 해명해야 했다. 찬신은 잘못 찾아온 손님 응대는 전부 태오에게 미룬 채 구경만 했는데, 그 모습이 또 정말 얄미웠다. 무거운 빨래를 잔뜩 이고 3층까지 올라온 동네 주민들이 보내는 원망의 눈초리를 감당하는 일은 오롯이 태오의 몫이었으니.

찬신으로 말하자면 태오보다 더 한가해 보였다. 느지막이 출근해 오후 4시가 되면 퇴근하는데, 사무실에서도 온종일 컴퓨터로 인터넷을 하거나 신문을 보곤 했고, 믹스커피를 예닐곱 잔은 족히 마시는 듯했다. 믹스커피가 삼겹살보다 지방 함량이 높다던데, 어떻게 살이 안 찌는지 신기할 정도였다.

이렇게 손님이 없어도 사무실 운영이 되는 건지. 출근한 지 사흘째 되는 날 월급이 제대로 나올지 슬슬 걱정된 태오가 찬신에게 물었지만, "그때그때 달라요. 의뢰가 몰릴 때도 있고, 한산할 때도 있고"라는 태평한 답이 돌아왔을 뿐이었다. 태오는 어째 아르바이트 때보다 고용 불안이 더 심해진 것 같다는 생각에 우울해졌다. 입꼬리를 내린 채 자리에 앉아 있는데 사무실 문을 두드리는 소리가 들렸다.

또 세탁소를 찾아온 손님인가, 태오는 찬신 들으라는 듯 큰 소리로 한숨을 내쉬었다. 문을 여니 검은 모자를 푹 눌러쓴 작은 체구의 사람이 서 있었다.

"어, 저기……."

문밖의 사람은 태오를 보고 놀랐는지, 철문의 간판을 다시 확인하며 들어오길 망설였다. 그때 찬신이 말했다.

"저희 직원입니다. 들어오세요."

손님이다. 빨랫감 말고 의뢰를 맡기러 온 제대로 된 손님. 그제야 정신을 차린 태오가 비켜서자 손님은 그제야 사무실에 들어왔다. 태오는 이 손님이 자신이 처음 미래세탁소를 방문했을 때 봤던 그 여자라는 걸 깨달았다.

"태오 씨, 커피."

소파에 앉고 있는 그녀를 멍하니 바라보던 태오는 찬신의 말에 후다닥 냉온수기 앞으로 향했다. 믹스커피 봉지를 뜯으며 힐끗 보니, 찬신은 몇 가지 서류를 그녀 앞에 늘어놓고 있었다. 요 며칠간 나른한 얼굴로 인터넷 바둑이나 두며 허송세월하던 때와는 다른 프로페셔널한 손님맞이였다. 태오는 그 모습에 왠지 억울한 기분이 들어 커피를 더 힘차게 휘저었다.

"지난번에는 의뢰 내용을 다 말씀 못 하고 가셨는데. 어떻게, 오늘은 마음의 준비가 되셨을까요?"

여자는 고개를 작게 끄덕였다. 그 모습에 여전히 망설임이 남아 있다고 생각했는지, 찬신은 테이블 위에 올려놓은 서류 중 하나를 손으로 짚으며 설명했다.

"저희는 절대 의뢰인의 의뢰 내용이나 그 밖의 사생활에 대해 외부에 유출하지 않습니다. 의뢰가 어떤 내용이든 합법적인 테두리 안이라면 최대한 도와드리고 있으니 걱정하지 말고 말씀해보세요. 아, 물론 중간에 의뢰를 철회하신다고 해도 비밀은 철저하게 보장해드립니다."

찬신이 가리킨 서류는 비밀 유지 서약서였다. 여자는 고개를 빼꼼히 들어 그것을 읽었다. 서약서에는 미래세탁소가 고객의 의뢰에 대해 철저히 함구할 것과 그것을 위반했을 때의 불이익을 명시한 몇 가지 조항이 나열돼 있었다. 여자가 다 읽기를 기다리던 찬신은 마침 커피를 내려놓는 태오에게 손가락으로 허공에 키보드를 치는 시늉을 했다. 의뢰인과의 면담 내용을 기록하라는 뜻인 듯했다.

태오는 잽싸게 노트북을 가져와 찬신 옆에 앉았다. 찬신에게 특별히 지침을 받은 적은 없지만, 회의록 작성은 회사 다니던 시절에 많이 해본 일이었다. 태오의 짐작이 맞았는지, 그를 보며 찬신은 빙긋 웃었다.

"저는…… 아, 잠시만요."

마음을 다잡듯 서류를 몇 번이나 훑어보던 여자는 말을 꺼내려다 말고 검은 모자를 벗었다. 모자 속에 감춰져 있던 긴 머리카락이 물결치듯 흘러내렸다. 그녀의 얼굴을 본 태오는 조용히 헛숨을 삼켰다. 빚어놓은 듯한 아름다운 얼굴이 묘하게 낯익었다. 어디서 봤을까, 태오가 기억을 더듬는 사이 의뢰인의 미모에는 별 감흥이 없는 듯한 목소리로 찬신이 입을 열었다.

"그럼 이제 편하게 말씀해보세요."

"저기, 저 혹시 모르시겠어요?"

듣기에 따라 자의식 과잉으로도 여겨질 수 있는 말. 하지만 여자의 태도에는 전혀 그런 느낌이 없었다. 찬신은 고개를 갸웃했지만, 태오는 뭔가 기억이 날 것도 같았다. 태오가 열심히

52

기억을 더듬는 사이, 어색한 침묵이 이어졌다.

"저…… TV에 나오셨던 것 같은데."

침묵을 깬 건 태오였다. 자신감 없는 목소리였지만, 다시 생각해도 TV에서 그녀를 본 게 맞는 것 같았다. 저런 미인을 실제로 봤다면 기억을 못 할 리가 없을 테니까.

"맞아요, 리셋 전에는 아이돌이었어요. 걸그룹 트윙클파티라고."

"트윙클팝?"

"트윙클파티요."

그녀는 찬신의 말을 정정하고는 자신의 이름이 '유림'이라고 밝혔다. 트윙클파티의 리더였던 유림. 여전히 모르겠다는 얼굴의 찬신과는 달리, 태오는 어렴풋이 이름을 들어본 듯했다. 유명한 그룹은 아니었다. 그래도 태오가 이름을 들어봤을 정도면 어느 정도 중박은 친 그룹이었을 것이다. 태오도 아이돌에 관심이 많은 사람은 아니지만, 데뷔 후 이름 한번 제대로 알려지지 못한 채 사라져간 아이돌 그룹이 수두룩하다는 것쯤은 잘 알고 있었다. 태오가 그렇게 기억을 더듬는 사이 찬신이 질문을 이어나갔다.

"그런데 리셋 전이라면, 지금은 아니신가요?"

"네. 원래 내년, 그러니까 2020년 데뷔였거든요. 그래서 연습생으로 돌아와버렸어요. 지금은 그마저도 아니지만."

"아니라고 하시면?"

"저는 소속사에서 나왔어요. 아니, 방출됐다고 하는 게 맞겠죠."

그녀의 말에 차시우 고개를 갸웃했다.

"혹시 의뢰하고 싶으신 게 소속사 복귀일까요? 부당하게 계약이 해지되어 소송을 하고 싶으시다거나…….

계약 관련 법적 분쟁은 미래세탁소의 영역이 아니다. 조심스레 묻는 찬신의 말에는 그런 뉘앙스도 들어 있었다. 그러나 유림은 조용히 고개를 가로저었다.

"지금은 소송 같은 걸 할 수 있는 상황이 아니에요."

유림은 잠시 말없이 고개를 들어 천장을 쳐다봤다. 눈물을 참는 것일까. 태오가 그녀의 안색을 살피는 동안, 유림은 믹스 커피를 한 모금 마셨다.

"연습생 생활만 5년 했어요. 아, 원래 내년 데뷔였으니까 지금 기준으론 4년인가?"

무슨 이야기를 하고 싶은 건지 종잡을 수 없는 유림의 말에 찬신과 태오는 그저 고개를 끄덕일 뿐이었다.

"그렇게 힘들게 데뷔했었는데…….

유림의 눈가에 물기가 비쳤다. 아직 이십대 초반으로 보이는 그녀의 얼굴엔 어울리지 않는 허무함이 가득했다.

"도망갔어요. 소속사 대표가."

유림, 주리, 란, 하서 네 명은 2020년 트윙클파티라는 이름의 걸그룹으로 데뷔했다. 트윙클파티는 말 그대로 '반짝이는 파티'라는 뜻으로, 그룹명을 지은 소속사 대표에 따르면 팬들에게 신나는 파티에 참석한 기분을 선사하겠다는 뜻이라고 한다. 이름 그대로 신나고 사랑스러운 노래를 주로 부르는 청순 콘셉트의 그룹이었다.

　트윙클파티가 소속된 PTJ엔터는 연예인 매니저 출신인 박태진 사장이 세운 회사로, 소속 연예인이 트윙클파티밖에 없을 정도로 영세한 연예기획사였다. 정확히는 박 사장이 본래 몸담고 있던 회사에서 독립해 트윙클파티를 데뷔시키면서 설립한 회사라고 보는 게 맞았다.

　힘없는 중소 기획사의 아이돌들이 그렇듯 처음에는 방송 출연도 쉽지 않은 처지여서 트윙클파티는 데뷔 후 바로 인기를 얻지는 못했다. 하지만 그녀들은 여러 예능 출연과 꾸준한 음원 발매로 조금씩 인지도를 늘려갔다. 걸그룹 홍수 시대라고 할 수 있었던 2020년대에 트윙클파티는 나름의 팬덤을 구축하며 성장해나갔다.

　그렇게 3년, 트윙클파티가 조금씩 아이돌로서의 커리어를 쌓고 있을 무렵, 그녀들에게도 어김없이 리셋이 찾아왔다. 2023년 1월 1일 0시, 제야의 종이 울림과 동시에 그동안 그녀들이 간신히 만들어왔던 것들이 한순간에 사라졌다.

"허무하고 황당했어요. 하지만 정신을 차리고 보니 오히려 기회일 수도 있겠다는 생각이 들었어요."

그렇게 말하는 유림의 눈이 반짝하고 빛났다. 리셋 전 이 무렵에는 아무것도 모르는 신출내기 아이돌 지망생에 불과했지만, 리셋 후의 그녀들은 데뷔 3년 차 걸그룹의 경험치를 가진 연습생이었다. 춤과 노래 실력은 물론이고 연예계 선후배나 방송국 관계자들과도 작게나마 연이 쌓여 있었다. 지금 다시 데뷔한다면 예전보다 훨씬 큰 인기를 얻을 자신이 있었다.

"리셋 후 몇 달간 정말 열심히 연습했어요. 소속사에서 새로 곡을 주진 않았지만, 원래 우리 노래가 있었으니까 그걸로 계속 합을 맞춰보고 있었죠."

그런데 사장인 박태진의 생각은 달랐던 것 같다. 연습 중이던 그녀들에게 날아온 건 새로운 곡이 아니라 아티스트 계약 해지 통보서였다. 트윙클파티 멤버들뿐만이 아니었다. 박태진은 PTJ엔터의 몇 안 되는 직원들을 전부 해고하고 잠적해 버렸다. 그나마 다행인 건 직원들 월급은 떼먹지 않았다는 것이었다. 오히려 박태진은 직원들에게 퇴직금 조로 얼마씩 더 쥐어줬다. 게다가 연습생 신분인 트윙클파티에게도 정산이라며 일부 금액을 남겼다. 리셋 전의 활동에 대한 대가인 셈이었다.

"그나마 다행이네요."

유림의 이야기를 듣던 태오는 자기도 모르게 중얼거렸다. 노예 계약이니, 데뷔하고도 몇 년이나 정산을 못 받았느니 하는 이야기가 횡행하는 연예계에서 드물게 양심적인 사장이라는 생각이 들었기 때문이었다. 트윙클파티에게까지 정산해줬다는 점이 특히 그랬다. 애초에 그녀들의 활동으로 벌어들였던 돈도 리셋과 함께 사라졌을 것이다. 리셋을 공식적으로 인정하지 않는 세상에서 박태진이 그녀들에게 정산해줘야 할 이유는 없었다. 하지만 유림의 생각은 달랐다.

　"다행이라뇨. 저희는 진심으로 다시 데뷔하고 싶었다고요."

　정신 차려보니 소속사도 없는 처지가 되어버렸지만, 트윙클파티 멤버들은 포기하지 않았다. 그녀들은 정산 받은 돈을 모아 연습실을 빌렸다. 다시 데뷔를 준비하기 위함이었다. 그런 트윙클파티의 모습에 일부 PTJ엔터 직원이 남아 그녀들을 도왔다. 그리고 한편으로는 사라진 박태진을 찾기 시작했다.

　"지금도 다른 멤버들은 연습실에 있어요."

　"그런 상황이라면 차라리 다른 소속사를 알아보는 게 낫지 않을까요?"

　찬신의 말에 유림은 고개를 저었다.

　"일단은 사장님을 만나서 설득해보고 싶어요."

　그녀의 말에서 사장에 대한 믿음과 애정이 느껴졌다. 작은 소속사였지만, 아니 오히려 그래서인지 서로 간에 끈끈한 의

리가 있는 듯했다. 잠적하면서도 직원과 소속 연예인의 몫을 챙겨놓고 간 사장이나, 그런 사장을 다시 찾으려고 하는 연예인이나 흔한 케이스는 아닐 것이다. 그때 태오가 끼어들었다.

"그럼 박태진 사장님을 찾는 게 의뢰 내용이겠군요?"

유림의 입에서는 의외의 대답이 흘러나왔다.

"아뇨. 사장님이 어디 있는지는 진작에 찾았어요."

찬신과 태오는 놀란 얼굴이 되었다. 이미 박태진을 찾았다면 미래세탁소에는 왜 왔단 말인가. 유림은 상황을 설명하기 시작했다.

"사장님이 사라지고 얼마 후에, 인터넷에서 사람 찾기 전문이라는 흥신소에 의뢰했어요. 사장님은 잠적하겠다고 나름 전화번호도 바꾸고 거주지도 옮긴 모양인데 그쪽에서는 금방 찾더라고요."

"그럼 다시 같이 일하고 싶다고 찾아가서 설득해보셨나요?"

"아뇨. 그렇게 못 하겠더라고요."

찬신의 말에 유림은 고개를 푹 숙였다. 그녀의 낯빛이 순식간에 어두워졌다. 찬신과 태오는 뭐라 말을 붙이기 어려워 눈만 끔뻑거리며 그녀를 쳐다만 보고 있었다. 유림은 잠시 숨을 고르고는 고개를 들어 두 사람을 바라봤다.

"사실…… 저는 죽었던 사람이에요."

§

　무리한 스케줄로 인한 과속과 그 과속으로 인한 교통사고
는 연예계에선 흔한 일이라고 한다. 촬영장이든 행사장이든
연예인들이 가야 할 곳은 전국에 흩어져 있었고, 주어진 시간
내에 동에 번쩍 서에 번쩍 해야 하는 게 그들의 일이었으니.
하지만 데뷔 갓 1년이 넘은 신인 아이돌 트윙클파티에게 닥친
사고는 결코 가볍지 않았다. 사고로 인해 멤버 전원이 크게 다
쳤고, 그중에서도 가장 부상이 심각했던 리더 유림은 사고 현
장에서 사망했다.

　"분명 차를 타고 지방 행사장에 가고 있었는데 어느 순간 쾅
하는 소리가 들렸고…… 연기와 불꽃 속에서 한참을 누워 있
었던 것 같아요. 굉장히 춥고 몸은 손끝 하나 움직일 수 없는
상태였는데 막상 아프지는 않았어요."

　죽음의 순간을 회상하며 그녀는 눈을 감고 손을 들어 가슴
께를 지그시 눌렀다. 리셋은 죽은 사람을 되살렸다. 죽음에서
돌아온 사람들은 모두 목숨이 끊어지는 순간까지만 기억했
다. 정신 차려보니 과거로 돌아왔다는 게 그들의 공통된 증언
이었다. 이를 두고 사후세계의 유무에 대한 오래된 갑론을박
에 다시 불이 붙었지만, 확신할 수 있는 건 아무것도 없었다.
애초에 리셋의 원인조차 모르는 상황에서 그 이상의 것을 알

아내는 건 불가능했다.

유림은 담담한 목소리로 말을 이었다.

"눈을 떠보니 연습생 시절에 쓰던 숙소였어요. 처음엔 거의 제정신이 아니었죠. 사실 제가 죽었었다는 것도 제대로 알지 못하고 있었어요. 나중에 멤버들에게 듣고 나서야 알았죠."

유림은 리셋 후 몇 달 동안이나 심각한 불안증세에 시달렸다고 덧붙였다. 태오는 유림의 이야기를 들으며 문득 리셋 전 마지막 순간을 떠올렸다. 빌딩 옥상 난간에 섰던 그때를. 어떻게 됐더라. 리셋된 순간은 발을 뗀 다음이었을까? 기억이 가물가물했다. 리셋 후에는 과거로 돌아왔다는 사실에 흥분해 그 전의 일들에 대해 제대로 생각해보지 않았었다.

태오는 곧 생각을 털어내듯 고개를 흔들었다. 이제 와 생각해봐야 의미 없는 일이다. 지금에 집중하자. 그렇게 마음을 다잡은 태오는 다시 유림의 목소리에 귀를 기울였다.

"어쨌든 복귀하겠다는 일념으로 병원에 다니고 요양도 하면서 마음을 추스르고 돌아왔는데, 사장님이 사라진 거예요."

내가 정신을 똑바로 차리고 있었다면 사장님이 회사를 포기하는 일은 없었을지도 모른다. 리더로서의 책임감이었을까, 박태진이 잠적한 이후 그 생각이 유림의 머릿속을 끊임없이 괴롭혔다고 했다. 그래서 유림은 사장을 찾기 위해 발 벗고 나섰다.

"그런데 막상 사장님이 어디 있는지 알고 나서는 찾아갈 수가 없었어요. 혹시 회사를 그만두신 게 제가 죽어서가 아닐지, 아니면 제가 리셋 후에 힘들어해서였을지…….'

유림은 박태진이 PTJ엔터를 정리한 이유가 자신 때문일까 두려웠다. 만약 직접 그런 이야기를 듣는다면 견딜 수 없을 것 같았다. 유림의 눈가에 맺힌 물기가 방울져 떨어지려 할 때, 찬신이 양팔을 들어 커다랗게 짝 하고 손뼉을 쳤다.

"자, 그래서 저흴 찾아오신 거군요? 박태진 사장을 설득하기 위해서."

분위기를 바꾸기 위해서인지 일부러 높은 톤으로 말하는 찬신을 보며, 유림은 그제야 허리를 펴고 애써 밝은 표정을 지어 보였다. 그런 그녀를 만족스러운 표정으로 바라본 찬신은 이번엔 태오에게 말했다.

"걱정하지 마세요. 저희는 리셋으로 생긴 문제를 제대로 세탁해드리는 미래세탁소니까요."

사업을 접은 사장의 마음을 돌린다. 불륜 뒷조사보다는 낫지만, 여전히 아리송한 일이었다. 의뢰를 맡긴 유림이 떠난 후 자리를 정리하며 태오는 그렇게 생각했다. 대한민국에는 직업 선택의 자유가 있다. 박태진이 돈 떼먹고 도망간 것도 아니고, 직원들 퇴직금까지 넉넉히 챙겨줬다는데 뭘 어떻게 해야 할까. 리셋 전 사고로 목숨까지 잃었는데도 꿈을 포기하지 않은 유림의 사연이야 딱하지만, 어떻게 도와줘야 할지 도저히 감이 오지 않았다.

테이블을 치운 태오는 작게 한숨을 내쉬었다. 내심 찬신이 들으라고 한 행동이었지만, 그는 태오 쪽은 쳐다보지도 않은 채 심각한 얼굴로 키보드를 두드리고 있었다. 유림의 의뢰를 해결하기 위해 뭔가 조사하고 있는 건지 궁금해진 태오는 찬신에게 다가갔다.

"소장님, 박태진 사장의 마음을 어떻게 돌려야 할까요? 뭔가 생각하시는 게…….."

"그러게요. 어떻게 하죠? 아씨! 빈집털이라니!"

태오의 말을 건성으로 듣던 찬신이 갑자기 소리를 질렀다. 태오는 목을 빼 책상 너머 찬신의 컴퓨터 화면을 쳐다봤다. 외계인처럼 생긴 조그마한 캐릭터들이 건물을 부수고 있었다.

"……지금 스타 하시는 거예요?"

스타크래프트. 한때 국민 게임으로 불렸고, 출시된 지 20년이 훌쩍 넘었지만 지금까지도 많은 이들에게 사랑받고 있는 게임. 태오도 한때는 밤을 지새우며 했던 게임이지만, 지금 그게 중요한 게 아니었다. 기껏 의뢰가 들어왔는데, 태오는 찬신의 행동에 어이가 없었다. 물론 사장이 좀 놀 수도 있다. 일개 직원인 태오가 뭐라 할 수 있겠는가. 그렇다고는 해도 이 좁은

62

사무실에서 이러는 건 아니지 않나.

태오는 목젖까지 올라온 말을 삼키곤 자신의 자리로 가 앉았다. 그동안 출근해서 쓸데없는 일만 하다가 이제야 제대로 된 의뢰를 받아 뭔가 하는가 했는데, 맥이 탁 풀렸다. 그래, 첫 달 월급만 나오면 관두자. 태오가 씩씩거리고 있는데 찬신이 태오를 불렀다.

"태오 씨, 이리로 좀 올래요?"

태오는 구시렁거리며 찬신에게 갔다. 모니터에는 여전히 게임 화면이 떠 있었다. 찬신은 태오가 다가오자 일어나 냉온수기 앞으로 가 믹스커피를 하나 꺼냈다.

"거기로 갈 거니까 나갈 준비 해요."

찬신이 턱짓으로 모니터를 가리켰다. 태오는 어리둥절한 채 게임 화면을 자세히 살폈다. 채팅창에 '왕십리역 6번 출구'라고 쓰여 있었다.

§

왕십리역으로 향하며, 찬신은 태오에게 '동수 씨'에 대해 설명했다. 그는 리셋 이전 자료들을 조사해 제공하는 일종의 정보 상인이라고 했다.

"의뢰인이 진실만을 말하리라는 보장도 없고. 설령 솔직하게 말했다고 해도 그건 결국 그 사람의 시각으로 본 정보일 뿐이니까요."

리셋으로 생긴 문제 대부분은 전후의 사건과 그 진실을 정확히 파악해야 해결 가능한 경우가 많다. 이번 박태진 사건도 그가 회사를 접은 이유가 리셋 이전의 어떤 일에 있을 가능성이 크니, 그걸 확인해야 한다는 게 찬신의 설명이었다. 일리가 있었기에 태오는 얌전히 고개를 끄덕였다.

"동수 씨는 자기가 정한 사람 외에는 접촉하지 않아요. 과거 정보를 수집하다 보니 오해도 많이 받고, 실제로 정보를 수집하다 보면 개인정보 침해나 이런저런 문제가 있어서요. 게다가 정부에서도 좋아하는 일은 아니니까요."

그래서 동수 씨와 접촉하기 위해서는 이런저런 루트를 통해야 한다고 찬신은 설명했다. 방금 찬신이 하던 스타크래프트도 그중 하나였다.

"국내에서 해외 게임사의 채팅 기록을 확인하기는 쉽지 않거든요. 애초에 게임사들은 정책상 보통 채팅 기록을 저장하지 않기도 하고. 무엇보다 스타크래프트에서 정보를 교환한다는 생각은 잘 못 하죠."

그나마도 만날 장소를 정하는 정도이니 누군가 기록을 보더라도 문제가 될 게 없었을 것이다. 태오는 고작 리셋 전 정보를 조사한다고 이렇게까지 해야 하나, 하고 의문을 가졌지만 찬신은 고개를 가로저었다.

"워낙 본인이 신상 노출에 민감해해서요. 지금 이렇게 태오 씨랑 같이 가는 것도 동수 씨가 알면 대노할 거예요. 아, 저기 있다."

왕십리역 한쪽에 서 있는 한 남자를 발견한 찬신은 태오에게 눈에 안 띄게 지켜보기만 하라고 당부하고는 그쪽으로 갔다. 동수는 탄탄한 체구에 고집스러운 얼굴을 가진 중년 남자였다.

태오는 그들이 만나는 모습을 좀 더 자세히 지켜보고 싶었지만, 동수 씨는 찬신에게 의뢰 내용이 담긴 쪽지만 받고는 바로 등을 돌려 지하철역으로 들어가버렸다.

"첩보영화 같네요."

태오의 말이 빈정거림으로 들렸는지 찬신은 애매한 웃음을 지었다.

"저분에게도 나름의 사정이 있어요. 본인이 자기 이야기 하는 걸 극도로 싫어하니 제가 뭐라 설명하기도 어렵고, 그냥 '우리랑 비슷한 사람'이라고 해두죠."

태오의 얼굴에 더 큰 물음표가 떠올랐지만, 찬신은 못 본 체하며 말을 돌렸다.

"일단 사무실로 돌아가죠."

세계보건기구와 정부의 지침에 따라 공식적인 자료에서는 리셋 이전의 역사는커녕 리셋이라는 단어조차 찾아볼 수 없었지만, 인터넷에는 여전히 수많은 정보가 돌아다니고 있었다. 정부가 아무리 공식적으로 없는 것으로 한다고 해도 사람들의 머릿속에는 2022년까지의 기억이 뚜렷이 남아 있는 것이다. 물론 인터넷에 떠도는 내용은 100퍼센트 개개인의 기억에 의존한 것이라 대조나 교차 검증 작업은 꼭 필요했다. 게다가 당연하게도 사진이나 영상 따위는 없었기에 조사하기 답답한 부분도 있었다.

그렇게 며칠, 태오는 온라인상의 아이돌 팬 커뮤니티를 돌며 트윙클파티에 대한 단서를 찾고 있었다. 찬신은 드디어 동수 씨에게 연락이 왔다며 자료를 받아 오겠다고 나간 참이었다.

"어? 이거…….."

인터넷 화면을 보던 태오의 눈이 동그래졌다. 그때 미래세탁소의 철문이 열리며 찬신이 돌아왔다. 이번에도 동수 씨와의 접선 장소가 사무실에서 멀지 않았던 모양이었다.

"태오 씨, 이리 와서 같이 보시죠."

찬신은 태오에게 손에 든 갈색 봉투를 흔들어 보이며 사무실 소파에 앉았다. 태오는 화면에서 눈을 떼지 못하다가 마지못해 찬신의 옆에 가서 앉았다.

둘은 소파에 나란히 앉아 동수 씨로부터 받아 온 자료들을 살펴보기 시작했다. 자료는 전부 손으로 쓰여 있었다. 이것도 보안 때문인가. 하지만 불퉁하던 태오의 얼굴이 서류를 넘길수록 놀라움으로 상기되었다.

"소장님, 이건……."

"네, 유림 씨에게 들은 것과 다르네요."

찬신의 말에 태오도 고개를 끄덕였다. 그는 자기 자리로 가 조금 전까지 보고 있던 화면을 출력해 찬신에게 건넸다.

"안 그래도 방금 이런 걸 봤거든요. 동수 씨 자료와 같은 이야기인 것 같죠?"

출력된 종이를 본 찬신의 얼굴이 진지해졌다.

"지금 박태진 사장은 어디 있죠? 그때 유림 씨에게 주소 받은 것 있죠?"

"안 그래도 위치를 저장해놨어요."

태오는 자신의 핸드폰을 꺼내 지도 앱을 보여줬다. 태오가 즐겨찾기를 해놓은 지도에는 박태진의 이름과 함께 별 모양의 기호가 몇 개 박혀 있었다. 유림이 흥신소에서 받았다는, 박태진이 주기적으로 오가는 장소들이었다.

"어, 여기……."

"네, 맞아요. 유림 씨가 흥신소에서 받은 자료에는 출몰 시간도 같이 있었는데, 제 생각에는 여기 취직한 게 아닌가 싶네요."

태오는 유림이 건넨 자료를 자리에서 찾아 꺼내 왔다. 그의 말대로 매일 일정한 시각에 그 장소에 가는 걸로 봐서는 출퇴근하는 장소인 것 같았다.

"하필이면 여길. 그래도 차라리 쉽게 해결될 수도……."

찬신은 태오가 알아들을 수 없는 말을 중얼거렸다.

"소장님?"

"어쩔 수 없죠. 유림 씨를 부르죠. 아, 다른 멤버들도 같이 오시라고 해주세요."

태오가 무언가 더 물어보려고 했지만, 찬신은 잔뜩 찌푸린 얼굴로 핸드폰을 들고 사무실 밖으로 나가버렸다. 태오는 어깨를 으쓱하고는 전화기를 들어 유림의 연락처를 찾았다.

§

회색 승합차가 압구정 번화가로 들어섰다. 군데군데 도장이 벗겨지고 녹슨, 아직도 굴러가는 게 신기할 정도로 낡은 차에는 찬신과 태오 그리고 유림을 비롯한 트윙클파티 멤버 네 명이 타고 있었다. 잘도 이런 차를 구해 왔네. 조수석의 손잡이를 꼭 잡은 채 태오는 생각했다.

"사장님이 여기 있는 건가요? 압구정에?"

유림이 찬신에게 물었다. 아무래도 유림도 찬신처럼 도로명 주소만 보고 실제 위치를 찾아볼 생각은 안 한 듯했다. 자기 탓에 박태진이 회사를 그만둔 게 아닐지 걱정하고 있었으니 그럴 법도 했다. 나머지 세 멤버 또한 뒷좌석에서 눈만 대굴대굴 굴리고 있는 걸 보면 전혀 몰랐던 듯했다. 세 멤버는 유림이 이미 박태진의 위치를 찾았었다는 것 자체를 몰랐을 수도 있었다. 태오는 괜한 오해가 없도록 말을 조심해야겠다고 생각했다.

그나저나 압구정이라. 태오도 그녀들이 놀라는 게 이해되지 않는 바는 아니었다. 그도 그럴 것이, 회사를 정리하고 빈털터리가 돼 있을 박태진이 하필이면 대한민국에서 가장 화려한 거리에 있다는 게 믿기지 않을 터였다. 게다가 차는 압구정로데오역을 지나 한류스타거리에 접어들고 있었다. 연예기획사를 접은 사람이 왜? 똑같이 의심스러운 표정을 짓고 있는 네 멤버를 바라보며, 태오는 안심시키듯 고개를 끄덕였다. 찬신은 본인이 박태진에게 가자고 해놓고 뭐가 마음에 안 드는지 내내 불퉁한 표정이라 자신이 대신 대답해야 할 것 같았다.

"이제 다 왔어요. 저기가 목적지입니다."

차의 앞 유리 너머로 태오가 가리킨 곳을 본 유림은 순간 할 말을 잃었다. 외벽이 전부 통유리로 된 으리으리한 건물이었다. 그 건물의 벽에는 거대한 현수막이 몇 개 걸려 있었는데, 누구나 이름만 대면 알 유명 가수와 배우들이었다. 대한민국 최고의 연예기획사 ZM엔터, 통칭 ZM의 사옥이었다.

"저기라고요? ZM?"

어지간히 당황했는지 유림의 말끝이 떨렸다. 아이돌을 꿈꾸는 지망생이라면 누구나 들어가고 싶어 하는 회사. 유림뿐 아니라 트윙클파티 멤버 모두 잘 알 듯했다. 다들 ZM에 발탁되기 위해 한 번쯤은 오디션을 본 경험이 있을 테니까.

"설마, PTJ엔터는 그렇게 없애버리고 사장님은 ZM에 들어간 거예요?"

뒷자리에서 잔뜩 흥분한 목소리가 들렸다. 주리라고 했던가. 태오는 그녀를 어깨 너머로 흘깃 바라보다가 눈이 마주치자 재빨리 고개를 정면으로 향했다. 찬신이 알아서 설명해주겠지, 라고 생각하며.

"뭐, 사실관계만 놓고 보자면 그런 셈이죠. 이제 곧 만나게 될 테니 기다려주세요."

찬신은 주차장을 향해 차를 몰았다. 역시 뭔가 심기가 불편한 듯 딱딱한 목소리였다. 입구에는 보안요원과 차단기가 있었지만, 승합차가 다가가자 별 제지 없이 차단기가 올라갔다. 찬신은 자연스럽게 주차장으로 들어가 건물 입구 쪽에 차를 댔다. 누군가 주차장을 오간다면 쉽게 볼 수 있는 위치였다.

"여기서 기다리면 되나요? 아니면 내릴까요?"

승합차의 시동을 끄고도 찬신이 별말이 없자, 유림이 물었다. 누구보다 적극적으로 박태진을 찾으려 했던 그녀였으니 조바심이 날 만도 했다. 찬신은 핸드폰으로 시간을 확인하고는 고개를 저었다.

"잠시만 기다려주세요. 올 때가 됐습니다."

유림과 나머지 멤버들은 설명해달라는 얼굴이었지만, 찬신은 그럴 생각이 없는지 가만히 차창 밖을 바라보고만 있었다. 그런 찬신의 태도에 유림은 태오에게로 시선을 돌렸지만, 태오로서도 그녀에게 해줄 수 있는 말이 없었다. 흥신소의 자료를 통해 박태진이 ZM에서 일하고 있다는 걸 확인한 후, 찬신은 자기가 알아서 처리하겠다며 이 자리를 홀로 세팅했다. 그 때문에 태오는 오늘 어떤 일이 벌어질지 아는 바가 없었다.

물론 지난 며칠간 태오도 찬신에게 몇 번 일의 진행 경과라든지 도울 일이 없는지 따위를 물어보려 했었다. 하지만 평소 유들유들한 찬신이 ZM에 관련된 이야기만 나오면 이상하게 굳은 얼굴로 언급을 피해서 제대로 묻질 못했다. 주차장이긴 해도 쉽게 사옥 안으로 들어온 것이나 박태진이 언제 이곳에 나타날지 그의 스케줄을 알고 있다는 듯한 태도를 봤을 때는 ZM에 뭔가 끈이 있는 듯한데, 그런 인맥을 이용하는 것 자체가 찬신에게 그다지 유쾌하지는 않은 일인가 하는 생각이 들 정도였다.

그때 건물 입구 쪽에서 여자의 날카로운 목소리가 들려왔다. 차 안에 있는 모두가 그쪽을 바라봤다.

"이게 아니라고 했잖아! 심부름 하나 제대로 못 해요?"

"죄송…… 죄송합니다."

건물 입구 앞에는 잔뜩 화가 난 여자와 그 앞에 고개를 조아린 남자가 있었다. 남자는 연신 사과하며 바닥에 떨어진 물건들을 줍고 있었다. 남자의 얼굴을 확인한 유림과 멤버들의 눈이 커졌다. 그 모습을 본 찬신은 그녀들에게 나직하게 말했다.

"지금 오셨네요. 박태진 사장님."

ZM 주차장에서 비굴한 태도로 굽신거리고 있는 남자. 그가 바로 PTJ엔터의 사장 박태진이었다.

§

오늘도 고된 하루였다. 박태진은 여배우를 간신히 달래 집에 보내고 터덜터덜 힘없는 걸음으로 비닐봉지를 든 채 주차장을 벗어났다. 비닐봉지 안에는 아까 여배우가 집어던진 샌드위치가 들어 있었다. 근처 유명 브런치 카페에서 한참을 줄 서서 사 온 것이었다. 분명 시킨 대로 산 건데, 피클을 빼란 이야기는 안 했잖아. 박태진은 우울한 표정으로 혼잣말을 중얼거리며 한숨을 내쉬었다. 성격이 너무 까다로워서 오래 버틴 매니저가 없기로 유명하다더니, 과연 명불허전이었다.

PTJ엔터를 정리하고 몇 달을 방황했지만 결국 박태진이 갈 곳은 이곳 연예계밖에 없었다. 이십대 초반부터 매니저 생활을 해왔던지라 이것 외에는 별다른 재주가 없기도 했으나, 그보다는 박태진이 이 업계를 꽤나 사랑하고 있다는 게 더 큰 이유였다. 그 사랑이 너무 지나친 나머지 직접 연예기획사를 차려보기도 했지만…….

이대로 더 파고들었다가는 우울한 생각이 들 것 같아 박태진은 도리질 쳤다. 하루아침에 PTJ엔터를 정리하고 빈털터리가 된 그를 받아준 건 예전 매니저 시절부터 연을 이어온 ZM 뿐이었다. ZM에서도 작은 업체에서나마 사장이었던 그를 그냥 매니저로 쓰기는 껄끄러웠을 것이다. 박태진은 샌드위치를 물끄러미 바라봤다. 찌그러진 모양새가 마치 지금의 자신 같았다. 그리고 그보다 더 비참한 건, 오늘 저녁은 이걸로 때울 수 있겠다는 생각을 하고 있는 스스로였다.

"사장님!"

사옥 옆 골목을 걷고 있는 박태진의 귀에 익숙한 목소리가 들려왔다. 여기선 들릴 리 없는 목소리. 박태진은 고개를 들어 그쪽을 쳐다봤다. 몇 년을 공들여 키운, 아니 연예계에 대해 그가 가졌던 꿈 그 자체였던 그룹 트윙클파티. 그 트윙클파티의 리더이자 간판 멤버였던 유림, 그녀가 눈앞에 서 있었다.

"어? 어어?"

난데없는 유림의 등장에 박태진은 자기도 모르게 놀란 소리를 냈다. 가슴에서 순간적으로 너무 많은 말이 솟구쳐 나와 목구멍에서 병목현상을 일으킨 것 같았다.

"사장님!"

다시 한번 유림이 그를 부르며 한 걸음 다가왔다. 그 순간, 박태진은 몸을 돌려 달리기 시작했다. 반사적인 행동이었다. 저 아이가 왜 여기 있는지 모르겠지만, 지금은 마주치고 싶지 않았다.

"왜 도망가시는 거예요!"

돌아보니 유림이 쫓아오고 있었다. 왜냐고? 그건 자신도 몰랐다. 어쨌든 박태진은 유림을 피해 달렸다.

"와, 진짜 이리로 오네요."

정신없이 달리던 박태진이 웬 남자 목소리가 들린 순간, 그는 골목길 끝에 서 있던 승합차에 납치되듯 끌려들어갔다.

§

골목 저쪽에서 달려오는 박태진을 보며 태오는 어이가 없었다. 처음 찬신이 승합차로 유림 반대쪽의 골목길을 막자고 했을 때, 태오는 그의 말이 이해가 가지 않았다.

"박 사장이 유림 씨를 보고 도망칠 수도 있다고요? 설마 그

74

렇게까지?"

안 해줘도 될 정산까지 다 해줬다면서, 그가 뭔가 꿀릴 게 있어 유림을 보고 도망친다는 것인가. 하지만 찬신은 태오의 말에 고개를 저었다.

"태오 씨도 같이 조사했잖아요. 박태진 사장이 PTJ엔터를 폐업할 이유가 있다면 리셋 전의 그 일뿐이죠."

옆에 트윙클파티 멤버들이 있어 말을 아끼는 듯했지만, 태오는 찬신의 말뜻을 알아들었다. 둘이 조사했던 바에 따르면 박태진은 리셋 전에 일어난 어떤 일 때문에 사업을 포기했을 가능성이 컸다. 하지만 태오 생각에는 그게 유림을 피해 도망쳐야 할 일인지는 판단이 서지 않았다. 동수 씨의 자료와 태오가 조사했던 내용에 따르면, 박태진이 회사를 접은 건 유림 때문이 아니었다. 그럼에도 찬신은 밑져야 본전이라며 자기 생각을 밀어붙였다. 유림을 만나 이야기를 잘하는 것 같으면 다른 멤버들과 함께 그리로 가면 되고, 아니라면 박태진이 승합차 쪽으로 달려올 테니 손해 볼 게 없다는 것이었다. 그리고 그의 예측은 기가 막히게 적중해 박태진을 승합차 안으로 잡아넣게 됐다.

"와, 진짜 이리로 오네요."

박태진은 어찌나 정신없이 뛰어왔는지 별다른 저항도 못 하고 빨려들 듯 승합차에 탔다.

"어, 너희?"

차 안의 주리와 란, 하서를 본 박태진이 얼빠진 소리를 내뱉고 있을 때, 골목 반대쪽에서부터 달려온 유림이 헐떡이며 승합차로 다가왔다.

"아니, 대체, 왜 도망치는, 거예요?"

숨이 턱 끝까지 차 유림은 띄엄띄엄 말했다. 승합차 안에서 모두에게 둘러싸이게 된 박태진은 더 이상 도망치기를 포기한 듯 어깨를 늘어뜨렸다.

"너희들 갑자기 무슨 일이야. 이 사람들은 또 뭐고?"

갑자기 담담한 어투로 말하는 박태진의 모습에 멤버들은 순간 말문이 막힌 듯 아무 말 하지 못했다. 애초에 박태진은 주변을 정리하고 떠난 사람일 뿐 도망자는 아니었다. 그로서는 멤버들에게 당당하지 못할 이유가 없었다. 그때 차 밖에서 상황을 지켜보고 있던 찬신이 나섰다.

"박 사장님 되시죠? 저는 유림 씨 의뢰로 박 사장님을 찾은 미래세탁소의 이찬신 소장이라고 합니다."

"미래세탁소? 뭐 좋아요. 그래서 나한테 무슨 일이요?"

박태진은 배짱부리듯 허리를 곧추세우고 어깨를 펴며 따지듯 말했다. 나름 센 모습을 보이려 하는 것 같았지만, 오히려 작은 짐승이 위기 상황에 몸을 부풀리는 것 같은 모양새로 느껴져 위협적으로 보이지 않았다. 찬신은 동요하지 않고 설명했다.

"여기 있는 유림 씨가 저희 쪽에 의뢰하셔서요. 박 사장님을 만나 하고 싶은 말이 있으시다고."

찬신의 말에 박태진은 고개를 돌려 유림을 바라봤다. 유림은 뛰어오느라 흐트러진 호흡을 고르다가 곧 정신을 차리고 박태진을 향해 물었다.

"저 때문에 그만두신 건가요?"

"뭘?"

유림은 감정이 북받쳐 올랐는지 눈물을 흘리며 말을 쏟아냈다.

"저 때문인 거죠? 제가 그날…… 죽어버려서. 리셋 후에는 그 충격에서 못 벗어나서, 그래서 회사를 접으신 거죠?"

"아니…… 그게."

박태진은 당황한 듯 말을 더듬었다.

"언니! 언니는 지금까지 그렇게 생각하고 있었던 거야? 다 자기 때문이라고……. 그래서 그렇게 죽을 둥 살 둥 사장님을 찾아다닌 거야?"

차 안쪽에 앉아 있던 주리가 울며 소리쳤다. 란과 하서도 얼굴이 눈물범벅이었다. 태오는 중재해야겠다고 생각했다.

"저, 그게……."

"박 사장님이 PTJ엔터를 폐업하신 건 그런 이유가 아닙니다. 그렇죠, 박 사장님?"

태오가 멤버들에게 뭔가 말하려던 찰나, 찬신이 나서 박태진에게 말했다. 박태진은 세차게 고개를 끄덕이며 긍정의 표시를 했다. 그러자 그때껏 울고 있던 트윙클파티 네 명도 눈물을 삼키며 찬신을 바라봤다.

"리셋이 일어났던 2022년 말 기준으로 활동하고 있던 걸그룹은 100팀이 넘었습니다. 보이그룹까지 합하면 그 두 배는 될 거고요. 하지만 지금 그들이 전부 활동하고 있지는 않죠. 왜인지 아시나요?"

찬신이 무슨 말을 하고 싶은 것일까. 박태진과 트윙클파티는 물론 태오마저도 찬신이 말하는 의도를 몰라 그저 그를 쳐다보고만 있었다.

"연예기획사들은 이미 어떤 그룹이 성공했고, 어떤 그룹이 실패했는지 알고 있으니까요. 실패한 그룹을 굳이 다시 데뷔시킬 필요는 없죠. 트윙클파티의 사례가 특별했던 건 아닙니다. 많은 기획사처럼 박태진 사장님도 포기하셨을 뿐이죠. 실제로 리셋 전 유림 씨의 사망 사건으로 오히려 그룹은 더 주목받았다고 들었습니다. 하지만 그럼에도 생각했던 것만큼 성적이 나오지 않았던 것 아닌가요?"

"그게 무슨!"

박태진은 발끈했다. 트윙클파티는 그가 연예계에 몸담으며 키워온 꿈 그 자체였다. 비록 대박 그룹은 아니었다고 해도, 실적이 안 나온다고 폐기처분 할 팀은 아니었다.

"우리 사장님은 그런 분이 아니에요!"

"당신이 뭘 안다고 그런 식으로 말해?"

멤버들이 저마다 한마디씩 소리쳤다. 그런 그녀들의 반응에도 찬신은 당황하지 않고 오히려 엷은 미소를 띠었다. 그리고 기다렸다는 듯 물었다.

"그러면 왜 PTJ엔터를 정리하신 거죠?"

박태진은 고개를 떨궜다. 그의 처진 어깨가 더 작아 보였다. 태오는 돌아가는 분위기를 보자 찬신이 왜 박태진을 도발했는지 알 것 같았다. 찬신과 그가 조사한 대로라면 PTJ엔터의 폐업은 유림의 죽음과 무관했다. 찬신이 말한 대로 실패한 그룹이었기 때문은 더더욱 아니었고. 실제로 조사한 바에 따르면, 트윙클파티는 리셋 후 사라진 그룹들과 비교하면 꽤 괜찮은 성적을 내던 팀이었다. 하지만 자신들이 알아낸 폐업의 이유를 박태진 앞에서 읊어봐야 인정하지 않을 수도 있으니, 트윙클파티 멤버들 앞에서 박태진이 직접 말할 수 있도록 분위기를 조성한 것이었다. 태오의 생각대로 박태진은 한없이 가라앉은 목소리로 주절주절 설명하기 시작했다.

"너희에게 정말 면목이 없다. 특히 유림이 너한테."

"왜 저한테……."

모르겠다는 표정으로 반문하는 유림을 보며, 박태진은 여전히 고개를 숙인 채 죄를 고백하듯 읊조렸다.

"여기 이분이 한 말 중에 일부는 맞아. 네가 사고로 그렇게 되고…… 일시적으로 세간의 관심이 트윙클파티에게 쏠리면서 오히려 치고 올라갈 기회라고 생각하기도 했어."

태오는 유림의 표정을 슬쩍 살폈다. 하지만 그녀는 여전히 슬픈 얼굴을 하고 있을 뿐, 박태진에 대한 실망이나 원망은 표정에 보이지 않았다.

"그런데…… 사기를 당했다."

"네?"

박태진의 한마디에 숙연했던 분위기가 묘하게 변했다.

"고향에서부터 알던 형님, 아니 어떤 개새끼가 있었는데 잘만 하면 회사의 자금력을 더 키울 수 있다고 해서 지분 투자 형식으로 회삿돈을 넣었어. 그런데 그 자식이 어느 순간 사업을 접고 해외로 도망가버렸어. 이게 전부 다 그 새끼, 아니 전부 내가 못난 탓이지. 그래서 결국 리셋 전에 이미 회사는 파산하기 직전이었다."

주위가 조용해졌다. 그럼 리셋 전 회사를 망하게 한 것에 책임감을 느껴 회사를 해산시켰다는 말인가. 뜻밖의 사실에 유림을 비롯한 멤버들은 아무 말도 하지 못한 채 그저 박태진을 바라만 보고 있었다.

"너희한테는 미안할 뿐이다. 난 아무래도 회사를 이끌어갈 재목이 아니야. 리셋이 됐다고 한들 앞으로 회사를 잘 운영할 자신도 없고 그래서 난, 나는……."

"트윙클파티가 새롭게 활동할 수 있는 더 큰 소속사를 알아보려고 했었죠."

찬신이 거들었다. 한 박자 늦게 찬신의 말에 담긴 뜻을 알아챈 멤버들의 얼굴이 놀라움으로 물들었다.

"그게 무슨 말씀이세요?"

유림의 물음에 태오가 대답했다.

"소장님 말씀 그대로입니다. 박 사장님은 리셋 전에도 회사가 도산할 걸 예상하고 트윙클파티를 다른 기획사로 옮기려고 여기저기 타진해보고 계셨어요. 그리고 리셋 후에 회사를 해체하신 이유도 아마……."

"너희는 충분히 능력이 있으니까. 연습생일 때 내가 놓아준다면 어떻게든 길을 찾으리라 생각했어. 비겁한 이야기지."

사실 리셋 직후 몇 달간 박태진은 트윙클파티와 PTJ엔터의 스태프들을 받아줄 다른 회사를 찾아다녔었다. 하지만 멤버 중 한두 명만 선택적으로 받는다면 모를까 영세한 기획사를 그대로 인수하겠다는 회사는 없었고, 이에 절망한 박태진은 회사를 정리하고 떠나버린 것이었다. 자신이 없는 게 남은 이들에게 더 도움이 될 거라고 합리화하며.

"왜 그런 생각을…… 다 같이 다시 잘해볼 수도 있었잖아요."

"맞아요! 한번 해봤으니 더 잘될 수도 있잖아요."

유림과 주리가 박태진에게 외쳤다. 하서와 란도 뒤에서 열심히 고개를 끄덕였다. 이런 상황에서도 박태진에 대한 그들의 믿음은 흔들림이 없는 것 같았다. 박태진도 그걸 느꼈는지 괴로운 목소리로 말했다.

"나도 할 수만 있다면 너희와 다시 해보고 싶었어. 트윙클파티가 나에게 어떤 존재였는지는 너희도 잘 알잖아. 하지만 나로선 너희를 최고의 그룹으로 키울 수 없다는 걸 너무도 절실하게 깨달았어."

기다렸다는 듯 찬신이 그들 사이에 나섰다.

"그럼 충분한 지원이 있다면 다시 해볼 마음은 있으신가요?"

"네?"

박태진은 잠시 얼빠진 얼굴을 했지만 곧 고개를 끄덕였다. 살면서 가장 크게 꿨던 꿈이다. 트윙클파티를 성공시킬 수 있다면 더 바랄 게 없을 터였다.

"이제 와서 그런 말이 무슨 소용이 있겠냐마는, 트윙클파티를 최고의 걸그룹으로 만드는 게 제 인생 목표입니다."

찬신은 오늘 보여준 표정 중 가장 부드러운 표정을 보이며 주머니에서 핸드폰을 꺼내 어디론가 전화를 걸었다.

"이제 오시면 될 것 같습니다. 여기 ZM 사옥 뒤편 주차장 입구입니다."

어리둥절해하는 박태진 사장과 트윙클파티 사이에서, 태오는 며칠 전 사무실에서 나가며 누군가에게 전화를 걸던 찬신의 모습이 떠올랐다. 출입 등록이 되어 있는 승합차, 훤히 꿰고 있던 박태진의 스케줄, 분명 ZM의 누군가와 연락하고 있는 것이리라. 그런 태오의 추측을 증명하듯 ZM 사옥의 후문에서 세련된 흰색 정장을 입은 여자가 걸어 나왔다.

"신희진 이사?"

후문에서 나와 이쪽으로 곧장 걸어오는 여자를 주시하던 태오의 귀에 박태진이 중얼거리는 소리가 들렸다. 찬신의 '끈'이 바로 이 여자였을까? 태오가 그렇게 추측하는 사이, 신희진이라고 불린 여자는 찬신에게 다가와 고개를 꾸벅 숙였다. 정중한 태도였지만 찬신은 떨떠름한 표정으로 고개만 까딱해 보이고는 팔짱을 끼고 다른 곳을 바라봤다. 신희진은 무례할 수도 있는 찬신의 그런 태도에도 아랑곳하지 않고 박태진에게 말했다.

"박 매니저님, 오늘부로 신규 걸그룹 프로젝트 피디로 임명되셨습니다. 트윙클파티 멤버들은 오늘부터 ZM 소속 연습생이고요. 박태진 피디님 관리하에서 데뷔를 준비하게 될 겁니다."

"갑자기 그게 무슨……."

"사장님 지시입니다. 일단 계약부터 해야 하니 사무실로 가시죠."

갑자기 하늘에서 뚝 떨어진 행운이 믿기지 않는지, 박태진은 그저 얼떨떨한 표정을 지을 뿐이었다. 신희진은 다소 건조한 말투로 했던 말을 반복하고는 몸을 돌려 후문으로 걸어가기 시작했다. 박태진은 헐레벌떡 신희진 쪽으로 달려갔고, 유림을 제외한 멤버들도 그 뒤를 따랐다.

"소장님."

그 모습을 보며 유림이 찬신을 불렀다.

"유림 씨의 의뢰는 '박태진 사장을 찾아 다시 함께 일할 수 있도록 해달라'였으니까요. 제가 알아보니 박 사장님, 아니 박 피디님이 경영 능력은 몰라도 프로듀싱은 이쪽에서 인정받는 분이었다고 하더라고요."

찬신은 굳었던 얼굴을 풀고 작게 미소 지으며 얼른 들어가라는 듯 유림에게 손짓했다.

§

비가 몇 번 퍼붓더니 요 며칠 사이에 날씨가 많이 따뜻해졌다. 이제 봄이 되려나. 태오는 겨울의 한기가 희미해져가는 공기를 느끼며 발걸음을 재촉했다. 늦잠을 자서 출근길이 늦어진 탓이었다. 어제도 늦게 퇴근했잖아, 그래서 그래. 태오는 속으로 그렇게 중얼거리며 미래세탁소로 향했다.

"그때그때 달라요. 의뢰가 몰릴 때도 있고, 한산할 때도 있고."

손님이 없어 걱정하던 태오에게 했던 찬신의 말은 진실이었다. 약속이나 한 듯 이런저런 의뢰가 몰려 며칠째 야근의 연속이었다. 덕분에 미래세탁소를 때려치우겠다는 태오의 결심은 유예된 상태였다. 유림의 일에서 찬신이 보여준 모습이 그를 조금 더 여기 있고 싶게 만들기도 했고.

"저 왔습니다."

어차피 늦은 거 당당하게 들어가자. 태오는 그런 생각으로 크게 인사하며 사무실 문을 열었다. 찬신은 자리에 앉아 커피를 마시고 있었다. 그런데 종이컵에 든 커피믹스가 아니었다.

"웬일로 아이스아메리카노를 드세요?"

믹스커피를 주식처럼 먹던 찬신이 아이스아메리카노를 빨대로 쪽쪽 빨아 먹고 있었다.

"저기 태오 씨 것도 있어요."

찬신이 가리킨 테이블을 보니, 과연 아이스아메리카노가 한 잔 더 놓여 있었다. 태오는 테이블로 가 커피를 들어 올리며 찬신을 흘깃 바라봤다. 그는 평소처럼 스포츠신문을 읽고 있었다. 아이스아메리카노를 제외하면 여느 때와 같은 광경이었다.

찬신은 이제 완전히 평소의 헤실거리는 얼굴로 돌아와 있었다. 몇 주 전 ZM에 가면서부터 무섭게 굳었던 그는 사라졌다. 그때 누굴 통해 ZM의 정보를 알아내고 박태진 사장과 트윙클파티까지 이적시킬 수 있었던 건지, 태오로선 물어보고 싶은 게 산더미였지만 아직도 묻지 못하고 있었다.

"안녕하세요! 태오 씨 오셨네요?"

미래세탁소 문가에서 밝은 목소리가 들려왔다. 태오가 돌아보니 갈색 앞치마를 두른 유림이 서 있었다.

"유림 씨? 여기는 왜?"

"요 앞 카페에 취직했대요."

"아유, 취직은 무슨. 그냥 아르바이트생이에요."

찬신의 말에 유림은 웃으며 손을 저었다. 아르바이트라는 말에 태오는 고개를 끄덕였다. 그녀는 이제 완전히 연예계를 떠날 셈인 듯했다.

그날 박태진과 트윙클파티 멤버들이 신희진을 따라 들어갈 때, 유림은 가지 않았다. 그녀의 돌발 행동에 박태진과 나머지 멤버들이 그녀를 설득하려 했지만 요지부동이었다. 리셋 후 생긴 공황장애가 다 낫지 않아 다른 사람들에게 폐가 될 뿐이라며 그녀는 끝까지 ZM으로 가지 않겠다고 했다. 박태진의 재기와 트윙클파티의 재데뷔를 위해 누구보다 앞장서 노력했지만, 처음부터 그녀는 다시 아이돌로 돌아갈 생각이 없었다는 것이다.

"새로 얻은 삶이니까요. 다른 게 해보고 싶기도 하고."

돌아오는 길에 그녀는 그렇게 말했었다.

"이거, 아까 커피 가져올 때 같이 드리려고 했는데 좀 늦게 완성돼서요. 제가 구운 거예요."

그녀는 태오에게 쿠키가 든 봉지를 건네고는 자주 놀러 오겠다는 말을 남기고 사무실을 나섰다.

"해보고 싶다는 게 카페 일이었구나."

그렇게 중얼거리며 자기 자리에 앉던 태오는 책상 위에 올려진 서류를 보고는 찬신을 향해 볼멘 소리를 했다.

"소장님 또 의뢰예요? 우리 며칠째 밤 새우고 있는데, 이거 사람이라도 더 뽑아야 하는 거 아녜요?"

그 말을 못 들은 척 태오를 몰래 신문지 너머로 바라보며, 찬신은 며칠 전 태오가 자리를 비웠을 때 유림이 찾아왔었다는 건 절대 말하지 말아야겠다고 다짐했다. 유림이 미래세탁소에서 일하고 싶다며 왔었다는 걸 알면 태오가 꽤나 실망할 테니 말이다.

말종의 종말

불판 위의 삼겹살이 이런 기분일까. 태오는 아지랑이가 올라오는 아스팔트를 원망 어린 눈으로 바라봤다. 그늘에라도 들어갈 수 있다면 좋으련만, 횡단보도에 설치된 햇빛 가리개 아래에는 이미 사람들이 빼곡히 들어차 끼어들 엄두도 낼 수 없었다. 이 더운 날씨에 저기서 부대끼고 싶은 기분은 들지 않았고.

2000년대 들어 최고의 폭염이라고 했다. 언론에서는 연일 기상 관측 이래 역대 최고 기온을 갱신 중이라는 이야기가 흘러나왔다. 그래, 뭐 그럴 수 있다. 리셋 전에도 이런 불볕더위가 전국을 강타했었으니까. 문제는 그게 2년 연속은 아니었다는 거지만.

흔히 어떤 작은 행동이 생각지도 못한 변화를 가져올 때 나비효과라는 말을 쓴다. '나비의 날갯짓이 지구 반대편에서는 태풍을 불러올 수 있다'라는 의미다. 그저 학자들이 이론을 설명하기 위해 하는 비유라고 생각했건만 아무래도 진짜였나보다. 나비들이 날갯짓을 많이 한 탓일까. 실제로 원인은 모르겠으나 리셋 이전과 기후가 달라졌다. 원래 2018년 여름엔 어마무시한 폭염이 있었다. 워낙 기록적인 폭염이었기 때문에 태오도 기억했다. 그런데 리셋 후에는 다음 해인 2019년에 더 강도 높은 폭염이 찾아왔다.

태오는 최대한 그늘 밑으로 걸으려 애쓰며 성수동 골목길을 지나갔다. 천천히 걷는데도 숨이 턱 막히고 겨드랑이와 목덜미에 땀이 배어 나왔다. 집을 나서기 전 확인한 바로는 기온이 32도쯤이었다. 한여름에 32도면 괜찮은 거 아니냐고? 물론이다. 지금이 오전 9시도 채 안 된 출근길이라는 것만 빼면 말이다.

간신히 골목길을 빠져나오자 3층 상가 건물이 나타났다. 눈앞의 건물을 본 태오는 한숨을 푹 내쉬었다. 평소에도 불만이었지만 계단이 없는 이 건물은 요즘 같은 날씨에는 특히 고역이었다. 간신히 3층 계단을 다 올라 철문의 손잡이를 잡자 달궈진 쇠 특유의 뜨끈한 열기가 느껴졌다. 태오는 괜히 철문에 달린 미래세탁소라는 아크릴 간판을 노려봤다.

태오가 미래세탁소의 직원이 된 지도 벌써 반년이 지났다. 한 달만 지나면, 월급만 받으면, 하고 이를 갈던 하루하루가 쌓여 어느새 6개월이 된 것이다. 물론 태오의 마음도 처음 찬신의 반협박에 못 이겨 억지로 출근했을 때와는 달라져 있었다. 도망간 아이돌 소속사 사장을 잡아야 했던 첫 의뢰 이후, 찬신과 함께 몇 가지 사건을 해결하며 조금은 마음이 누그러졌다. 생각보다 남을 돕는 이 일이 나쁘지 않다고 느껴졌다. 그 덕에 '당장 그만둔다'에서 '조금은 더 지켜볼까?' 정도로 마음이 너그러워진 것이다.

"뭐 하세요?"

가끔 찬신이 이렇게 엉뚱한 짓을 할 때만 빼면. 찬신은 어디서 구했는지 모를 군용 모포와 침낭을 군대 훈련소에서나 쓸 것 같은 더플백에 욱여넣고 있었다.

"아, 태오 씨. 역시 가봐야 할 것 같아서요."

"어딜……. 아, 거기에 가시려고요?"

찬신은 자못 비장한 얼굴로 고개를 끄덕였다.

"네, 논산 훈련소요. 나 없는 동안 사무실 잘 지켜줘요."

아이구야. 태오는 감탄사를 흘리며 짐을 싸고 있는 찬신에게 다가갔다.

"근데 이런 짐은 왜 싸시는 거예요? 얼씨구, 야삽까지?"

찬신이 챙기고 있는 물건들은 사용감이 꽤 있어 보이는 데다 아무리 봐도 진짜 군용 같았다. 이런 건 대체 어디서 구한 걸까.

"시위를 하기로 했어요. 행군 시위. 논산 훈련소에서 국방부가 있는 용산까지 행군할 겁니다."

그렇게 말하는 찬신의 얼굴은 전쟁터에 나가는 군인처럼 비장했다.

느닷없이 세상이 5년 전으로 돌아가버린 리셋. 이 현상은 많은 피해자를 낳았다. 전 세계가 동일하게 겪고 있는 중에도 대한민국 한정으로 특별한 상황에 놓인 이들이 있었는데, 바로 리셋이 일어난 5년 사이 군대에 다녀온 사람들이었다.

군필자는 전역하고 나서도 몇 년 동안은 다시 군대에 끌려가는 악몽을 꾼다고 한다. 자기가 전역한 부대 쪽으로는 오줌도 안 눈다는 사람도 많다. 국방의 의무란 신성하지만 그만큼 괴롭고 힘든 일인 것이다. 그런데 군대를 다시 가라니? 한 번이야 대한민국 국민으로서, 남들도 다 가니까 별 거부감 없이 다녀왔던 사람도 두 번은 절대 용납할 수 없었다. 그래서 전국 각지의 젊은이들이 뭉치기 시작했다. 재입대 거부자 연대, 일명 '재거련'의 탄생이었다.

억울할 거다. 똑같이 군대를 다녀온 사람으로서, 태오는 그들의 심경을 백번 천번 이해할 수 있었다. 다만 리셋 전의 미래에 대해서는 공식적으로 어떤 것도 인정되지 않는다는 게 문제였다. 그게 정부의 방침이고 세계보건기구의 권고사항이었다. 방법이 없었다. 아마 재거련 청년들도 충분히 알고 있을 것이다. 그러니 지푸라기라도 잡는 심정으로 찬신과 미래세탁소에까지 온 것일 거고.

태오가 의아한 건 찬신의 태도였다. 분명 재거련의 운영진이 의뢰를 요청했을 때는 완곡하게 거절하지 않았던가. 의뢰가 도저히 해결 가능성이 없을 때는 거절하고 현재에 충실할 수 있도록 돕는 것이 미래세탁소의 일이라는 게 찬신의 평소 지론이었다. 그런데 갑자기 재입대 반대 시위에 동참한다니? 태오의 얼굴에 그런 의문이 드러났는지, 찬신이 설명을 덧붙였다.

"물론 논산에서 용산까지 행군한다고 해결될 일은 아니겠죠. 그런데 얼마 전 왔던 재거련 간부 학생의 말이 너무 절절해서요."

태오는 함께 만났던 재거련 총무의 말을 떠올렸다. 결국 우리가 군대를 다녀왔다는 걸 인정받을 수 있는 길은 없을지도 모른다. 하지만 이렇게라도 우리의 억울함을 세상에 알리고 싶다. 뭐 그런 이야기였다.

찬신이 행군 시위에 동참한다고 해서 결과가 바뀌는 건 아니었다. 아마 청년들의 의뢰를 받아줄 수 없었던 미안함이 찬신을 논산으로 향하게 했을 것이다. 어찌 보면 미련한 행동이다. 하지만 태오는 요 몇 달 찬신과 함께 행동하며 그런 마음가짐이야말로 미래세탁소가 계속 사람들에게 의뢰받으며 굴러갈 수 있는 원동력이 아닐까 하는 생각을 어렴풋이 하게 됐다.

"그 심정 모르는 바는 아니죠. 잘 다녀오세요."

"네네. 논산에서 걸어 올라와야 하니 열흘에서 보름은 걸릴 거예요. 자, 그럼!"

찬신은 자기 몸통만 한 더플백을 둘러메고는 남은 손을 이마에 가져다 대며 경례하는 시늉을 했다. 태오가 마지못해 경례를 받아주자 찬신은 씩 웃으며 사무실 문을 나섰다.

"그래서 논산에서부터 서울까지 걸어서 올라온다고요?"

대단하네, 유림은 그렇게 중얼거리며 태오의 책상에 아이스 아메리카노를 내려놓았다. 유림은 근처 카페의 아르바이트생이 된 뒤, 미래세탁소 사무실에 놀러 오는 것이 일상이 됐다. 찬신이나 태오야 가끔 공짜 커피를 얻어 마실 수 있으니 대환영이었고.

"그럼 소장님 안 계신 동안에는 태오 씨가 혼자 의뢰를 처리하는 거예요?"

"글쎄요."

유림의 말에 태오는 머리를 긁적였다. 첫 의뢰 이후, 찬신과 함께 몇 가지 사건을 해결하기는 했지만 혼자서 뭘 해본 적은 없었다. 찬신도 자기가 없는 동안 사무실을 잘 지키라고만 했지, 구체적으로 뭔가를 어떻게 하라는 지시는 없었다.

"그사이 의뢰가 들어오면 접수만 받아놓으면 되지 않을까요? 저야 뭐 소장님이 접촉하는 정보원들 연락처도 없으니까."

"흠, 그래요?"

유림의 목소리에서 못내 아쉽다는 듯한 느낌이 묻어나왔지만, 태오는 깊이 생각하지 않았다.

"저기……."

그렇게 태오와 유림이 시답잖은 이야기를 나누고 있는데, 누군가 그들을 불렀다. 문틈 새로 어딘가 불안해 보이는 창백한 인상의 중년 남자가 보였다.

"여기가 미래세탁소 맞죠?"

남자의 말에 태오가 뭐라 대꾸하려는데, 뒤에서 다른 목소리들이 들렸다.

"맞다니까. 여기 간판에 쓰여 있잖아요."

"대리님은 좀 가만히 있어봐요!"

남자의 일행일까. 문틈으로 보이는 중년 남자의 뒤로 젊은 남녀의 목소리가 들려왔다. 태오는 고개를 끄덕이며 문으로 다가갔다.

"네, 맞습니다. 들어오시죠."

태오의 말에 창백한 중년 남자는 안심한 듯한 눈빛으로 문을 당겨 열었다.

"의뢰를 맡기고 싶어서 왔는데요. 이게 될지는 모르겠지만."

망설임이 진하게 묻어 있는 중년 남자의 말에 뒤의 젊은 남자가 답답한 듯 뭐라 말하려 했지만, 옆에 서 있던 여자가 팔꿈치로 쿡 찌르자 못 이긴 듯 다시 입을 다물었다.

"천천히 말씀해주시죠. 일단 여기 앉으세요."

태오는 미래세탁소 사무실의 정가운데 위치한, 가죽 소파를 가리키며 씩 웃었다. 나름의 영업용 미소였다. 세 사람은 소파에 나란히 조로록 앉았다.

"아, 그게……."

중년 남자는 주머니에서 손수건을 꺼내 연신 땀을 닦으며 말 꺼내기를 주저했다. 젊은 남자와 여자는 중년 남자가 입을 열기만을 기다릴 뿐, 나서서 말할 눈치는 아니었다. 미래세탁소의 의뢰인 중에는 이런 사람이 많았다. 아무래도 리셋 후 괴로운 일, 어려운 일을 겪었던 사람들이다 보니 선뜻 자기 일을 말하기 힘들어하는 것이다. 그런 사람들이 속에 있는 이야기를 꺼내게 하는 것도 미래세탁소의 역할, 찬신은 그를 위해 상담법도 공부했다고 했었다. 그런데 이걸 어쩐다, 그 찬신이 없

95

는데. 태오는 겉으로는 태연한 척 영업용 미소를 띠며 이럴 때 찬신이 어떻게 했는지 떠올리려고 노력했다.

"커피 한잔씩 하세요."

그때 유림이 자연스럽게 다가와 세 사람에게 종이컵을 내밀었다. 그래, 믹스커피! 요즘은 유림 덕에 아이스아메리카노를 주로 마시지만, 그래도 여전히 늘 떨어지지 않게 관리하는 품목은 믹스커피였다. 그러고 보니 미래세탁소에 처음 왔을 때 찬신이 태오에게 내밀었던 것도 바로 이 종이컵에 든 믹스커피였다. 말없이 유림이 내민 종이컵을 받아 들고 커피를 홀짝이는 세 사람의 표정이 살짝 풀렸다. 태오는 저도 모르게 유림을 바라봤다. 커피를 나눠주고 자연스럽게 태오 옆에 앉은 유림은 그의 시선을 느끼곤 눈을 찡긋해 보였다.

"거참, 이거 어떻게 말씀드려야 할지. 어떻게 보면 치사하고 더러운 이야기인데요."

커피를 홀짝이던 중년 남자가 말을 시작했다.

"그러니까 우리 회사에 아주 지독한 인간이 있는데, 그 사람이 저희 상사거든요. 그런데 저희가 나름 합심해서 그 인간을 내쫓았단 말이죠. 근데 다시 돌아와버려서……."

중년 남자는 더듬거리면서도 열심히 말했지만 태오는 거의 알아들을 수 없었다.

"그게 무슨 설명이에요! 제가 설명할게요, 제가!"

옆에서 답답한 표정으로 듣고 있던 젊은 남자가 도저히 못 참겠다는 듯 나섰다.

창백한 얼굴로 연신 땀을 훔치는 중년 남자는 이진웅 과장, 그 옆에서 인상을 쓰고 있는 젊은 남자는 박태경 대리, 반대편에서 뚱한 표정을 짓고 있는 여자는 신주연 대리라고 했다. 세 사람은 경기도에 위치한 NF케미칼이라는 중견기업에 다니고 있었다. NF케미칼은 코스닥에도 상장돼 있는 꽤 탄탄한 회사인데, 중견기업치고도 꽤 규모가 있다고 했다.

"대기업이나 중소기업도 학연, 지연 뭐 그런 라인이 중요하겠지만, 그중에서도 저희 같은 중견기업은 이 라인이 제일 중요하단 말이죠. 대기업은 너무 드러나 있는 데다가 외부 관심도 많고, 중소기업은 사내 정치를 하기엔 인원이 너무 적으니까요."

박 대리가 하고픈 말은 이거였다. NF케미칼도 소위 그런 라인을 쥔 인물들이 승승장구하는 구조고, 세 사람의 상사인 손현구 부장도 그 라인에 속한 사람 중 하나였다. 문제는 손 부장이라는 작자가 아주 쓰레기 같은 인간이라는 거였다. 박 대리에 의하면 손 부장은 그야말로 폭군이었다. 독선적이고 비겁했으며 졸렬한 주제에 치사했다. 욕심이 많아 시기와 질투는 그보다 더 심했다. 성과는 자신의 것으로, 잘못은 타인의 것으로 만드는 데 천재적이었다. 아랫사람에게 폭언은 일상이고 가끔은 물리적 폭력도 사용했다. 무엇보다 강자에게 약하고 약자에게 강했다.

"부하직원한테 쌍욕에 손찌검은 기본이고요. 애당초 21세기 대한민국에서 그게 말이 됩니까? 회삿돈을 자기 돈처럼 쓰는 건 기본인 데다, 부하직원들한테 개인적인 심부름시키는 건 예사고, 회식 자리에선 성희롱도 일삼았고요. 그래서 저희 직원들이 합심해서 이런저런 증거를 모았어요. 마침 당시 직장 내 갑질이 사회적으로 이슈기도 했고요. 분위기 잘 타서 결국 그 인간 임원 못 달고 불명예 퇴직하게 만들었는데."

거기까지 듣자 태오는 이들의 사연이 짐작됐다. 리셋돼버린 거다. 세 사람을 비롯한 직원들이 힘을 모아 악덕 상사를 회사에서 나가게 했는데, 그 이전으로 돌아와버린 거다.

"갑자기 세상이 이렇게 돼서…… 출근해보니 손 부장이 자리에 떡하니 앉아 있지 뭡니까? 그 얼굴을 보는데 얼마나 숨이 막히던지."

이 과장이 박 대리의 말에 설명을 보탰다. 그때까지 조용히 있던 신 대리도 치를 떨며 말했다.

"그 구렁이 같은 인간! 보기만 해도 소름 끼치는데 아주 미쳐버리겠어요."

가만히 듣고 있던 유림이 조용히 한 손을 들어 올리며 질문했다.

"회사에선 별다른 이야기가 없나요? 징계받기 전으로 돌아왔다고 하지만 회사에서도 손 부장의 갑질이나 성희롱에 대해서 알고 있을 텐데요."

맞는 말이다. 리셋으로 징계받았던 게 없는 일이 됐다고 해도, 회사는 그 사실을 잊지 않는다. 아니, 정확히는 회사를 구성하는 사람들이. 그런 생각을 하며 태오는 명치께가 뻐근해지는 느낌을 받았다. 찬신을 만나 미래세탁소에 취직하기 전, 스스로 오성증권을 떠나야 했던 기억이 떠올랐기 때문이었다. 박 대리는 흥분해서는 유림에게 대꾸했다.

"아까 제가 라인 말씀드렸죠? 손 부장이 쥐고 있는 그 라인의 윗대가리들이 손 부장을 감싸고 도는 거죠. 직원들이 간신히 모았던 증거도 다 없애버리고. 아주 뭣 같은 것들이 지들끼리 북 치고 장구 치고……."

그 탓에 손 부장을 몰아내는 데 일조했던 팀원들은 괴롭힘을 이기지 못하고 전부 회사를 그만뒀고, 이제 남은 건 여기 온 세 사람뿐이라고 했다. 흥분한 박 대리를 진정시키던 이 과장이 말했다.

"그래서 저희는…… 혹시 미래세탁소에서 도와주실 수 있을까 해서요. 이런 일은 전문이시라고 들어서."

§

"어휴, 난리도 아니네요."

세 사람이 돌아간 뒤 태오는 종이컵을 치우며 쓴웃음을 지었다.

"말하자면 간신히 물리친 빌런이 돌아온 거잖아요?"

문가에 서서 세 사람이 멀어져가는 모습을 보던 유림이 대답했다. 그나저나 이 사람은 왜 안 돌아가는 걸까. 원래 자주 놀러 오곤 하는 유림이지만 오늘따라 머무는 시간이 길었다. 엄연히 외부인인 그녀가 얼렁뚱땅 의뢰도 같이 받았고.

"태오 씨, 저분들 의뢰는 맡으실 건가요?"

"일단 접수했으니 소장님 오시면 말씀드려봐야죠."

태오는 알 수 없는 미소를 띠며 물어오는 유림을 애써 외면했다. 안 그래도 NF케미칼 삼인방의 장황한 사정 설명을 들은 태오는 찬신이 복귀하는 대로 연락드리겠다고 하고는 세 사람을 돌려보낸 터였다. 찬신이 자기 없이 의뢰를 처리하라고 한 적도 없을뿐더러, 세 사람의 사연은 묘하게 자신이 예전 회사에서 저질렀던 과오에 대한 기억을 건드려서 불편했다. 태오가 직접적으로 누군가를 괴롭힌 적은 없지만, 자신 때문에 피해를 본 사람들은 많았을 테니까. 손 부장이라는 작자와 태오의 다른 점은 회사에 남았느냐 떠났느냐 정도라는 생각이 머릿속을 맴돌았다.

태오가 살짝 우울한 눈썹을 하고 있는데, 그의 속도 모르는 유림이 다시 은근한 목소리로 말했다.

"이 의뢰, 태오 씨가 맡아보면 어때요? 저도 도와드릴게요!"

"네? 제가 왜요?"

제가요? 이걸요? 왜요? 태오는 요즘 세대다운 삼단논법으로 방어적인 태도를 보였다. 하지만 유림은 그냥 물러설 생각이 없어 보였다.

"소장님이 굳이 일을 처리하지 말라고 하신 건 아니잖아요? 사무실 잘 부탁한다고만 했지."

"그야 그런데……."

"그리고 들어보니 이번 일에는 정보원들이 필요할 것 같지도 않고요."

"그도 그런데……."

"완전히 해결하지는 않더라도 본인이 자리 비웠을 때 태오 씨가 웬만큼 일을 진행해놓는다면 소장님도 칭찬해주시지 않겠어요?"

딱히 찬신에게 칭찬받고 싶은 생각은 없다. 하지만 그렇게 대꾸하기엔 유림의 눈이 열정적으로 빛나고 있었다. 태오는 유림이 왜 이러는지 어느 정도 예상이 갔다. 유림이 미래세탁소 일에 관심이 많다는 건 전부터 눈치채고 있었으니까. 찬신이 자리를 비운 참에 태오를 꼬드겨 이쪽 일을 경험해보고 싶은 것이리라.

꼭 유림이 아니라도 이번 건은 신경 쓰였다. 아까부터 태오의 명치께에 한 가지 생각이 가시처럼 걸려 쿡쿡 찌르고 있었다. 태오가 리셋 전 저질렀던 횡령으로 피해를 본 사람이 있다면, 대표적인 피해자 중 하나는 찬신이 아닐까? 그가 횡령한 건 찬신의 ABC트레이더스 투자금이었으니까. 물론 찬신이 그에 대해 추궁하거나 책임을 물었던 적은 없지만. 어찌 됐건 지금 태오에겐 미래세탁소 일을 열심히 하는 것 외에는 찬신에게 마땅히 보상할 방법도 없었다. 그러니 이번에 조금이나마 빚을 갚는다고 생각하면……. 거기까지 생각한 태오는 고개를 끄덕였다.

"그래요, 한번 해보죠."

§

NF케미칼은 경기도 동탄신도시에 자리하고 있었다. 넓은 부지에 5층 정도 되는 하얀 건물들이 줄을 맞춰 세워져 있는 모습이 대학 캠퍼스를 연상시켰다. 태오와 유림은 경비실에서 외부인 출입증을 받아 들고는 내부로 들어갔다. 미리 출입 등록을 해준 박 대리가 말한 대로, 세 사람이 일하는 사무동은 공장이나 연구동과 달리 보안의 강도가 높지 않았다. 출입증을 목에 건 태오와 유림이 인솔자 없이 돌아다녀도 아무도 신경 쓰지 않을 정도였다.

두 사람은 NF케미칼의, 정확히는 손현구 부장의 실태를 확인하기 위해 이곳에 왔다. 이 과장을 비롯한 세 사람에게 많은 이야기를 듣긴 했지만 실제로 보는 건 다르니 말이다. 그리고 가능하다면 갑질의 증거를 수집해볼 생각이었다. 태오는 녹음기와 카메라가 든 가방을 단단히 쥐었다.

"몇 층으로 가야 한다고 했죠?"

유림의 물음에 태오는 박 대리와 주고받은 문자메시지를 확인했다. 이 과장과 박 대리, 신 대리 모두 총무부 소속이었다. 박 대리의 메시지에 의하면 총무부는 사무동 2층이라고 했다. 태오는 복도 한쪽에 있는 계단을 가리키며 말했다.

"2층이니까 저쪽 계단으로 올라가면 되겠네요."

계단을 올라가는데 위쪽에서 쩌렁쩌렁한 남자의 목소리가 들려왔다.

"아니, 그러니까 이, 진, 웅, 과, 장, 님! 업무 처리를 이런 식으로 하시면 어떻게 하냐고요오! 생각이라는 게 있으신 겁니까아!"

소리친다기보다는 으르렁거리며 짖는 듯한 목소리였다. 태오와 유림은 마주 보며 같은 사람을 떠올렸다.

103

"손현구 부장?"

"손 부장이군요?"

세 사람에게 들은 그대로였다. 다만 리셋 전 불명예 퇴직한 것에서 배운 게 있었는지, 방법이 교묘해진 듯했다. 직접적인 욕설을 하는 대신 비꼬듯 상대방에게 꼬박꼬박 '님' 자를 붙이고 존대를 하는 식으로 말이다. 당하는 처지에선 기분은 기분대로 나쁜데 딱히 꼬집어 문제 제기할 수 없도록.

태오와 유림은 눈에 띄지 않도록 조심스럽게 계단을 올라가 사무실 안을 훔쳐봤다. 겹겹이 둘러쳐진 사무용 파티션 너머 얼굴이 벌게진 채 고개를 푹 숙이고 있는 이 과장과 우락부락한 인상의 한 남자가 보였다. 저 사람이 손 부장이리라. 저렇게 먼 데에서 계단 아래까지 들리도록 소리를 질렀다니. 나름 회사 밥을 먹어본 태오로서도 상상 못 할 일이었다. 아니, 애초에 요즘 이런 회사가 또 있을까 싶었다. 계단 옆에 있는 안내판을 보니 2층에는 총무부만 있는 것도 아니었다. 회계부, 인사부, 홍보부 등 여러 부서가 있었다. 그런데 그 여러 부서의 수십 명이 숨죽인 채 손 부장의 눈치만 보고 있었다. 라인을 탄 사람이라더니, 그 힘인가. 태오는 저도 모르게 고개를 절레절레 흔들었다.

"오셨군요."

그때 태오와 유림을 향해 창백한 얼굴의 박 대리가 다가왔다. 미래세탁소에서 봤던 모습과는 달리 엄청나게 긴장한 표정이었다. 박 대리는 두 사람을 총무부와 가까운 사무실 중앙에 있는 벽면이 통유리로 된 회의실로 데려갔다. 박 대리는 태오와 유림을 회의실 테이블에 앉힌 후 눈치를 살피듯 바깥을 힐끗 보더니 말했다.

"저는 회의하는 척하고 있을 테니까, 두 분은 충분히 둘러보세요."

박 대리는 노트북을 켰고, 태오와 유림은 자연스러운 태도를 보이려 노력하며 바깥의 동태를 살피기 시작했다. 밖에서 보면 박 대리가 외부 손님을 데리고 회의하는 것처럼 보이리라.

"이, 진, 웅, 과, 장, 니임!"

또다시 손 부장의 목소리가 사무실을 쩌렁쩌렁 울렸다. 태오는 회의실 문을 살짝 열어뒀다. 남들이 보기에 어색하지 않을 정도로만 살짝. 뭐, 지금 손 부장의 목소리 크기로는 회의실 문을 닫아놔도 무방할 것 같기는 했지만 말이다. 태오는 유림에게 눈짓으로 신호를 보내고는 슬며시 품속에서 소형 녹음기를 꺼냈다. 유림도 준비한 소형 카메라를 손 부장의 자리가 잘 보이도록 세심하게 세팅해서 회의실에 있는 캐비닛 위에 올려놓았다.

"와, 요즘 기술 좋아요. 그쵸?"

태오는 소형 카메라로 찍은 녹화 영상과 녹음기의 음성 파일, 그리고 그걸 텍스트로 옮긴 녹취록 파일을 정리하며 말했다. 유림은 한숨을 내쉬었다.

"그러게요. 인터넷에서 급하게 산 거라 좀 불안했는데 퀄리티가 좋네요. 그 덕에 손 부장 목소리가 너무 생생해서 듣기 고역이었지만."

어제 두 사람이 NF케미칼에 세 시간 동안 머물렀다. 사실 처음에 태오와 유림은 고작 세 시간 정도 사무실에 있는다고 직장 내 갑질의 실태를 확인할 수 있을지 불안했었다. 그런데 막상 있어보니, 손 부장이라는 인간을 확인하기에는 충분하고도 남는 시간이었다. 회의실에 들어간 지 30분도 안 돼 두 사람은 결론을 내렸다. 손 부장은 인간 말종이다.

NF케미칼에 들어가 손 부장의 갑질 증거를 잡는다. 처음 두 사람의 계획을 이 과장 삼인방에게 알렸을 때, 그들은 미적지근한 반응을 보였다. 그들이라고 손 부장을 신고할 생각을 안 해봤겠는가. 녹취를 하든 녹화를 하든 회사에 신고해봤자 어차피 손 부장 라인이 꽉 잡고 있는 감사부나 인사부는 미동도 안 할 거라는 게 그들의 설명이었다.

"리셋 전에야 워낙 막장으로 행동했고, 여러 명이 들고일어났으니 잘렸던 거죠."

하지만 리셋 후에는 손 부장이 대놓고 트집 잡힐 일은 하지 않고 있었기 때문에, 더 이상 쓸 수 있는 방법이 아니라고 했다. 당시에야 워낙 민심이 안 좋아 라인에서도 손 부장을 꼬리 자르듯 잘라냈지만 지금은 그럴 이유가 없다는 것이었다.

그렇다면 노동 관련 정부 기관에 신고하면 어떨까? 이 과장은 그 또한 안 될 일이라 말했다. 애초에 법적으로 직장 내 갑질은 업주, 즉 사장이 처리하게 돼 있다. 법이 그렇단다. 그래서 신고해봤자 다시 회사로 돌아오기 때문에 다를 게 없는 상황이라는 거다.

하지만 태오도 나름대로 생각해놓은 방법이 있었다. 바로 시민단체를 이용하는 것이다. 직장 내 갑질이 사회적 이슈로 떠오르며 이에 대응하는 다양한 민간단체가 생겨났는데, 그 중에는 노동전문가, 변호사, 노무사 등이 속해 있는 큰 단체도 있었다. 리셋 전 태오가 다녔던 오성증권도 직장 내 갑질로 시끌시끌해졌던 적이 있었는데, 그때 그 단체가 피해자 편에 서서 많은 도움을 줬던 걸 기억하고 있었다. 아마 이 과장 삼인방도 이런 단체까지는 생각 못 했을 것이었다. 나름의 규모는 있지만 사회적으로 크게 유명하지도 않고, 리셋 전에는 이런 단체의 도움 없이도 해결했으니까. 태오도 자신이 다니던 회사의 사건에 이 단체가 개입하지 않았다면 그 존재를 계속 몰랐을 것이다.

그때는 그냥 강 건너 불구경하며 가십거리로만 봤었는데, 직접 연락하게 될 줄이야. 태오는 기분이 묘했다. 어찌 됐든 리셋 전의 회사 생활의 기억을 건드리는 일은 그에게 그다지 기분 좋은 일은 아니었으니까.

"자, 다 보냈어요."

지금은 내 기분이 중요한 게 아니다. 태오는 그렇게 마음을 토닥이며 짐짓 큰 목소리로 말했다. 직장 내 갑질 대응을 전문으로 하는 단체에 NF케미칼에서 모아온 자료를 보낸 것이다.

"고생하셨어요. 잘됐으면 좋겠네요, 정말."

어제 돌아온 이후 내내 녹음 파일을 들으며 손 부장의 갑질 녹취록을 만든 유림은 질렸다는 표정으로 그렇게 말했다. 손 부장의 으르렁대는 목소리를 하도 들었더니, 본인이 괴롭힘을 당한 것 같은 느낌이라나. 태오는 그런 유림을 보며 씩 웃어 보였다.

"잘될 거예요. 이 단체 사람들, 엄청 전투력 있더라고요."

§

잘되지 않았다. 태오는 소파에 얼굴을 감싸고 앉았다.

"역시 쉽지 않네요. 손 부장 그 사람이 엄청 교묘하게 행동하고 있어서……."

소파 맞은편에는 이진웅 과장이 앉아 있었다. 오늘은 그 혼자였는데, 평일이라 연차를 내고 왔다고 했다. 그때 마침 아르바이트를 마친 유림이 문을 열고 들어오며 속사포처럼 질문을 쏟아냈다.

"태오 씨, 어떻게 됐어요? 뭐래요? 같이 싸워준대요?"

태오는 얼굴을 양손으로 감싼 자세 그대로 대답했다. 며칠 전 유림에게 자신에 차 말했던 게 부끄러웠다.

"안 된대요."

"왜요?"

유림은 어이없다는 표정을 지었다. 태오가 괴롭다는 듯 고개를 숙이고 마른세수만 하고 있자, 이 과장이 나서 유림에게 대답해줬다.

"그, 일차적으로 손 부장 목소리가 크긴 한데, 에 또, 욕은 일단 없고. 존칭도 꼬박꼬박 썼고……."

"그리고 외부인인 우리가 멋대로 남의 회사에 들어가 촬영하고 녹음한 게 문제래요. 오히려 산업스파이 같은 걸로 몰려 고소당할 수 있다고. 남의 사업장에서 그러는 거 불법이래요, 불법."

태오는 이번에는 소파 등받이에 몸을 한껏 기댔다. 민간단체도 그들의 기준과 이유가 있을 것이다. 아니면 불법적인 일을 했던 태오와 괜히 엮이고 싶지 않은 걸 수도 있고. 그나저나 좋은 생각이라고 자신 있게 밀어붙였는데, 이렇게 단칼에 거절당하니 어찌해야 할지 아무 생각이 나질 않았다.

"아니, 그게 무슨……."

"단것. 단 게 필요해."

예상치 못한 결말에 당황한 유림이 앉을 생각도 못 하고 서서 말문이 막혀 있는데, 태오는 소파에서 비척비척 일어나 사무실 한편에 있는 냉온수기로 향했다. 미래세탁소에서 단것이라고는 딱 하나, 믹스커피밖에 없었다. 태오는 믹스커피 스틱을 뜯고 종이컵에 부었다. 원래 믹스커피는 입에 잘 대지도 않는데, 미래세탁소에서 취직하고 나서는 습관처럼 마시게 됐다.

"괜찮습니다. 우리가 생각해보면 뭐 방법이 있겠지요. 어차피 웬만한 외부 단체의 압력으로는 손 부장의 라인을 깨기도 힘들었을 겁니다."

사람 좋은 이 과장이 오히려 태오를 위로하려는지 애써 웃는 얼굴로 말했지만, 태오는 그의 말에 더 부아가 치밀었다.

"그 라인이라는 작자들은 어떻게 손현구 부장 같은 인격파탄자를 데리고 있는 거죠? 학연이나 지연이라도 있나?"

짜증 난 마음에 중얼거린 태오에게 이 과장이 곧이곧대로 대답했다.

"그야 윗사람들한테는 잘하니까요. 또, 제 입으로 말하긴 그

110

렇지만, 총무부라는 곳이 이런저런 떡고물이 많이 생기는 자리 아니겠습니까?"

"떡고물이요?"

"그렇죠. 총무부는 회사의 살림을 책임지는 곳이니까. 청소니, 운송이니 하는 용역업체들 쓰다 보면 이래저래 접대도 받고 떡값도 받고 하는 것 아니겠어요?"

주절주절 이어지는 이 과장의 말에 태오는 뭔가 잡힐 것 같은 기분이 들었다.

"그런 것들로 윗사람들 모시고 해온 거죠. 중간에 자기도 좀 먹고."

태오는 저도 모르게 벌떡 일어나서 양손으로 이 과장의 어깨를 꽉 잡았다.

"그거야!"

§

강진걸 전무, NF케미칼 사장의 조카인 그는 손 부장이 타고 있는 라인의 우두머리였다. 이른바 회사의 실세 중의 실세, 그런 그가 며칠째 이상한 전화에 시달리고 있었다.

"아이고, 감사합니다. 보내주신 선물은 잘 쓰고 있습니다. 네네, 또 뵙겠습니다."

전화를 끊은 강진걸 전무는 허공에 대고 짜증을 냈다.

"도대체 뭘 보냈다는 거야? 이것들이 단체로 돌았나."

그는 요 며칠 동안 온갖 하청업체 대표들의 전화를 받았다. 하나같이 안부를 물어보며 자신들이 보낸 뇌물을 강조했는데, 골프채며 상품권, 하다못해 현금을 보냈다는 작자까지 있었다. 강 전무도 처음 한두 번은 자기가 기억하지 못하는 건가 싶어 적당히 넘어갔는데, 그런 전화가 열 통이 넘어가자 뭔가 이상하게 돌아가고 있다는 생각이 들었다.

아침부터 하청업체의 전화를 받은 강 전무는 손 부장이 있는 총무부를 찾았다. 손 부장 외에도 강 전무에게 이런저런 떡값을 상납하는 부서장들은 몇 있었지만, 전화를 걸어온 하청업체가 전부 총무부와 관련 있는 회사들이었기 때문이다.

"손 부장 있나?"

"전무님, 여긴 어쩐 일이십니까."

강 전무의 행차에 손 부장은 쪼르르 달려 나와 두 손을 비벼댔다. 부하직원을 대할 때와는 180도 다른 비굴한 모습이었다.

"뭣 좀 물어보려고."

강 전무는 총무부 입구에 서서 최근 자신에게 전화를 걸어온 하청업체 대표들과 그들이 나열한 뇌물을 읊어대기 시작했다. 주위에 직원들이 있었지만, 전혀 신경 쓰지 않는 모습이었다.

"백일전기 골프채 세트, 구리인력 백화점 상품권, 휴먼인프라 여행 상품권……."

강 전무의 말이 이어지자, 처음에는 웃는 낯으로 듣고 있던 손 부장의 얼굴이 미묘하게 변하기 시작했다. 강 전무가 말하는 목록이 어딘가 낯설지 않았기 때문이었다. 산전수전 다 겪고 회사의 실세라는 자리에까지 오른 강 전무가 그런 손 부장의 변화를 눈치채지 못할 리 없었다.

"이것들 전부 나한테 보냈다고 하는데 말이야. 자네 아는 거 있나?"

"아, 그게……."

강 전무의 말에 손 부장이 선뜻 대답하지 못하고 있는데, 사무실 입구 쪽에서 커다란 목소리가 들려왔다.

"택배 왔습니다!"

"누구 찾아오셨어요?"

자리에서 일하고 있던 신 대리가 큰 목소리로 대답하며 그에게 다가갔다. 다소 연극적인 톤이었지만, 강 전무나 손 부장모두 대화에 정신이 팔려 그런 것에는 신경 쓰지 않았다. 사실택배 따위엔 관심도 없었다. 택배기사의 다음 말이 나오기 전까지는.

"강진걸 전무님 택배입니다. 이쪽으로 가져다드리면 된다

113

고…… 앗!"

신 대리가 돌연 택배기사의 입을 막고는 급히 어디론가 끌고 갔다. 손 부장의 방이었다. 강 전무의 눈치를 보는 듯했지만, 과장된 행동이 오히려 강 전무의 눈에 띄었다.

"저거 뭔가? 방금 내 이름이 들린 것 같은데?"

강 전무가 험악한 얼굴로 손 부장을 노려봤다.

"이게 될까요?"

손 부장의 방 안, 살짝 열린 문틈 사이로 신 대리가 밖을 엿보며 말했다. 택배기사 옷을 입은 태오도 긴장한 표정으로 바깥 상황을 주시하며 고개를 끄덕였다.

"이 과장님 말씀이 맞길 바라는 수밖에요."

손 부장은 총무부장이라는 직함을 이용해서 하청업체 대표들과 강 전무를 연결해 뇌물을 받게 해줬다. 이 과장이 말해준 손 부장이 라인에 들 수 있었던 이유다. 며칠 전 그 말을 들은 유림은 바로 아이디어를 내놓았다.

"강 전무가 손 부장을 통해 뇌물을 받았다는 걸 폭로하면 어떨까요?"

하지만 태오는 고개를 저었다. 상대는 회사의 주요 부서를 틀어쥐고 있는 실세다. 그런 그를 건드려봤자 고발자만 당하는 상황이 나올 게 뻔했다. 강 전무까지 엮으려고 해서는 안 된다. 강 전무가 손 부장을 버리도록 만들어야 한다.

"라인 타고 오르려는 사람에겐 그 줄을 댕강 잘라주는 게 최고죠."

태오는 유림에게 했던 말을 입 속으로 되뇌며 강 전무와 손 부장을 바라봤다. 문 너머의 강 전무는 말없이 손 부장을 노려보다가 그대로 사무실을 나갔다.

"됐다!"

그 모습을 지켜본 태오는 주먹을 꽉 쥐었다. 그가 세운 작전은 이랬다. 먼저, 손 부장이 강 전무와 연결해준 회사들을 추린다. 그리고 그중 손 부장이 직접 뇌물을 받은 회사들을 다시 걸러낸다. 이 과장은 하청업체 대표나 직원들과의 관계가 좋았기에 금세 알아낼 수 있었다.

이 과장은 손 부장에게 뇌물을 줬던 대표들에게 넌지시 말했다. 손 부장이 그 뇌물 자기가 먹지 않고 강 전무에게 상납했으니, 강 전무에게 직접 연락해서 티 좀 내시라고. 강 전무가 며칠간 시달렸던 전화들이 바로 이것이었다. 거기에 신 대리와 꾸민 어설픈 연극은 덤이었다. 목적은 손 부장이 자신에게 들어온 뇌물을 중간에서 가로채고 있다고 강 전무가 의심하게 만드는 것.

"그게 그렇게 쉽게 될까요?"

유림이 묻자 태오는 미묘한 표정을 지었다. 처음 아이디어를 떠올렸을 땐 흥분했지만, 솔직히 자신은 없었다. 둘 사이에 의심의 불을 지핀들 일이 그렇게 쉽게 풀리리란 보장은 없었다. 게다가 자칫하면 하청업체들과 접촉한 이 과장만 위험해질 수도 있었다. 하지만 의외로 이 과장이 적극적이었다.

"까짓것 해보죠. 안 되면 회사 관두는 거죠. 뭐."

지금 강 전무가 손 부장의 해명도 듣지 않고 돌아서는 모습을 본 순간, 태오는 성공을 직감했다. 서로 믿음이 없는 무리다. 강 전무는 손 부장을 잘라낼 것이다.

§

며칠 후, 손 부장이 돌연 지방 공장으로 발령 났다는 공지가 떴다. NF케미칼의 세 사람은 그 소식을 듣자마자 태오에게 달려왔다.

"정말…… 정말, 감사드립니다."

손 부장에게 가장 많은 괴롭힘을 당했던 이 과장은 감정을 주체하지 못하고 눈물을 흘리며 태오의 손을 꼭 잡은 채 감사하다는 말만 되풀이했다. 오늘에서야 알았지만 이 과장은 스트레스로 인해 심한 우울증에 걸려 퇴사를 준비하고 있었다고 했다. 태오는 그제야 이 과장이 자신의 무모한 작전에 선뜻 응했던 이유를 알 수 있었다.

"태오 씨의 첫 단독 의뢰 성공이네요."

한참 동안 감사 인사를 하던 삼인방이 사무실을 나선 후, 유림이 방긋 웃으며 태오에게 말했다.

"유림 씨가 옆에서 많이 도와주셔서 그렇죠, 뭐."

태오도 미소 지었다. 그의 가슴에는 의뢰를 해결했다는 뿌듯함과 누군가에게 감사받는 기쁨이 가득했다. 그때 문가에서 헛기침 소리가 들렸다.

"큼, 제가 안 좋은 타이밍에 왔나요?"

한 달여 만에 나타난 찬신이었다. 논산에서 용산까지 오며 노숙이라도 했는지 꼬질꼬질한 게 거지꼴이나 다름없었다.

"어머, 소장님!"

유림이 먼저 반가운 소리를 냈다. 태오도 찬신을 보며 함박 웃음을 지었다. 사실, 손 부장의 일을 해결하며 내내 찝찝하게 남아 있던 게 있었다. 리셋 전 자신의 행동으로 피해를 본 사람들. 그리고 그 대표 격인 찬신. 만나면 어떻게 해야 할까. 그때 일을 말하며 다시 한번 사죄해야 할까. 그런데 한 달 만에 싱글거리는 찬신의 얼굴을 보자 그런 생각이 싹 달아나버렸다. 태오는 찬신을 보며 기운찬 목소리로 소리쳤다.

"어서 오십쇼! 고생하셨습니다!"

하늘이 맺어준 인연

적당히 어둡고 적당히 그늘진 좁은 골목길. 오래된 주택가라면 흔히 볼 수 있는 그 길은 한 초등학교 바로 뒤에 있었다. 조용한 안쪽과 달리 골목 밖 큰길 쪽에서는 왁자한 소리가 들려왔다. 하교하는 아이들 무리가 지나가는 모양이었다. 태오는 팔짱을 낀 채 벽에 기대 지그시 눈을 감고 있었다. 약간은 짜증이 난 듯한, 그러니까 누군가를 훈계하기 딱 좋은 표정을 하고.

"이쯤 하면 됐잖냐. 이제 애들이 아니잖아. 내가 너희들 나이 땐 대학 가려고 머리 터지게 공부하고 있었거든?"

그렇게 일갈하는 태오의 앞에는 초등학생으로 보이는 사내 아이 둘이 고개를 푹 숙이고 서 있었다. 태오는 둘 중 키가 작은 소년을 손가락으로 가리키며 말했다.

"승준이 너, 네 어머니가 얼마나 걱정하고 계신 줄 알아? 오죽하면 아저씨한테 찾아오셨겠냐."

태오는 다른 한 아이에게로 시선을 돌렸다. 이쪽은 초등학생치곤 덩치가 꽤 컸는데, 누구한테 두들겨 맞은 듯 상처가 가득한 얼굴이 잔뜩 주눅 들어 있었다.

"영근이 너도 잘한 거 없어. 애초에 이 사달이 난 게 전부 네가 저지른 업보 때문이니."

태오의 말이 끝나자마자 영근은 바닥에 넙죽 엎드려서는 오열하듯 소리쳤다.

"내가 잘못했다, 승준아. 제발 용서해줘! 한 번만 용서해주면 다시는 네 앞에 나타나지 않을게."

엎드린 영근이 승준의 발치까지 기어가며 통곡했다. 승준은 꼿꼿이 선 채 싸늘한 눈빛으로 그런 영근을 내려다봤다. 그의 눈에서는 초등학생의 것이라고는 믿기 어려운 살기가 넘쳐흐르고 있었다. 승준은 가슴속에 있는 응어리를 씹어 뱉는 듯한 말투로 영근을 향해 말했다.

"다시는 내 눈에 띄지 마라. 쥐 죽은 듯 살아. 네가 다음에 날 만난다면 그땐 내 인생을 전부 갈아버리는 한이 있어도 죽여버릴 테니까."

119

그 서슬에 옆에 있던 태오는 자기도 모르게 어깨를 움츠렸다. 머리로는 알고 있지만, 초등학생들이 이러고 있는 게 영어색했다. 태오는 마무리 짓는 의미로 승준의 어깨를 감싸듯 팔을 두르고는 함께 골목길을 걸어 나왔다. 영근은 여전히 바닥을 향해 머리를 조아리고 있었지만 굳이 일으키지 않았다. 태오가 보기에도 영근은 그다지 동정해줄 가치가 없는 아이였다.

'휴, 이걸로 한 건 끝이군.'

단군 이래 최고 학력 세대. 요즘 학생들을 부르는 말이었다. 리셋 전 고등학교 3학년이었던 아이는 리셋 후에는 중학교 2학년이 되었다. 그리고 그 아이가 다시 정상적으로 고등학교에 다녀 졸업한다면 중학교 5년, 고등학교 6년을 다니게 되는 셈이다. 가장 오래 학교에 다니는 세대, 단군 이래 최고 학력이라는 건 그런 뜻이었다.

학교 뒤 골목길에서 태오와 함께 있던 승준과 영근도 그랬다. 2020년인 현재, 둘은 열세 살로 초등학교 6학년이다. 하지만 열다섯 살에 리셋을 겪고 난 후 3년, 이 아이들의 정신연령은 열여덟 살에 가까웠다. 태오가 아이들에게 대학 준비 운운했던 것도, 둘이 묘하게 나이에 맞지 않는 태도를 보이는 것도 그런 이유였다.

누군가에게 학창 시절은 빛나는 청춘의 한 페이지겠지만,

누군가에겐 다신 돌아가고 싶지 않은 지옥일 수도 있다. 리셋 후 3년 차인 지금, 아이들은 겉으로는 초등학생이나 중학생 정도로 보였지만, 속은 이미 성인이거나 성인에 가까웠다. 머리가 굵을 대로 굵은 아이들이 괴로웠던 어린 시절로 돌아간다면 어떻게 될까?

리셋 전, 승준과 영근은 중학교에서 처음 만났다. 키가 작고 비리비리한 승준은 입학한 지 얼마 되지 않아 소위 일진 무리에 끼어 있던 덩치 큰 영근의 타깃이 됐다. 2년간의 지독하고 집요한 괴롭힘. 막다른 골목으로 몰려가던 승준에게 리셋은 구원이었다. 영근을 만나기 전인 초등학교 시절로 그를 데려가주었으니.

하지만 승준은 영근에게서 벗어난 정도로 만족하지 않았다. 리셋 후 2년간 치밀하게 준비한 그는 열세 살이 되자 자발적으로 영근의 학교에 전학 갔다. 영근은 여전히 승준보다 키도 크고 힘도 셌지만, 이를 갈며 준비한 승준에게는 상대가 되지 않았다.

여기까진 그런 듯한 권선징악 구도를 가진 만화 같은 사이다 스토리다. 하지만 현실의 이야기는 만화처럼 아름답게 끝나지 않았다. 한번 관계가 역전된 승준은 거기서 그치지 않고 영근을 집요하게 괴롭혔고, 결국은 그 일이 학교에까지 알려지며 문제가 됐다.

태오는 승준의 어깨에 둘렀던 팔을 내리며 그의 눈을 지그시 바라봤다. 뭐가 되든 나중에 크게 될 놈이다. 그런 생각이 들었다.

"앞으로는 저런 놈한테 얽매이지 말고 네 미래를 생각하며 살아. 넌 잘할 수 있을 거야."

승준은 고개를 푹 숙이며 태오에게 인사하곤 골목 밖에서 기다리고 있던 승용차를 향해 걸어갔다. 승용차 앞에서 승준의 어머니가 기다리고 있었다. 그녀는 태오와 눈을 마주치자 허리를 숙여 깊은 감사의 인사를 표했다. 태오도 엉거주춤하게 허리를 숙였다. 저런 어머니가 있기에 승준은 잘될 것이란 생각이 들었다.

승준과 영근의 일로 미래세탁소에 찾아온 건 승준의 어머니였다. 그녀는 한참 동안 눈물 흘리며 리셋 전 아들이 당했던 학교폭력에 대해 무관심했던 자신을 탓했다. 그녀가 무심한 부모는 아니었다. 그저 먹고살기 바쁜 워킹맘이었을 뿐. 리셋 전 그녀가 아들의 상태를 알았을 땐 이미 너무 늦은 뒤였다. 그런 그녀에게 리셋 후 달라진 아들의 모습은 희망이었다. 그래서 승준의 어머니는 아들을 응원했고, 복수를 돕기도 했다. 하지만 폭력을 폭력으로 되갚으며 어느 순간 선을 넘어버린 승준이 마침내 자신의 말조차 듣지 않게 되자, 그녀는 결국 미래세탁소를 찾아 도움을 요청했다.

복수심에 도를 지나쳤을지언정 어쨌든 승준은 심지가 굳고 바른 아이였다. 어머니 또한 자식의 잘못된 길을 바로잡기 위해 최선을 다하고 있으니, 아이의 미래가 걱정되지는 않았다.

"누가 누굴 걱정하냐. 내 미래나 걱정하자."

태오는 그렇게 말하며 미래세탁소의 문을 열었다. 어두컴컴한 사무실에선 잔잔한 클래식 음악이 흘러나오고 있었다. 태오가 들어오는 걸 본 찬신은 급하게 손가락을 들어 올리며 조용히 하라는 제스처를 취했다.

"그냥 소장님이 나가시는 게 더 도움이 되지 않을까요?"

태오는 사무실 불을 켜며 장난스럽게 말하곤 자기 책상으로 가 털썩 주저앉았다. 미래세탁소에서 일하기 시작한 지 이제 1년, 그간 몇 가지 의뢰를 함께 해결하며 찬신을 대하는 태도가 많이 편해졌다. 찬신도 그런 태오를 보며 어둠 속에서 움츠리고 있던 몸을 폈다.

"그래도 하는 데까진 해봐야죠. 일은 잘됐어요?"

"그럼요. 초딩들 싸움 말리는 건데요, 뭐."

실제로는 꽤 진지하고 비장한 일이었지만 태오는 별거 아니었다는 듯 대답했다. 일의 내막을 잘 알고 있는 찬신은 그런 태오를 돌아보며 빙긋 미소 지었다.

"역시 우리 미래세탁소의 부소장이자 에이스 직원인 태오 씨. 아주 든든합니다!"

그렇게 말해봐야 미래세탁소 직원은 아직도 태오 하나다. 태오는 찬신의 하나 마나 한 칭찬을 귓등으로 넘기며 찬신에게로 다가갔다.

"얘네는 아직도 별 기미가 없나요?"

찬신의 자리에는 철망으로 된 커다란 케이지가 있었고, 그 안에는 푹신한 담요 위에 고양이 두 마리가 한가롭게 누워 있었다.

"전혀요. 정말 새끼 낳기가 싫은 건지……."

찬신은 풀죽은 표정으로 대꾸했다. 태오는 그런 찬신을 위로하듯 어깨에 손을 올리며 말했다.

"어쩌겠어요. 억지로 시킬 수도 없는 노릇이고."

찬신이 맡은 의뢰는 고양이 교배, 정확히는 케이지 안의 두 고양이를 통해 수컷 삼색 고양이를 얻어내는 일이었다. 태오는 두 고양이를 안고 왔던 투실투실한 중년 사내를 떠올렸다. 리셋 전 유전적으로 엄청나게 희귀한 새끼를 낳았던 두 고양이가 리셋 후에는 도통 짝짓기할 생각을 안 한다며 울상을 짓던 남자. 처음엔 그의 의뢰가 도무지 이해가 안 갔다. 하지만 의뢰를 진행하기로 하고 관련 정보를 조사하면서, 우리나라에선 생소한 이야기지만 외국에서는 몇만 분의 1의 확률로 태어나는 수컷 삼색 고양이가 행운의 상징으로 비싼 값에 거래된다는 걸 알게 됐다.

"어차피 엄청나게 낮은 확률로 태어나는 돌연변이라잖아요. 걔네가 다시 새끼를 낳는다고 똑같은 고양이가 태어나겠어요?"

"하지만 확률적으로는 가능하긴 할 텐데요······. 뭐, 그것도 짝짓기를 해야 알 수 있는 거지만."

좀처럼 포기하지 않으려는 찬신이었다. 그는 미래세탁소를 찾아온 웬만한 의뢰는 불법적이거나 타인에게 피해가 가는 일이 아닌 이상 거절하는 법이 없었다. 태오가 아직까지 미래세탁소에 다니고 있는 이유이자 찬신에게 마음을 열고 의뢰에도 적극적으로 임하게 된 이유는 지난 1년간 같이 일하며 본 그런 찬신의 모습에 조금은 감동했기 때문이었다.

하지만 안 되는 건 포기하기도 해야 한다. 그게 오히려 의뢰인을 위하는 일일 수도 있다. 태오가 그런 취지로 찬신에게 한마디 더 하려는 순간, 누군가 미래세탁소의 문을 두드리곤 사무실로 들어왔다.

"안녕하세요!"

"아, 유림 씨. 어서 오세요."

한동안은 일주일에 두세 번씩 공짜 커피를 가져오는 유림을 한사코 말렸지만, 자신의 일을 해결해준 보답이라며 끈덕지게 찾아오는 그녀를 이제는 그러려니 하게 됐다. 찬신에게 따로 물어보니, 유림이 의뢰했던 PTJ엔터 건을 처리한 이후 그녀에게 별다른 의뢰비를 청구하지 않았다고 했다.

태오는 찬신에게 짓던 것과는 정반대로 환한 미소를 보이며 유림에게 인사했다. 유림은 처음 만났을 때와는 달리 밝고 에너지가 넘쳤다. 아마 이게 그녀의 본모습이었을 것이다. 늘 주변을 활기차게 만드는 유림을 보며, 태오는 '역시 태생부터 아이돌'이라고 생각했다. 그녀를 보면 늘 기분이 좋아졌다. 지금은 카페 아르바이트생이지만, 왠지 그녀가 이대로 평범한 삶을 살아가리란 생각은 들지 않았다.

오늘 그녀는 혼자가 아니었다. 유림 뒤로 누군가 따라 들어왔다. 삼십대 초반쯤 됐을까? 유림과 대비되는 어두운 안색의 여자였다.

"뒤에 있는 분은?"

"저랑 친한 카페 손님인데, 미래세탁소에 의논하고 싶은 일이 있다고 하셔서 같이 왔어요. 언니, 이분이 여기 소장님이세요."

새로운 의뢰인이라는 말에 찬신이 고개를 들었다. 유림은 여자를 소파로 안내하고는 자신도 그 옆에 앉았다. 그동안 하도 드나들어서인지 제 사무실인 양 익숙한 모습이었다. 찬신과 태오도 그 앞에 자세를 바로 하고 앉았다.

"의논하고 싶으신 일이 어떤 걸까요?"

여자는 곧장 대답하지 못하고 몇 번 헛숨을 들이키다 작은 목소리로 간신히 말했다.

"딸을…… 아이를 되찾고 싶어요."

§

세상이 5년 전으로 돌아가면서, 리셋 전의 세계에서 죽었던 사람들이 돌아왔다. 사고로 목숨을 잃었지만 되살아난 유림처럼. 그리고 돌아온 사람들은 병에 걸려 곧 죽을 운명의 시한부였던 경우를 제외하고는 시간이 흘러 리셋 전 사망했던 시점이 되더라도 죽지 않았다. 리셋 전과 전혀 다른 흐름으로 흘러가는 세상에서 똑같은 사고가 똑같이 일어날 확률은 희박했으니까. 영화 〈데스티네이션〉에서처럼 죽어야 할 운명이었던 사람은 반드시 죽는다, 따위의 일은 없었다.

사람들은 기뻐했다. 사랑하는 가족과 친구가 건강하게 살아 돌아왔는데 싫어할 사람은 없을 것이다. 하지만 밝은 면이 있으면 어두운 면도 반드시 함께 있는 법, 죽었던 사람이 돌아온 것과 정반대의 케이스가 동시에 나타나고 있었다.

태어났던 아이들이 태어나지 않았다. 2018년 1월 1일 이후에 임신해 태어난 아이들, 그러니까 2018년 말 이후부터 태어난 아이들에게 나타난 문제였다. 이 아이들은 리셋 전에 태어났던 아이들과 달랐다. 성별이 바뀌기도 했고, 외동이 쌍둥이가 되기도 했다. 부모의 사정에 따라 아예 아이가 태어나지 않는 일도 있었다. 이론적으로 생각해보면 당연한 일이었다. 아이가 생기려면 수만 개의 정자 중 하나가 난자와 만나야 한다. 리셋 후 같은 부모가 같은 날에 아이를 가지려 한다고 해도, 같은 정자가 착상된다는 보장은 없었다. 마치 찬신이 교배하려고 노력 중인 삼색 고양이처럼. 설령 같은 날 아이가 생기더라도 유전적 조합이 동일한, 완벽하게 같은 아이가 태어날 가능성은 극히 적은 것이다.

자신의 이름을 김민서라고 밝힌 여자의 사연도 그런 것이었다. 리셋 전에 세 살 난 딸아이를 가지고 있던 그녀는 리셋 후 아이를 낳지 못했다.

"이미 아이가 태어났어야 할 시점이 지난 거죠? 남편분은 어떠신가요?"

몇 년을 소중히 키웠던 아이가 없는 존재가 되어버렸다. 당연히 충격적인 이야기다. 하지만 지금은 공공연히 많이 알려진 사실이었고, 자신만 겪는 일이 아니라는 걸 알게 된 많은 부모가 이를 받아들이고 살고 있었다. 남편의 입장을 물어본 찬신의 의도는 그런 것이었다. 남편도 아이의 부재를 받아들이지 못하고 괴로워하고 있는지, 아니면 민서만의 고민인지. 후자라면 미래세탁소가 해줄 수 있는 일은 그녀의 마음을 다독여주는 것 정도밖에는 없었다.

"남편과는 이혼했어요. 리셋 직후에."

이혼이라는 단어에 태오가 자기도 모르게 작은 탄식을 뱉었다. 어떤 사정으로 헤어졌는지는 모르겠지만, 남편과 이혼했다면 리셋 전의 아이를 닮은 아이를 낳는 것조차 불가능했다. 찬신도 태오와 같은 생각이었는지 침중한 얼굴로 말했다.

"많은 부모가 겪고 있는 일입니다. 정부는 여전히 공식적으로 인정하고 있지 않지만, 분명 사회적으로도 큰 문제죠. 논리적으로 생각했을 때 리셋 전의 그 아이가 태어나는 건 불가능합니다. 다만 우리가 영혼의 존재를 믿는다면, 부부 사이에 새로 태어난 아이에게 그 혼이 깃들었다고 받아들일 수도 있지요."

부모 자식 관계는 천륜이다. 겉보기에 조금 다른 아이가 태어났을지언정 그 운명의 끈이 끊어졌을 리 없다. 많은 부모가 그런 식으로 이 일을 받아들이며 마음을 다잡았다. 찬신이 말하는 건 그런 이야기였다. 비논리적이고 미신 같은 생각이라고 그들을 비웃을 수는 없었다. 어느 누가 자식 잃은 부모의 마음을 헤아릴 수 있겠는가. 하지만 그것도 부부가 같은 마음을 가지고 있을 때만 성립되는 이야기였다.

"하지만 남편분이 민서 씨와 다른 생각이시라면, 사실 저희가 도와드릴 수 있는 부분은 없습니다."

찬신의 말에 민서는 조용히 고개만 주억거렸다. 그녀 또한 이미 잘 알고 있는 사실이었을 것이다. 그녀를 위로하기 위해 선지 찬신이 부모와 아이의 인연, 영혼의 윤회 따위의 평소라면 하지 않을 동화 같은 이야기를 한참 떠들었지만, 민서는 조용히 듣기만 할 뿐 별 반응을 보이지 않았다. 리셋 이후 벌써 3년이다. 이미 알아볼 대로 알아보고 지칠 내로 지친 것이리라.

결국 민서는 들어올 때와 마찬가지로 어두운 안색으로 미래세탁소의 문을 걸어 나갔다. 유림이 힘없이 나가는 민서의 뒤를 재빠르게 따라 나갔다. 그 모습을 지켜보던 찬신은 입맛이 쓴 표정으로 말했다.

"괜히 상처만 더 드린 것 같아 마음이 안 좋네요."

여기까지 왔다는 건 그래도 일말의 희망을 품고 있었기 때문일 텐데, 찬신은 그 마음에 부응하지 못한 게 못내 가슴에 걸리는 듯했다.

"유림 씨도 좋은 마음으로 데리고 왔을 거예요."

태오의 말에 찬신이 동의한다는 의미로 낮게 한숨을 내쉬었다. PTJ엔터 사건을 해결한 후 유림은 미래세탁소를, 정확히는 찬신을 무조건적으로 신뢰했다. 리셋 이후 태어나는 아이들에 대한 문제는 그녀도 익히 알고 있었을 텐데, 그래도 찬신이라면 어떤 뾰족한 수가 있지 않을까 하고 데려왔을 것이란 생각이 들었다.

"유림 씨에겐 좋게 한번 설명해야겠어요. 우리도 만능은 아니라는 걸."

만능은커녕, 할 수 있는 일은 굉장히 제한적이다. 태오는 이제 그걸 잘 알고 있었다. 물론 찬신은 리셋 전 온갖 정보를 캐내는 정보 상인 동수 씨라든지, 태오가 모르는 인맥이라든지, 유림의 의뢰를 도왔던 알 수 없는 뒷배라든지 하는 무기를 갖고 있었다. 하지만 사람의 힘으로 해결할 수 없는 문제에 대해서는 별다른 방법이 없었다. 태오가 팔짱을 끼며 고개를 끄덕이는데, 등 뒤에서 유림의 목소리가 들렸다.

"뭘 설명해요?"

"아, 아니, 김민서 씨는 잘 가셨어요?"

당황한 태오의 말에 유림은 샐쭉한 표정을 지었다. 대강 어떤 말이 오갔는지 눈치 챘다는 얼굴이었다.

"그보다 어떻게 보세요?"

"아까도 말했지만, 저희가 도와드릴 게……."

"그게 아니고요."

유림은 찬신의 말을 끊고 진지한 표정으로 말했다.

"아이를 어떻게 할 수 없다는 건 저도 처음부터 잘 알고 있었어요. 설마 제가 그것도 모를 거라고 생각하신 건 아니죠?"

찬신과 태오는 멋쩍은 표정을 짓다가 동시에 의문을 떠올렸다. 그럼 민서를 여기 왜 데리고 왔단 말인가?

131

"민서 언니, 많이 위태로워 보여요. 왠지 이대로 두면 안 될 것 같아 데려온 거예요."

두 사람은 고개를 끄덕였다. 어떻게든 현실을 받아들이고 사는 부모도 많지만, 자식을 잃은 상실감 때문에 심한 우울증에 걸리거나 극단적인 선택을 하는 경우도 있었다. 찬신과 데오가 보기에도 민서의 상태는 심상치 않아 보였다.

"그렇다면 여기보다는 심리상담센터 같은 곳을 가보시는 게 낫지 않을까요?"

태오의 말은 지극히 당연한 것이었으나 유림의 생각은 다른 듯했다.

"물론 마음의 문제도 있지만 그게…… 일단 내일 저랑 같이 한번 가보실래요?"

다음 날 아침, 태오는 유림과 함께 미래세탁소 근처 주택가를 걷고 있었다. 찬신은 오늘 또 다른 의뢰로 나가 있었다. 이제는 서로 꽤 익숙해진 사이건만, 서늘한 아침 공기를 맡으며 유림과 함께 걷고 있자니 태오는 괜스레 마음이 싱숭생숭해지는 느낌이었다. 태오는 크게 숨을 들이쉬었다.

하늘이 맑은 가을 아침이었다. 이게 리셋 이후 유일하게 좋은 점이었다. 원래 이맘때, 그러니까 2020년 가을이라면 한창 방역 마스크를 쓰고 다녀야 할 때였다. 빌어먹을 COVID-19

때문에. 전염병은 원래 리셋이 일어났던 2022년 말까지 세를 약화하면서도 끈질기게 인류를 괴롭히고 있었다. 하지만 리셋 후 세상엔 전 세계를 휩쓴 병 따위 없었다. 그저 2019년쯤 중국에서 군사력을 동원해 우한이라는 지역을 폐쇄했다는 풍문이 들려왔을 뿐.

태오는 마스크 없이 맡는 청명한 공기의 소중함을 새삼 느끼며 다시 한번 깊게 숨을 들이쉬었다. 맑은 공기 사이로 향긋한 향기가 느껴졌다. 유림에게서 나는 향기이리라.

"오늘 아르바이트는 어떻게 하고 오셨어요?"

태오는 그런 마음을 들킬까 싶어 짐짓 태연한 말투로 유림에게 물었다. 실제로 몇 달간 평일에는 늘 카페에서 일해온 그녀였기에 궁금하기도 했고. 유림은 별것 아니라는 투로 대답했다.

"사장님 혼자 보고 계세요. 오래는 안 걸릴 거라 잠깐 다녀온다고 했어요."

오래는 안 걸릴 거라는 소리에 태오는 약간 실망했다.

"다 왔어요. 저기."

유림이 가리킨 곳은 커피하우스 앞이었다. 정확히는 카페 맞은편에 있는 어린이집. 카페와 어린이집 사이에는 주택가치고는 꽤 넓은, 차 두 대가 지나갈 수 있을 만한 도로가 있었다.

"저기 보세요."

유림은 골목길에 주차된 승합차 뒤로 몸을 숨기고 커피하우스의 창가를 가리켰다. 창가에 누군가 앉아 있었다. 민서였다. 민서는 카페에 앉아 길 건너를 하염없이 바라보고 있었다. 유림이 처음 가리켰던 어린이집이었다.

"제가 보여드리고 싶었던 게 이거예요."

이른 아침, 어린이집 앞에는 등원하는 아이와 부모들이 간간이 지나가고 있었다. 태오는 핸드폰을 들어 시간을 확인했다. 화면의 시계는 9시 반을 가리키고 있었다. 그때 한 무리의 아이들을 맞이한 어린이집 교사가 힘들다는 듯 허리를 펴다가 민서가 앉아 있는 카페를 봤다. 민서와 눈이 마주친 것일까? 아이들을 맞이할 때의 표정과는 달리 사나운 얼굴로 눈을 흘기던 교사는 홱 돌아서 어린이집 안으로 사라졌다.

"민서 언니가 언제부터 저랬는지는 몰라요. 제가 카페에서 일하기 시작했을 때는 이미 아침에 문을 열 때마다 와서 저렇게 앉아 있는 게 일상이었어요."

계속 어린이집을 쳐다보고 있었던 것이리라. 유림이 이어 말했다.

"사장님께 듣기론 처음에는 그냥 길에 서서 하염없이 어린이집을 보고 있었다고 해요. 그러다가 어린이집 교사나 학부모에게 시비가 걸리기도 했고요."

"김민서 씨는 왜 저 어린이집을 그렇게 보는 거죠?"

"리셋 전에 언니의 딸이 다녔던 곳이래요. 그런 사연을 알게 된 저희 사장님이 카페 안에 들어와서 앉아 있으라고 한 거죠."

"근데 김민서 씨 아이가 다니던 어린이집이라면 교사들도 민서 씨를 아는 것 아니에요?"

"맞아요, 바로 그게 이상해요. 교사들이 민서 언니를 모르는 것 같지도 않거든요. 언젠가는 어린이집 원장 선생님인지 나이 든 교사가 카페까지 찾아와서 '누구누구 어머님, 이러시면 안 됩니다' 같은 말을 하는 걸 보기도 했어요."

아이 이름까지 말했다면 더 생각해볼 것도 없다. 누군가 어린이집 앞에서 계속 아이들 쪽을 쳐다보고 있다면 당연히 경계할 수밖에 없다. 경찰을 부를 수도 있는 일이다. 하지만 그게 아니라면? 민서의 사연은 전혀 모르는 사람이 들어도 안쓰러울 일이다. 하물며 원생이었던 아이의 어머니라면, 어린이집 교사들의 태도가 이해되지 않았다. 태오는 조금 전 카페 쪽을 노려보던 교사를 떠올렸다. 그 교사의 눈빛에 담긴 건 명백한 적의였다.

"그래서 저희 사무실에 오신 거였군요."

분명히 뭔가가 있다. 심리상담으로는 해결할 수 없는 뭔가가. 태오는 그제야 유림이 민서를 미래세탁소에 데려온 이유

135

를 알 수 있을 것 같았다.

"아이를 다시 태어나게 해달라는 게 아니었군요."

다른 의뢰인을 만나느라 늦게 사무실에 돌아온 찬신은 태오의 설명을 듣고 바로 납득했다. 그도 유림이 민서에게 왜 무리한 의뢰를 추천했는지 내내 궁금했던 차였다.

"제가 봐도 민서 씨의 모습은 불안정해 보였어요. 그 어린이집과 뭔가 얽힌 일이 있는 거겠죠, 아마."

민서가 미래세탁소에 방문했을 때 그들에게 말한 것 외에도 리셋 전에 분명 어떤 사건이 더 있었을 것이다. 우선 그것을 알아내야 민서를 도울 수 있다. 태오의 말속 행간을 알아들은 찬신은 소파 손잡이 부분을 탁 치며 말했다.

"아무래도 리셋 전에 무슨 일이 있었는지 확인해봐야겠어요. 태오 씨는 민서 씨 주변 인물들을 한번 만나주세요. 전남편이라든가, 어린이집 교사라든가. 전 우선 진행하던 다른 의뢰를 해결하고 나서 따로 알아볼게요."

다른 의뢰란 아마 고양이 건일 것이다. 태오는 저 답 없는 일을 찬신이 어찌 해결할 생각인지 궁금하면서도, 한편으론 따로 알아본다는 그의 말이 마음에 걸렸다. 찬신은 동수 씨를 통해 리셋 전 민서의 과거를 조사할 생각이리라. 같이 일한 지 1년 가까이 되어갔지만 찬신은 아직 태오가 동수 씨와 접촉하지 못하게 하고 있었다. 평소 행동을 보면 딱히 태오를 신뢰하지 않는 것도 아닌데, 묘하게 그 부분에 대해서만큼은 말해주길 꺼리는 게 느껴져 태오도 굳이 캐묻지 않았다. 아마 신상 노출을 극도로 꺼린다는 동수 씨 때문이리라.

그래도 태오는 당연하다는 듯 민서의 문제에 끼어들어 해결하려고 드는 찬신이 좋았다. 제대로 된 의뢰를 받은 것도 아니고, 아마 돈도 되지 않을 일에도 찬신은 자신이 도울 수 있다고 생각되면 적극적으로 나섰다.

태오는 늘 두 가지 의문이 들었다. 월급은 따박따박 들어오는데 이 사무실 재정은 어떻게 돌아가는지에 대한 의문과 무엇이 찬신을 저런 사람으로 만들었을지에 대한 의문. 나날이 기업가치가 치솟는 탓에 모두가 글로벌 유니콘 기업이 될 것이라 예상했던 스타트업 대표가 왜 이런 일을 하고 있는지 여전히 알 수 없었다.

어쨌든 찬신의 저런 모습이 태오를 계속 여기 남아 있게 하는 원동력이었다. 찬신과 함께 일하면, 단순히 먹고살기 위한 노동을 하는 게 아니라 누군가를 돕는다는 기분이 들었으니까.

§

태오가 그 어린이집에 방문한 건 느지막한 오후였다. 오전 내내 커피하우스에서 어린이집을 바라보고 있는 민서를 피하기 위함이었다. 태오는 조심스럽게 인터폰을 눌렀다.

"어떤 일로 오셨나요?"

빼꼼히 열린 문 사이로 며칠 전 아침에 민서를 노려봤던 교사가 얼굴을 내밀었다.

"법무사무소 미래에서 나온 남태오라고 합니다."

태오는 품에서 명함을 꺼내 교사에게 건넸다. 명함에는 실제로 '법무사무소 미래'라는 회사명과 태오의 이름, 연락처가 쓰여 있었다. 외부인을 만날 때 쓰는 명함이었다. 처음 보는 사람에게 리셋으로 사라진 미래를 세탁해드립니다, 따위의 말을 해봤자 사기꾼이나 사이비종교로 오해받기 때문에 세운 대책이었다. 법무사무소라고 하면 잘 모르는 사람들은 법무법인이나 로펌과 헷갈리기도 했고, 덕분에 변호사님으로 불릴 때도 있었다. 그렇다고 태오나 찬신이 사기를 치는 건 아니었다. 미래세탁소는 실제로 '미래'라는 이름의 법무사법인으로 등록돼 있었다. 찬신이 법무사 자격증을 가지고 있었기 때문이다. 미래세탁소의 일을 하다 보니 법적인 지식이 필요한 경우가 많아 땄다나. 어쨌든 대단한 사람이었다. 교사는 약간 경계가 풀린 얼굴로 태오에게 물었다.

"법무사무소에서 여기는 어쩐 일로……."

"저희가 조사하고 있는 사건이 있어서요. 잠깐 들어가서 말씀드려도 될까요?"

"아, 안에는 아직 원아들이 있어서요. 잠시만요."

교사는 어린이집으로 들어갔다가 곧 밖으로 나왔다.

"밖에서 이야기하시죠."

교사가 향한 곳은 공교롭게도 커피하우스였다. 카페 문을 열고 들어가니 유림이 있었다. 유림은 태오를 발견하고 아는 척하려고 했지만, 태오가 눈코입을 동원해 필사적으로 신호를 보내는 것을 보고는 급히 표정을 바꿨다.

"어서 오세요."

태오는 어린이집 교사와 함께 카페 구석의 빈 테이블로 가서 앉았다. 하필이면 매일 민서가 앉아 어린이집을 바라보는 그 자리였다.

"그래서, 저희 어린이집에는 무슨 일로 오신 건가요?"

교사의 물음에 태오는 담담한 표정으로 답했다.

"김민서 씨 일로 왔습니다."

"그게 누구죠?"

교사는 고개를 갸웃했다. 일부러 모르는 체하는 표정은 아니었다.

"아침마다 이 앞에 오시는 분 있잖아요."

"아침마다? 아, 지유 어머니 말씀이세요?"

다행히 교사는 곧바로 알아들었다.

"리셋 전에 지유가 이 어린이집을 다녔다고 해서요."

"네, 그건 맞는데 지유는 리셋 후에⋯⋯."

"제가 여쭙고 싶은 건 지유 어머니에 대한 일입니다."

태오의 말에 교사는 푹 하고 한숨을 내쉬었다.

"그 사람에 대한 일이라면 남편분한테도, 경찰에도 많이 이야기했습니다. 매일 어린이집 앞에서 그러고 있어서 학부모들이 불안해한다고요. 아무튼 저희는 더 이상 엮이고 싶지 않네요."

교사는 자리에서 일어나버렸다. 태오가 민서에 대한 일로 왔다는 걸 안 순간부터 일어날 생각이었으리라. 당황한 태오는 그녀를 붙잡아보려 했지만 쌩하니 나가는 교사의 발걸음을 미처 잡지 못했다.

"쉽지 않겠네요."

어느새 다가온 유림이 태오 앞에 아이스아메리카노를 내려놓으며 말했다.

"어, 아직 안 시켰는데요."

"제가 사드리는 거예요. 고생하시는 거 같아서."

따뜻한 거 마시려고 했는데. 유림은 태오가 작게 중얼거리

140

는 걸 무시하며 그의 건너편 자리에 앉았다.

"도와주시는 거예요?"

"아아, 뭐 그렇죠. 리셋으로 꼬인 미래를 세탁한다. 그게 저희 일이잖아요?"

태오는 그렇게 말하며 테이블에 놓인 빨대를 만지작거렸다.

"역시, 두 분이라면 도와주실 줄 알았어요."

"근데 큰일이네요. 무슨 일이 있었던 것 같긴 한데, 어린이집 쪽에서 저렇게 나와서야 알 수가 없으니."

애당초 이 의뢰는 아이에 대한 민서의 마음을 달래주는 일. 특별히 무언가를 해결하기보단 과거의 일을 이해하고, 당사자들의 상처가 치료되도록 돕는 일이다. 때문에 과거에 무슨 일이 있었는지 모르는 지금은 사람들의 협조가 절대적으로 필요했다. 어린이집이 도와주지 않는다면 방법이 없었다. 그때 유림이 태오에게 새로운 단서를 내밀었다.

"민서 언니 남편을 만나보시면 어떨까요?"

"남편분을요? 어떻게요?"

"전에 민서 언니가 학부모들이랑 시비 붙은 적이 있다고 했죠? 그때 경찰이 왔었대요. 그리고 그 당시엔 아직 이혼 절차를 밟는 중이던 언니의 남편도 불려 왔었죠. 그 후에도 몇 번 더 경찰이 출동했었고, 그때마다 남편이 왔었대요. 그러다가 보다 못한 저희 사장님이 민서 언니에게 카페 안에 있으라고

하신 거고. 결국 이혼하긴 했지만 남편이 사장님한테 연락처를 남겼대요. 언니한테 무슨 일이 생기면 연락 달라고요."

태오는 이거다 싶어 손바닥을 크게 쳤다. 그 소리에 카운터 너머에서 커피머신을 닦고 있던 커피하우스의 사장이 멀뚱한 표정으로 그들을 바라봤다.

§

"그게 정말인가요?"

찬신은 핸드폰을 붙들고 누군가와 이야기하며 사무실로 돌아가고 있었다. 그는 결국 고양이들을 의뢰인에게 돌려주고 오는 길이었다. 의뢰인인 중년 남자는 꽤 실망했지만 어쩔 수 없는 일이었다. 언제까지 그 일만 붙잡고 있을 수는 없지 않은가.

찬신은 꽤 고액이었던 의뢰비를 아쉬워하며 동수 씨에게 연락했다. 이번 연락 수단은 음성으로 소통하는 SNS였다. 개설된 비공개 방에는 찬신과 동수 씨만 접속해 있었다. 찬신은 이미 동수 씨에게 리셋 전 민서의 정보를 의뢰해놓은 상태였다. 사실 큰 기대를 하진 않았다. 유명인도 아닌 민서의 과거를 기억하는 사람이 얼마나 될까 싶었으니까. 그래도 동수 씨라면 여러 정보원을 통해 알 수도 있지 않을까 하고 일단 맡겨

본 건데, 그가 찬신에게 놀랄 만한 이야기를 들려줬다. 뜻밖의 수확이었다.

"생각했던 거랑은 많이 다르네요. 알겠습니다. 고마워요."

앱을 종료한 찬신의 눈에 미래세탁소 철문의 부재중 팻말이 들어왔다. 찬신과 태오 둘 다 의뢰로 자리를 비우는 경우가 꽤 있어, 예고 없이 누군가 찾아오더라도 둘에게 연락할 수 있도록 연락처를 써놓은 팻말이었다. 이게 걸려 있다는 건 태오가 아직 안 들어왔다는 뜻이었다. 찬신은 태오가 민서의 일로 나가 있으리라 짐작했다.

찬신은 태오에게 전화를 걸었다. 그런데 수신음이 가다가 핸드폰이 꺼져 있다는 음성 안내가 흘러나왔다. 찬신은 불안한 걸음으로 문 앞을 서성거렸다. 왠지 모를 예감에 마음이 조급했다. 잠시 고민하던 찬신은 몸을 돌려 커피하우스로 향했다. 사무실을 나서기 전에 태오가 그쪽으로 가보겠다고 했던 게 생각났기 때문이었다.

"태오 씨 아까 나갔는데요. 30분쯤 전에?"

카페에선 유림이 퇴근할 준비를 하고 있었다.

"태오 씨가 오늘 김민서 씨를 만났나요?"

"아뇨, 일부러 언니 오는 시간을 피해서 오후에 오신 것 같았어요."

유림은 안도하는 듯한 찬신의 모습에 태오가 민서를 만나

143

면 안 되는 이유가 있는지 의문을 느꼈다.

"그럼 지금은 어디 갔는지 아시나요?"

"민서 언니 남편 만나러요. 저희 사장님이 연락처를 갖고 계셨거든요."

유림의 말에 찬신은 짧은 탄식을 흘렸다.

"왜 그러세요, 소장님? 뭐가 잘못된 건가요?"

그녀의 말에 찬신은 고개를 저었다.

"아니요. 다만, 이번 일은 우리가 섣불리 나설 만한 성격의 일이 아닐 수도 있다는 생각이 들어서요."

여전히 알쏭달쏭한 찬신의 말에 유림은 미간을 찌푸렸다. 찬신은 그런 그녀를 눈치채지 못한 채 어떤 생각에 골몰했다.

"차라리 아무것도 모르고 간 게 잘된 걸 수도……."

§

정갈하고 고급스럽게 꾸며진 로비, 친절한 미소를 짓고 있는 안내원, 짙은 색 정장을 입고 인이어를 낀 채 서 있는 보안요원, 그리고 피곤한 표정으로 바삐 오가는 직장인들. 태오는 삼성동의 한 오피스빌딩에 와 있었다. 이런 곳에 온 건 오성증권을 퇴사한 후 처음이었다.

태오는 로비 한구석에 서서 꺼진 핸드폰을 들여다봤다. 도착하자마자 배터리가 다 닳아 전원이 꺼졌다. 그나마 민서의 전남편에게 연락한 후라는 게 다행이랄까.

커피하우스 사장은 일면식도 없는, 솔직히 말하면 그다지 정상으로는 보이지 않는 민서를 안타깝다는 이유만으로 자신의 카페에 머물게 할 만큼 선한 성품을 가지고 있었다. 그는 태오에게 민서 전남편의 연락처를 넘겨주며 민서를 잘 도와달라는 말을 덧붙였다.

태오는 연락처를 받자마자 민서의 전남편에게 전화했다. 곧바로 핸드폰 너머로 건조한 남자의 목소리가 들렸다. 태오는 목소리를 가다듬고는 진중한 투로 말했다.

"김민서 씨 남편 되시죠?"

"누구시죠?"

날 선 반응을 보이는 상대방의 목소리에 태오는 성수동 커피하우스를 댔다. 가능하면 만나서 이야기하고 싶다고 하니 그는 순순히 응했다. 오히려 자기 직장 근처로 온다면 오늘 저녁이라도 당장 가능하다는 말을 먼저 꺼냈다. 커피하우스 사장에게 연락처를 건넨 것도 그렇고, 이혼했을지언정 민서에게 완전히 선을 긋고 있는 상황은 아닌 듯했다. 어쨌든 태오는 일이 잘 풀릴 듯한 예감에 곧바로 약속을 정하고 그의 회사로 향했다.

여기까지 와서 연락이 엇갈려 민서의 전남편을 못 만날까

초조해하고 있는데 깡마른 남자 한 명이 쭈뼛거리며 태오에게 다가왔다.

"저, 혹시 성수동 카페에서……."

"아, 네 맞습니다! 커피하우스요."

"혹시 민서한테 무슨 문제라도?"

그는 수척한 얼굴로 물었다. 멀리서 봤을 때는 그냥 마른 사람인 줄 알았는데, 가까이서 마주 보니 마음고생을 심하게 해 몸이 상한 듯 보였다. 태오는 일단 로비 바깥쪽을 가리키며 말했다.

"일단 밖에서 이야기하시죠."

그 말에 민서의 전남편도 고개를 끄덕이곤 앞장서 걷기 시작했다. 태오는 그를 따라 근처 대형 프랜차이즈 카페로 들어갔다. 사람으로 가득한 카페 안은 대화 소리로 시장바닥처럼 시끄러웠다.

"오히려 이런 곳이 이야기하기 나을 것 같아서요."

태오는 고개를 끄덕이고 말했다.

"저는 법무사무소 미래 남태오라고 합니다."

태오가 명함을 내밀자 민서 전남편의 눈이 동그래졌다.

"네? 아까는 커피하우스라고……."

"커피하우스에서 부탁받아 진행하고 있는 일입니다. 김민서 씨나 전남편분께 나쁜 일은 아니니 걱정하실 건 없습니다."

146

태오는 재빨리 그를 진정시켰다. 미래세탁소라고 소개하는 것보다야 설득력이 있어 이 명함을 쓰고 있지만 법무사무소도 상대방의 경계심을 키우는 부작용이 있었다. 어쨌든 커피하우스 아르바이트생인 유림의 간접적인 의뢰도 있었고, 사장이 잘 부탁한다고도 했으니 거짓말은 아니었다. 태오는 전남편이 비협조적으로 나올까 걱정돼 말을 이었다.

"무슨 큰 문제가 있는 건 아니고요. 혹시나 저희 쪽에서 도와드릴 일이 있을까 해서요."

"어떤 일 말씀이시죠?"

"김민서 씨나 전남편분이나 이래저래 곤란한 상황이……."

"사실이긴 하지만 계속 전남편이라고 불리니 거북하네요. 저는 김기태입니다."

그는 품에서 명함 한 장을 꺼내 테이블 위에 올려놓았다. 약간 신경질적인 그의 태도에 태오는 영업용 미소를 띠며 말을 이어나갔다. 민서의 전남편, 아니 김기태를 만나 무슨 이야기를 어떻게 해야 할까, 삼성동까지 오며 무던히도 생각했던 태오였다.

"죄송합니다. 제가 미처 성함을 못 들어서요. 여하튼 커피하우스 사장님은 김민서 씨 사정을 듣고 최대한 편의를 봐주고 싶어 하시는데, 어린이집에서나 학부모 쪽에서 심심찮게 컴플레인이 들어와서요. 김기태 씨도 불편한 상황을 맞게 되실

때도 있었을 거고요."

"법무사무소에서 어떻게 도와주실 수 있다는 건가요?"

"네, 우선 자세한 전후 사정을 확인하고 어린이집과 학부모들을 설득해보려고…….'"

"전후 사정이라. 민서, 아니 저희에게 무슨 일이 있었는지 알고는 계신가요?"

기태의 말에 태오는 약간 곤란한 표정을 지었다. 상대방의 불행을 면전에서 말해도 되는지 헷갈리는 데서 오는 곤란함이었다.

"리셋 전에 그 어린이집에 다니던 아이가 있으셨다고."

"그리고요?"

기태는 그런 태오의 기색은 아랑곳하지 않고 오히려 쏘아붙이듯 태오에게 말했다.

"그리고, 리셋 후에는 아이를 갖지 못하셨다고 들었습니다."

"그게 단가요?"

기태의 물음에 태오는 난처한 얼굴을 할 수밖에 없었다.

"그 이야기는 누구한테서 들으셨나요?"

"그야 김민서 씨한테서 들었죠."

기태가 왜 이리 삐딱하게 나오는지 몰라도, 도와주려는 입장인데 자꾸 심문하듯 물어보니 태오는 좀 억울하다는 심정도 들었다.

148

"그렇게만 들으셨다는 거죠. 민서한테서."

수척한 얼굴에 덩그러니 놓인 기태의 눈동자가 무언가로 번들거리는 느낌이 들었다. 태오는 그 기세에 밀려 기어들어가는 목소리로 대답했다.

"네……."

"아이를 잃은 부모의 삶은 지옥이겠죠?"

기태의 물음에 태오는 그를 바라봤다. 무슨 말이 하고 싶은 것인지 짐작이 가지 않았다.

"그렇다면 우리는 한참 더 지옥에 있어야 합니다. 저도, 민서도."

그는 그 말을 끝으로 자리에서 일어나 카페를 나가버렸다.

§

아침부터 날이 흐렸다. 코끝이 싸늘한 게 곧 가을비라도 추적추적 내릴 듯한 날씨였다. 이른 아침, 사무실에 출근할 시간이었지만 태오는 미래세탁소가 아닌 커피하우스 쪽으로 발걸음을 옮겼다. 어제 기태를 만난 후로 민서가 자신들에게 무언가를 숨기고 있다는 생각이 들었기 때문이었다. 기태도, 어린이집 교사도 뭔가를 알고 있고, 그 때문에 민서에게 그런 태도를 보이는 게 분명했다. 그게 뭔지를 알아야 이 일을 풀 수 있는 실마리가 잡힐 것 같았다.

그때 태오의 핸드폰이 울렸다. 찬신이었다.

"태오 씨, 왜 이렇게 통화가 안 돼요? 어제부터 계속 전화했는데."

태오는 그제야 어제 집에 가서 배터리를 충전한 후 전원을 켜보니 찬신의 부재중 전화가 찍혀 있었던 게 떠올랐다. 핸드폰이 고물이라서인지, 배터리 부족으로 꺼져 있어서인지 표시된 부재중 전화는 한 건이었는데, 여러 번 전화한 모양이었다.

"죄송합니다, 소장님. 어제 외근 중에 배터리가 나가서요."

"김민서 씨 전남편을 만났다면서요. 어떻게 됐나요?"

태오는 찬신이 그걸 어떻게 알고 있는지 의아했지만, 고의는 아니라도 제때 연락하지 못한 죄가 있으니 일단 묻는 말에 먼저 대답했다.

"안 그래도 그것 때문에 연락드리려고 했어요. 어제 김기태 씨, 그러니까 김민서 씨 전남편이랑 어린이집 교사 둘 다 만났는데 아무래도 뭔가 있는 것 같아서요. 우리가 모르는 뭔가가요. 그래서 아침에 유림 씨네 카페에 가서 김민서 씨를 만나보고 출근하려고요."

"저도 어제 그것 때문에 전화한 거예요. 일단 사무실로 와요."

"네? 저 지금 거의 다 왔는데요."

저편으로 어린이집과 커피하우스 사이 골목길에 한 무리의 사람들이 뒤엉켜 있는 것이 보였다.

"야, 이 미친 여자야!"

"소장님, 잠시만요. 제가 금방 다시 전화드릴게요."

"태오 씨! 태오 씨!"

태오는 찬신의 목소리를 뒤로하고 급히 전화를 끊고 그쪽으로 달려갔다. 누군가에게 머리채를 잡힌 민서가 보였다.

"태오 씨, 여기예요! 도와주세요!"

민서의 뒤에서 그녀를 끌어안고 있던 유림이 태오를 발견하고는 소리쳤다. 태오는 앞뒤 가릴 것 없이 사람들의 한가운데로 뛰어들어가 몸으로 그들을 떼어내려 애썼다.

"이게 뭐 하는 짓입니까!"

"당신은 뭐야!"

민서의 머리채를 잡고 있던 여자를 가까스로 떼어내고 보니 어제 만났던 교사였다. 그녀의 뒤에는 삼십대 중반 정도로 보이는 여자가 서너 살쯤 된 여자아이를 데리고 서 있었다.

"선생님! 이게 뭐 하시는 거예요?"

태오의 말에 이제야 그를 알아본 교사는 오히려 태오에게 큰소리를 쳤다.

"당신이야말로 뭐야!"

"저 여자가 우리 애를 해코지하려고 했다고요!"

교사 뒤에 있던 여자도 아이를 끌어안으며 같이 소리쳤다. 아이의 엄마인 듯 했다. 그러자 민서를 안고 있던 유림이 그 말을 맞받아쳤다.

"민서 언니는 아무것도 안 했어요. 저 아이에게 인사하며 말을 걸었을 뿐인데, 저 사람들이 먼저 시비를 걸었다고요."

태오가 정신을 못 차리고 있는데, 어린이집 교사가 억울해 죽겠다는 듯 두 눈을 꽉 감고 가슴을 부여잡으며 유림을 향해 소리 질렀다.

"당신들 뭔데 이 여자를 감싸고 도는 거야! 자기 자식 학대했던 아동학대범을."

가을 아침의 서늘한 공기를 타고 교사의 목소리가 골목길에 울려 퍼졌다. 그리고 목소리의 반향이 저 멀리 사라질 때까지 아무도 입을 열지 않았다. 태오와 유림은 너무나 뜻밖의 이야기에 잠시 아무 말도 하지 못했다. 교사 뒤의 여자는 양손으로 아이의 귀를 막은 채 눈을 꽉 감고 있었다. 이 일에 자신의 아이가 연루되는 걸 꺼리듯. 잠시 차가운 적막이 그들 사이를 지나갔다. 그 적막을 깬 사람은 뜻밖에도 그때까지 말이 없던 민서였다.

"리셋은 공식적으로 인정되지 않고, 그 전에 일어난 일들은 그것이 설령 범죄라도 없었던 일이 된다. 맞죠?"

152

민서는 태오를 바라보며 그렇게 말했다. 태오는 얼결에 고개를 끄덕이기는 했지만, 그녀가 그런 말을 하는 이유를 알 수가 없었다. 그보다 민서가 '자기 자식 학대했던 아동학대범'이라는 교사의 말이 머릿속을 계속 맴돌아 혼란스러웠다.

"그럼 리셋 후의 일은요? 그건 확실히 범죄죠?"

민서가 교사 쪽을 바라보며 그렇게 말했다. 정확히는 교사의 어깨 너머로 보이는 여자에게.

"얘야, 이리 와. 엄마 때문에 힘들었지?"

민서는 여자의 다리를 붙잡고 있는 아이에게 손짓했다. 그러자 여자가 발끈하며 소리쳤다.

"뭐라는 거예요!"

민서는 작은 목소리로 읊조렸다.

"저 아이…… 우리 지유와 같은 처지예요. 난 알 수 있어요."

지유라면 민서의 딸. 자신이 학대했던 딸과 저 아이가 같은 처지라니, 그게 무슨 뜻일까? 태오가 그런 의문을 품는 사이 유림이 민서를 잡아끌었다. 그냥 두면 또다시 몸싸움이 일어날 것 같았기 때문이었다.

"언니, 일단 들어가요."

"어딜 가요. 당신이 뭘 안다고 그런 말을 하냐고!"

여자가 민서에게 악을 썼다. 태오와 유림은 민서를 데리고 서둘러 카페로 향했다. 둘에게 떠밀려 가는 중에도 민서는 계속 뒤를 돌아봤다. 여자가 데리고 있는 여자아이를 보는 듯했다. 저 아이를 리셋으로 잃은 자신의 아이와 겹쳐 보는 것일까. 그런 생각이 든 태오가 쓴 입맛을 다시는데, 별안간 아이가 여자의 손을 뿌리치고 그들 쪽으로 달려왔다. 동시에 골목길을 돌아 트럭 한 대가 아이 쪽으로 향했다. 순식간에 일어난 일이었다. 태오의 눈에 아이에게 덮쳐드는 트럭이 슬로모션처럼 천천히 보였다. 그때 누군가 아이를 거칠게 밀쳐냈다. 민서였다.

"언니!"

트럭이 급브레이크를 밟는 소리와 유림의 비명이 울려 퍼졌다. 공중에 살짝 떠올랐던 민서가 바닥에 떨어지는 소리는 그보다 조금 늦게 들려왔다.

§

언제부턴가 아이를 보는 눈에 애정이 사라졌다. 사라진 애정만큼, 그 자리를 미움이 채웠다. 나를 죽이러 온 악마. 내 인생을 망친 주범. 말도 안 되는 생각이지만, 그 생각이 머릿속을 떠나지 않았다. 그래서 민서는 지금 자기 표정이, 눈빛이 아이에게 어떻게 보일지 신경 쓰였다. 예전처럼 표독스러운 얼굴일까 봐 손으로 눈가의 주름을 풀었다. 온통 하얀 공간

속, 눈앞에는 지유가 있었다.

아이는 아무것도 모르는 얼굴로 민서를 보며 웃고 있었다. 생각해보면 지유는 늘 그랬다. 그녀가 소리를 질러도, 참다못해 손찌검을 했을 때도, 울면서도 민서에게 달려와 안겼다. 그 모습이 꼭 자기를 버리지 말라는 것 같아 애처로웠다. 그때 왜 따뜻하게 안아주지 못했을까. 아이에게는 부모가 세상의 전부다. 욕하고 소리 질러도 떠날 수 없는 세상 그 자체.

미안해요. 사랑해요. 자신에게 한바탕 혼나고 나면, 지유는 다가와 혀 짧은 소리로 늘 그렇게 말하곤 했다. 이런 엄마를 왜 사랑한다는 걸까. 아이의 그 말조차 더 맞지 않기 위해 하는 위선적인 표현이라 생각했던 그때의 자신이 정말 미웠다.

민서는 지유에게 다가가 아이를 꼭 끌어안았다. 리셋 전에 해주지 못했던 것까지 다 해주려는 것처럼 온 힘을 다해 끌어안았다. 그리고 눈물을 흘리며 아이에게 끊임없이 속삭였다.

미안해. 엄마가 미안해.

§

평일 오전인데도 병원 로비는 사람들로 붐볐다. 태오와 찬신은 오가는 사람들을 피해 로비 한구석의 벤치에 앉아 있었다.

"아침부터 이게 무슨 일이람. 고생했어요, 태오 씨."

"고생은요, 뭘."

찬신은 태오에게 연락받고 막 도착한 참이었다. 골목에서 갑자기 튀어나온 트럭으로부터 아이를 구한 민서는 아이 대신 치여 수 미터를 날아갔고, 곧장 근처 병원의 응급실로 실려 왔다. 카페에서 상황을 지켜보고 있던 커피하우스 사장이 곧바로 신고한 덕에 구급차가 빨리 출동할 수 있었던 게 불행 중 다행이었다. 민서는 지금 유림과 함께 응급실에서 각종 검사를 기다리고 있었다. 골목길이었던 탓에 트럭의 속도가 빠르지 않아 민서는 금세 정신을 차렸지만, 교통사고라는 건 겉으로 봐선 모르는 일이니 반드시 검사를 받자고 유림이 그녀를 붙들었다.

"소장님, 제가 아까 마음에 걸리는 얘기를 들었는데요."

태오는 잠시 망설이다가 찬신에게 말했다.

"김민서 씨가 자기 아이를 학대했었다고……."

"아…… 결국."

태오의 말에 찬신은 미간을 찌푸렸다.

"알고 계셨어요?"

"어제부터 태오 씨에게 하려던 말이 바로 그거였어요. 동수 씨 통해서 확인했거든요. 관할 경찰서에 정보원이 있어서 리셋 전에 그런 일이 있었다는 걸 알 수 있었다고요."

찬신의 설명에 태오는 깊은 한숨을 내쉬었다. 그제야 기태가 '우리는 한참 더 지옥에서 있어야 한다'라고 말했던 의미를 알 것 같았다.

"김민서 씨가 그럴 사람으로 보이진 않았는데요……."

"산후우울증은 비교적 흔한 이야기죠. 그게 아기를 키우며 육아우울증으로 이어지는 것도, 그리고 회사 일에 바쁜 남편이 눈치채지 못하는 것도. 혹은 눈치챘지만 남편이 적당히 모른 척했을 수도 있고요."

태오는 기태의 마지막 말을 떠올렸다. 그는 과연 알았던 걸까, 아니면 무지의 죄인이었을까.

태오는 로비에서 어두운 표정으로 찬신의 이야기를 듣고 있었다. 가슴 아픈 이야기였다. 아이에게도, 민서에게도. 마음의 병에 대해 그 사람에게 책임을 물을 수 있을까. 하지만 그렇다면 아이는 무슨 잘못이란 말인가.

"아이가, 아이가 너무 안타깝네요."

"모두 제 탓입니다."

대답한 건 찬신이 아니었다. 병원 로비에는 어느새 기태가 서 있었다.

"김기태 씨? 여긴 어떻게……."

"카페 사장님께 들었습니다. 사고가 났다고."

민서가 응급실에 실려 갈 때, 커피하우스 사장이 그에게 연락한 듯했다. 무슨 일이 있으면 연락 달라던 기태의 부탁을 지킨 것이리라.

"제 탓입니다. 제가 자리를 지켰어야 했는데 도망쳐버렸어요. 민서의 상태가 안 좋은 걸 알면서도 어떻게 해야 할지 몰랐어요. 그저 난 돈을 버니까, 회사에 다니니까 하는 핑계로 집에서 벗어날 생각만 했었습니다."

기태는 울먹이며 말을 이었다.

"그러다가 도저히 안 되겠다 싶어 회사에 휴직계를 냈습니다. 이러다가 우리 세 식구 다 같이 죽겠다 싶었거든요."

찬신과 태오는 그저 묵묵히 그의 말을 들을 수밖에 없었다.

"제가 집에 있으면서 민서도 안정이 됐는지 상태가 많이 호전되었어요. 물론 병원에도 꾸준히 다녔고요. 못난 부모지만 어쨌든 엄마 아빠가 계속 집에 있으면서 돌봐주니 지유도 많이 밝아졌었는데, 그런데."

기태는 울음이 복받쳐 올라 말을 잇지 못했다. 태오는 그가 마저 하지 못한 말을 알 수 있을 듯했다. 리셋돼버린 것이다. 지유가 태어나기 전으로. 너무 가혹한 이야기였다. 서로의 노력으로 간신히 추슬러지던 가정을 리셋이 한순간에 없애버린 것이다.

"그럼 리셋 이후엔 왜 김민서 씨와 이혼하신 건가요?"

기태의 이야기를 가만히 듣고 있던 찬신이 물었다. 이야기의 맥락을 통해 대강 짐작은 가지만, 섣불리 넘겨짚지 않고 확실하게 확인한다. 일견 차가워 보이기까지 하지만 그와 몇 달을 함께 일하며 태오는 찬신의 이런 태도가 미래세탁소 일에 진심이기 때문에 나오는 것이라는 걸 잘 알고 있었다. 평소에는 유연하고 무른 사람이지만, 자기 일에 대해서는 CEO의 면모가 나오는 것이다.

"이놈의 리셋은 정신적인 문제까지는 해결해주지 않더군요. 리셋 후 아이가 사라지자 민서의 우울증이 다시 심해졌어요. 저도 더는 견디기 힘들었고요."

찬신은 기태의 설명에 이해가 간다는 듯 고개를 끄덕였다.

"저기, 언니가 잠깐 드리고 싶은 말씀이 있다는데요."

응급실에서 나온 유림이 찬신과 태오를 불렀다. 기태를 본 그녀는 태오에게 누구냐고 묻는 듯 눈짓했다.

"이쪽은 김기태 씨. 김민서 씨의 전남편입니다."

기태가 유림에게 꾸벅 인사하며 말했다.

"민서는 안에 있나요? 상태는 어떤지……."

"언니는 괜찮아요. 그럼 같이 가실까요?"

유림은 몸을 돌려 다시 응급실로 향했다. 세 사람은 그녀의 뒤를 쫓았다. 민서는 소란스러운 응급실 한쪽 침대에 누워 있었다.

"당신이 여긴 어떻게?"

"사고가 났다고 들어서."

기태는 놀란 눈을 한 민서의 시선을 멋쩍은 듯 외면했다. 이혼한 사이에 이렇게 무슨 일이 있을 때마다 달려오다니, 기태도 민서에 대한 마음이 완전히 식지는 않은 게 아닐까? 전남편이라는 말을 듣기 싫어했던 것도 어쩌면……. 태오가 그런 생각을 하고 있는데, 유림이 기태와 민서 사이에 끼어들어 화제를 돌렸다.

"언니, 미래세탁소분들에게 할 말이 있다고 했잖아요."

민서는 그제야 찬신과 태오를 의식하고는 자세를 바로 했다. 태오는 그녀의 안색이 묘하게 밝아 보인다고 생각했다. 그녀의 눈빛에는 전에 없던 의지가 깃들어 있었다.

"두 분께 의뢰를 하고 싶어요."

§

조용한 아침 골목길. 어린이집에 아이를 등원시킨 여자가 걸어 나왔다. 그녀는 늘 가던 대로 출근하기 위해 지하철역으로 향하려 했지만, 두 명의 남녀가 그녀의 앞을 가로막았다. 경찰이었다.

"잠시 같이 가주셔야겠습니다."

"무슨……."

"아동학대 의심 신고가 들어와서요. 남편분도 서에 계십니다."

그녀는 복잡한 얼굴로 고개를 푹 숙이더니 별다른 저항 없이 경찰의 뒤를 따랐다.

"거참. 어린이집을 계속 보고 있던 게 그런 이유였다니."

태오는 약간 떨어진 자리에서 여자의 뒷모습을 보며 말했다. 며칠 전, 자신의 아이를 해코지하려 했다며 민서를 공격했던 그 학부모였다.

"처음에는 그저 태어나지 못한 아이에 대한 미련 때문이었겠죠. 하지만 계속 보다 보니 그녀의 눈에 보이기 시작한 겁니다. 예전의 지유와 비슷한 느낌의 아이가."

커피하우스 앞 어린이집에 학대받는 아이가 있다. 그 아이를 구해달라. 그게 민서가 두 사람에게 한 의뢰였다. 아동학대는 리셋에 관계된 게 아니기에 엄밀히 말하면 미래세탁소가 할 일은 아니었지만, 찬신과 태오는 두말없이 그녀의 의뢰를 받았다. 이미 민서가 1년여 동안 어린이집을 지켜보며 이런저런 증거들을 찾아놓았기 때문에 일은 일사천리로 진행됐다. 특히, 민서가 그 모녀가 등원하는 길에 자동차를 주차시켜놓고 블랙박스를 통해 매 맞는 아이의 영상을 찍었다는 걸 들었을 때 찬신과 태오는 무릎을 탁 쳤다. 찬신과 태오가 한 일은 그저 어린이집에 찾아가 협조를 요청하고, 교사들이 경찰에 신고하도록 도운 것뿐.

경찰차가 여자를 싣고 떠난 뒤 어린이집 문이 열리고 교사가 나왔다. 교사는 며칠간 마음고생을 했는지 마지막으로 봤을 때보다 훨씬 수척해 보였다. 이토록 수월하게 경찰 협조를 받을 수 있었던 것도 그녀의 도움이 있었기 때문이었다.

"감사합니다. 두 분 덕에 잘 해결됐네요."

교사는 찬신과 태오를 보고는 고개를 깊게 숙였다. 진심으로 둘에게 고마워하는 태도였다.

"아닙니다. 선생님도 고생 많으셨습니다. 그리고 저희는 한 것도 없어요. 김민서 씨, 아니 지유 어머니 덕분이지요."

"고맙다고 전해주시면 감사하겠습니다."

교사는 고개를 한 번 더 숙였다. 그녀는 민서가 트럭으로부터 아이를 구하고, 또 그 아이를 부모의 학대로부터도 구했다는 건 잘 알지만, 그럼에도 불구하고 자신이 도와주지 못했던 지유가 자꾸 떠올라 마음이 괴롭다고 했다. 태오는 그런 그녀의 모습이 자신의 직업에 대한 책임감과 맡은 아이들에 대한 애정이라고 생각됐다.

"선생님……."

어린이집 문이 열리며 여자아이가 얼굴을 빼꼼 내밀었다. 민서가 구해준 아이, 방금 경찰에게 연행된 여자의 아이였다. 학대범이라도 부모는 부모, 직접적으로 엄마가 경찰에게 잡

혀가는 모습을 보지는 못했지만, 불안한 얼굴로 교사를 올려다보고 있었다. 교사는 찬신과 태오에게 다시 한번 목례하고는 아이를 다독이며 어린이집으로 들어갔다.

"태어나지 못한 지유의 영혼이 저 아이를 도운 거라면, 너무 낭만적인 생각일까요?"

조용히 닫히는 어린이집 문을 바라보던 태오의 말에 찬신이 빙긋 웃었다.

"그럴 거예요. 맞을 겁니다."

"두 분, 고생 많으셨어요."

그런 두 사람 뒤로 유림이 다가왔다. 그녀의 손에는 아이스 아메리카노 두 잔이 들려 있었다. 추운데, 라고 중얼거리는 태오를 무시하며 유림은 두 사람에게 말했다.

"민서 언니도 감사하다고 전해달라고 했어요."

"아, 김민서 씨는 퇴원하셨나요?"

태오는 유림의 입에서 민서의 이야기가 나오자 잽싸게 물었다.

"네, 지방에 아는 사람이 있어서 요양 겸 그쪽으로 간다고 하더라고요. 보육원이라는데 가능하면 거기서 일하고 싶다고 하네요."

"보육원이라. 다행이네요."

찬신이 고개를 끄덕이며 말했다. 그때 찬신의 핸드폰이 울렸다.

"네, 사장님. 그래요? 잘됐네요. 별말씀을요. 감사합니다. 의뢰비는 그럼 지난번 드렸던 계좌로 부탁드립니다."

전화를 끊은 찬신이 씩 웃었다.

"그 고양이 의뢰인. 고양이가 새끼를 뱄다네요."

"저번에 포기하고 돌려주신 것 아니었나요? 어떻게?"

"이번에 민서 씨 일을 보면서 저도 느낀 게 많았거든요. 그래서 혹시나 하는 마음에 고양이 의뢰인에게 물어봤죠. 리셋 전에 희귀한 새끼가 태어났다고 바로 어미에게서 떼어놓거나 하지 않았었는지."

찬신의 물음에 대한 의뢰인의 답은 예스. 그는 비싼 고양이니 따로 케어를 해야 했다며, 그게 왜 문제냐는 듯 멀뚱한 표정을 지었었다. 하지만 찬신의 생각은 달랐다.

"고양이들도 기억했던 것 아닐까요? 리셋 전 새끼를 빼앗겼던 기억을."

의뢰인은 의외로 찬신의 이야기를 진지하게 받아들였다. 그뿐 아니라, 함께 사는 가족을 어느 순간 돈벌이로만 보고 있었다며 찬신에게 반성의 마음을 털어놓기까지 했다고 한다.

다시 새끼를 뱄다는 건 그런 의뢰인의 마음이 고양이들에게 전해진 걸까. 태오는 문득 하늘을 바라봤다. 천륜. 부모와 자식 간의 인연은 하늘이 정해준 것이란 뜻이다. 그가 보기에 리셋으로 모든 게 뒤바뀌어버린 이 세상 탓에 자식이 태어나지 못했다고 해도, 그 연결은 끊어지지 않은 것 같았다. 사람도 고양이도.

리셋에도 사라지지 않은 것, 나에게도 그런 게 있을까. 태오는 자신의 사라진 미래를 잠시 떠올려보다가 곧 고개를 흔들어 생각을 떨쳐냈다. 좋은 날 굳이 되새기고 싶지 않은 기억이었다. 대신 태오는 맑고 차가운 공기를 깊숙이 들이쉬었다. 청명하고 서늘한 가을이었다.

알배추마켓

이게 다 호빵 때문이다. 태오는 손에 든 호빵을 노려봤다. 반쯤 베어 문 호빵에서는 아직 따뜻한 김이 모락모락 피어오르고 있었다. 호빵 때문이다. 아무튼 호빵 때문이야.

퇴근길을 서두르던 태오의 눈에 그 편의점이 들어온 건 찬 바람이 쌩하고 부는 12월 겨울 저녁이었다. 몇 년 전 찬신을 처음 만났던 그곳. 미래세탁소에서 일하기 전 아르바이트했던 편의점.

태오의 집에서 가까운 곳은 아니었다. 아르바이트를 구할 당시에 일부러 집에서 먼 곳으로 골라 지원했었으니까. 출퇴근 동선에 있는 것도 아니라 그동안 근처를 지날 일이 없었는데, 모처럼 외근 후 곧장 퇴근하는 길이라 우연히 지나게 됐다.

오랜만에 아르바이트하던 편의점을 보니, 몇 년 전 회사에서 쫓겨나다시피 퇴사하고 절망에 빠져 되는대로 살던 때의 자신이 떠올랐다. 태오는 괜스레 감상에 빠져 편의점 쪽으로 다가갔다. 겨울 프로모션인지 유리문에 커다란 호빵 포스터가 붙어 있었다.

모처럼 왔는데 호빵이라도 사볼까. 평소 호빵을 좋아하는 것도 아닌데, 괜히 그런 생각이 들었다. 태오는 문을 열고 들어가 찜기 앞에 섰다. 카운터의 아르바이트생이 맥없는 목소리로 인사를 했다. 태오는 고개를 살짝 끄덕이는 것으로 대답했다.

촉촉하게 수분을 머금고 있는 호빵을 보니 없던 식욕이 생겨났다. 찜기 앞에서 잠시 망설이던 태오는 단팥 호빵과 야채 호빵을 하나씩 골라 계산했다. 조금 전까진 호빵의 호 자도 머릿속에 없었는데, 지금은 하나만 먹으면 아쉬울 것 같았다. 편의점을 나서며 기대감에 부푼 마음으로 단팥 호빵을 한 입 베어 물려는데, 누군가 그를 불렀다.

"태오?"

이곳에서 들을 거라고는 생각지도 못한 목소리. 태오는 반쯤 입을 벌린 멍한 표정 그대로 뒤를 돌아봤다. 미연이었다.

뒤늦게 표정 관리를 해봤지만 이미 늦은 듯했다. 미연이 왜 여기 있을까, 그리고 보니 마지막으로 그녀를 만났던 것도 몇 년 전 이 편의점에서였다. 갑작스러운 그녀의 등장에 굳어 있는 태오와 달리 미연은 반갑다는 듯 미소를 지으며 말했다.

"오랜만이네."

"어어, 그러네?"

자기도 모르게 튀어나온 우스운 대답에 아차 싶었지만 뱉은 말을 주워 담을 수는 없는 법. 태오는 얼결에 손에 들고 있던 호빵을 내밀며 되는대로 지껄였다.

"호빵 먹을래?"

"나 결혼해."

호빵을 하나씩 든 채 편의점 앞에 서서 어색한 말 몇 마디를 나누던 참에 미연의 입에서 나온 말이었다. 맥락 없는 그 말에 태오는 순간 들고 있던 호빵을 떨어뜨릴 뻔했지만, 간신히 손가락에 힘을 주며 태연한 목소리로 말했다.

"축하해."

둘이 헤어진 건 리셋 1년 전, 그러니까 2021년의 딱 이맘때였다. 그러니까 실제 햇수로 따지면 헤어진 지 5년이 넘어간다. 게다가 이젠 삼십대 중반을 바라보는 나이니, 그녀가 결혼한다고 해서 이상할 건 없었다. 머리로는 알고 있다고 해도 태오의 혀끝에선 축하한다는 말 외엔 나오지 않았다.

결혼식은 언제야, 어떤 사람이야, 어떻게 만났어, 신혼여행은 어디로 가. 그런 흔한 말 한마디 오가지 않은 채 두 사람은 조용히 서 있었다. 잠시 물에 빠진 듯 먹먹한 시간이 흐르고, 침묵을 깬 건 미연이었다.

"아, 알배추마켓은 언제 나와? 잘되고 있어?"

그제야 태오는 미연을 마지막으로 만났던 날, 찬신 밑에서 일하게 됐다고 말했던 것이 기억났다.

사실 세탁소에 다니고 있다는 걸, 아니 그 세탁소가 그 세탁소는 아닌데……. 어찌 설명해야 할지 난감해진 태오가 말을 고르고 있는데 미연이 알겠다는 듯 고개를 끄덕였다.

"역시 케이토크 때문이구나. 서비스가 비슷해 걱정하긴 했는데."

케이토크는 포털과 메신저 서비스를 중심으로 성장한, 소위 빅테크라고 불리는 국내 최대의 온라인 플랫폼 회사다. IT 업계에 무지한 태오도 일상적으로 그 서비스를 사용하고 있을 정도로 사람들의 삶 속에 스며든 대기업이었다.

"보나 마나 케이토크가 알배추마켓 서비스를 베낀 걸 텐데 말야. 그렇지? 너희 대표는 가만히 있니? 아무리 리셋이니 뭐니 해도……."

"어, 사실 그래서 알배추마켓이 아니라 다른 사업을 하고 있어. 아직 사이즈는 작은데 그런대로 유망해서…… 나름 사회적으로 의미도 있고."

태오는 미연의 말에 적당히 맞춰 은근슬쩍 미래세탁소 일을 에둘러 말했다. 요즘엔 일에 꽤 보람을 느끼고 있지만, 그렇다고 해도 그 일을 그녀에게 자세히 설명할 마음은 들지 않았다. 이 자리에서 짧은 말로 제대로 설명하기 힘들기도 하거니와 그간 지인들에게 미래세탁소 일을 설명했다가 결국 흥신소나 심부름센터 아니냐는 핀잔 섞인 반응도 꽤 들었기 때문이었다. 그리고 결혼한다는 전 여자친구 앞에서는 꿀리는 모습을 보이기 싫은 치기 어린 마음도 있었다.

"다행이네. 대표가 엄청 능력 있는 사람이잖아. 너도 똑똑하니까 새로 하는 일도 잘될 거야."

미연은 환하게 웃으며 말했다. 웃는 그녀의 얼굴을 보자 태오는 왠지 속이 쓰렸지만 그래도 잘 넘겼다고 스스로를 다독였다. 새로운 인생을 시작하려는 그녀에게 제 앞가림도 제대로 못 하는 전 남자친구라는 찜찜한 기억으로 남는 것보다야 허세 좀 부리는 게 낫다 싶기도 했고.

미연은 태오와 몇 마디 더 나누다가 먼저 편의점 앞을 떠났다. 태오는 멀어져가는 그녀의 뒷모습을 보다가 괜히 손에 든 호빵을 노려봤다. 이게 다 호빵 때문이야.

§

다음 날 태오는 눈이 퀭한 채로 미래세탁소 사무실에 앉아 있었다. 그동안 거의 잊고 살았다고 생각했건만, 지난 사랑의 흔적은 그리 쉽게 지워지지 않는 모양이었다. 밤새 뒤척이느라 제대로 못 잔 데다가 속앓이를 한 탓인지 핏기가 싹 가신 얼굴이었다. 여느 때처럼 커피를 들고 미래세탁소에 놀러 온 유림이 흠칫 놀라며 말을 걸었다.

"태오 씨, 어디 아프세요?"

"아뇨……. 아무렇지도 않아요."

전혀 아무렇지 않지 않은 얼굴로 대답하는 태오를 보던 유림은 아이스아메리카노를 그의 얼굴에 가져다 댔다.

"아, 차거!"

"아무렇지 않으면 이거 마시고 정신 차려요. 태오 씨는 한겨울에도 얼죽아라면서요?"

얼어 죽어도 아이스아메리카노. 유림은 빙긋 웃었다. 태오는 그런 그녀의 웃음에 약간은 마음이 밝아지는 듯했다. 몇 년간 가까이 지내며 꽤 친해진 두 사람이었다.

"오늘은 진짜 얼어 죽을 것 같은데……."

태오는 장난스레 구시렁거리며 유림이 건네는 커피를 받았다. 겉으로는 툴툴대면서도 유림 덕에 기분이 나아진 태오는

171

미연의 결혼 소식에 가려 미처 생각하지 못했던 찜찜한 것을 그제야 떠올렸다.

"유림 씨, 알배추마켓이라고 아세요?"

"예전에 있던 쇼핑몰 아닌가요?"

심각하게 물어보는 태오에게 유림이 고개를 갸웃했다. 태오는 잠시 고민하다가 다시 질문했다.

"그럼 케이토크마켓은요?"

"알죠. 이것도 거기서 샀는데요."

유림은 입고 있는 겨울 코트를 가리키며 웃었다.

"그 케이토크마켓이라는 거 사람들이 많이 쓰나요?"

"아무래도 케이토크 자체를 사람들이 워낙 많이 쓰잖아요. 메신저나, 포털이나. 그래서 그거랑 연결되는 케이토크마켓도 많이 쓰는 것 같아요. 온라인 쇼핑몰 중 1위일걸요?"

"1위라……."

리셋 전 그 자리엔 아마 찬신의 알배추마켓이 있었을 것이다. 태오는 옷이건 식료품이건 뭘 살 때는 직접 물건을 보고 사야 직성이 풀리는 타입이었다. 그래서 케이토크마켓은 물론이고 알배추마켓도 유명하다는 것만 알았지 직접 써본 적은 없었다. 그래서였을까. 찬신과 일하기 시작한 지 햇수로 벌써 3년이 넘어가고 있건만, 태오는 이제야 찬신이 왜 알배추마켓을 다시 하지 않았는지 의구심이 들기 시작했다.

"유림 씨, 그 케이토크마켓 앱 좀 볼 수 있어요?"

"네, 잠시만요."

유림이 앱을 실행시켜 태오에게 보여주려는 찰나, 소란스러운 소리와 함께 문이 열렸다. 찬신 뒤로 한 남자가 따라 들어오고 있었다.

"소장님, 제 말 좀 자세히 들어보시고……."

"죄송하지만 그 건은 저희가 도와드릴 수 있는 부분이 없을 것 같네요."

찬신은 사정하는 남자에게 매몰차게 말했다. 평소 찬신답지 않은 태도에 보다 못한 태오가 나섰다.

"소장님, 의뢰인이신가요?"

찬신에게 매달리던 남자는 태오의 말이 일종의 구명줄로 느껴졌는지, 그에게 애원하듯 말하기 시작했다.

"아니 글쎄, 소장님이 제 말을 듣다 말고 의뢰받지 않겠다고 하셔서 여기까지 따라왔지 뭡니까."

"왜요?"

태오는 남자가 아니라 찬신 쪽을 바라보며 의문을 표했다. 찬신은 골치 아프다는 듯 눈을 지그시 감으며 한숨을 내쉬었다.

"태오 씨."

"일단 여기 앉아보시죠. 소장님, 제가 이분 말씀을 들어봐도 될까요?"

찬신은 고개를 절레절레 흔들었지만, 태오는 꿋꿋이 남자를 소파로 안내했다. 찬신이 거절하려는 이유가 있더라도 일단 의뢰인의 말을 들어보고 찬신의 뜻대로 거절할지, 아니면 의뢰를 받을지 결정해도 되지 않을까 싶었다. 의뢰하겠다고 온 사람을 이유도 모르고 돌려보내는 건 영 찜찜한 일이니까.

찬신은 작게 한숨을 내쉬며 자기 책상에 앉았다. 아예 의자를 돌려 창가 쪽으로 돌아앉은 게, 이 건에 더 이상 엮이지 않겠다는 걸 온몸으로 표현하는 듯했다.

태오 덕에 소파에 앉은 남자는 구세주라도 만난 표정으로 태오를 올려다봤다. 태오의 옆에 어정쩡하게 서 있던 유림은 잽싸게 냉온수기로 가 믹스커피를 타기 시작했다.

"의뢰받을지 말지는 소장님이 결정하시는 거지만, 일단 말씀해보세요. 내용을 들어보고 저도 저희가 해볼 만한 일인지 아닌지 판단해보겠습니다."

"감사합니다……."

남자는 고개를 깊게 숙여 보이고는 말을 이었다.

"저도 몇 년간 많이 알아봤는데 도저히 해결이 안 돼서요. 여기가 이런 문제 관련해서는 전문이라고 들었어요. 정말 지푸라기 잡는 심정으로 온 겁니다."

리셋이 일어나고 햇수로 벌써 4년, 대다수의 사람들은 이미 바뀐 세상에 적응했다. 그런데도 미래세탁소에 찾아오는 의뢰인들은 절대 포기할 수 없는 어떤 것 때문에 몇 년간 자기에게 일어난 일을 해결해보려고 발버둥 치다가 모든 수단을 다 쓰고 마지막까지 몰린 경우가 대부분이었다.

"드시면서 천천히 말씀하세요."

마침 유림이 믹스커피를 그의 앞에 내려놓으며 말했다. 유림은 자연스럽게 태오 옆에 앉았다.

"저는 웹툰 작가입니다. 아니, 웹툰 작가였지요. 호섭C라고 들어보셨는지 모르겠네요. 리셋 전에는 케이토크에서 연재했습니다."

또 케이토크인가. 태오는 왠지 어제오늘 그 이름을 많이 듣는다고 생각하는데, 유림이 아는 체했다.

"혹시 〈이세계에서 온 용사〉 작가님? 와, 옛날에 진짜 재밌게 봤었는데!"

유림은 태오에게 〈이세계에서 온 용사〉라는 웹툰에 대해 이 것저것 설명했다. 박진감 넘치는 스토리가 특히 좋았다는 그녀의 말에 남자, 아니 호섭C의 표정도 조금 풀어지는 듯했다.

"그러고 보니 리셋 후에는 연재를 하지 않으셨죠?"

유림의 물음에 호섭C는 쓸쓸한 표정으로 입을 열었다.

"빼앗겼습니다, 케이토크에."

"빼앗기다니요?"

"〈이세계에서 온 용사〉는 2020년에 연재를 시작한 작품이에요. 리셋되고 난 뒤엔 모조리 사라졌죠."

호섭C가 가라앉은 목소리로 말했다.

"리셋 후, 저는 케이토크에 연락했어요. 잘 연재하고 있던 작가니 당연히 재개시켜줄 거라고 생각했죠. 한 번 그린 작품을 처음부터 다시 그려야 하는 거였지만 그래도 이참에 부족했던 부분을 보완해 더 좋은 작품을 만들자고 긍정적으로 생각했었고요."

"〈이세계에서 온 용사〉는 리셋 직전까지 인기리에 연재 중이었던 작품이었으니까요."

유림이 힘들게 말을 잇는 호섭C를 거들었다. 리셋 후 영화나 드라마 같은 콘텐츠들은 다시 제작되지 않은 경우가 많았다. 이미 흥행의 성패를 알고 있거니와, 볼 사람 다 본 작품을 다시 만들어서 또 흥행할지도 가늠이 어려웠기 때문이었다. 하지만 연재 중인 웹툰이라면 상황이 다를 수 있었다. 결말을 기다리는 독자들을 충분히 끌어모을 수 있으니 말이다.

"하지만 케이토크는 거절했어요. 이유도 알 수 없었죠."

"하지만 다른 웹툰들은 다시 연재된 것들이 많은데."

유림이 말하자 호섭C는 깊은 한숨을 내쉬었다.

"웹툰 플랫폼에서 1, 2위를 다투는 작품들은 그 작가를 그대로 다시 섭외해서 그리기 시작했죠. 하지만 저처럼 중상위권 작품들, 그중에서도 스토리에 비해 그림이 약하다고 평가받았던 작품들이 주로 거절당했습니다."

스토리에 비해 그림이 약하다? 태오는 호섭C의 말에 어떤 가능성이 떠올랐다. 정말 더럽고 치사한 가능성이.

"설마, 작품을 빼앗기셨다는 게……."

"네, 맞아요. 제가 재연재를 거절당하고 얼마 안 되어 케이토크에서 자체적으로 그림 작가만 섭외해서 작품을 내놓더군요. 〈판타지 세상에서 용사가 왔다〉라나."

맥 빠진 목소리로 말하는 호섭C를 측은하게 바라보던 태오는 문득 찬신 쪽을 보며 말했다.

"저희 소장님께도 이런 내용을 말씀드린 건가요?"

"네, 그랬더니 돌연 의뢰를 받을 수 없다고……."

"안 되는 일입니다."

책상에 앉아 창밖만 바라보고 있던 찬신이 호섭C의 말을 잘랐다. 냉정하고 단호한 말투였다.

"왜 안 되나요? 소장님, 이 정도면 저희가……."

그간 미래세탁소에서 받아 온 의뢰를 생각했을 때, 의뢰 성공 가능 여부를 떠나 충분히 맡아볼 만한 일이다. 태오가 반박하려는데, 찬신이 의자에서 벌떡 일어나 테이블로 다가왔다.

"리셋 이전의 일들은 공식적으로 인정되지 않죠. 이건 다들 너무 잘 아는 일 아닌가요? 그 전에 만든 창작물이건 서비스

177

건 그 어떤 것도 원작자에게 권한은 없어요. 법으로 들이대봐야 씨알도 안 먹히는 건 물론이고, 그 케이토크…… 케이토크 같은 대기업을 상대로 일개 개인이 소송을 건다고 한들 개인만 다치는 일입니다."

태오는 찬신이 케이토크를 언급할 때 잠시 말을 삼킨 것을 알아챘다. 태오가 속으로 작은 의문을 품는 사이 찬신은 속사포처럼 말을 계속했다.

"그렇다면 기대볼 수 있는 건 소비자, 독자의 양심이겠죠. 대기업이 도둑질한 걸 다 알지 않냐. 그런 걸 봐서 되겠냐. 하지만 어떤가요? 의뢰인분의 작품을 베꼈다는 그 웹툰의 성적이 어떨지는 모르겠지만, 도용한 작품 대부분이 웬만큼 읽히고 있을 겁니다. 그게 사람들의 생각이에요! 어차피 공식적으로 불법도 아닌데 어때? 대기업에서 좋은 작가 써서 더 잘 만들었으니 좋은 거 아닌가? 이런 생각으로 아무런 거리낌 없이 도둑질한 작품들을 보고 있을 거라고요."

의뢰인 앞에서 이렇게까지 감정을 드러낸 찬신을 태오는 처음 봤다. 유림도 비슷한 생각인지 낯선 사람을 보듯 찬신을 바라보고 있었다. 찬신은 고개를 들었다가 천천히 숙이며 조금 흥분이 가라앉은 목소리로 말했다.

"케이토크…… 거대기업이고 마케팅 잘하는 회삽니다. 이미지메이킹은 더 잘하고요. 이 건, 이길 수 없다고 생각해서 거절한 겁니다. 의뢰인분을 위해서라도요."

§

결국 호섭C는 의뢰를 포기하고 처진 어깨를 한 채 돌아갔다. 그가 떠나고 얼마 지나지 않아 찬신도 머리를 식히고 오겠다며 사무실을 나섰다. 졸지에 다시 둘만 남게 된 태오와 유림은 서로를 바라보며 어깨를 으쓱했다.

"소장님 뭔가 평소랑 다르신데요? 저런 표정 처음 봐요."

태오도 동의한다는 표정을 지어 보였다. 확실히 오늘의 찬신은 평소와 달랐다.

"그러게요. 평소엔 바보같이 생글거리는 양반이 저렇게 표정을 굳히니…… 아!"

태오가 무언가 떠오른 듯 손바닥을 탁 쳤다. 그러고 보니 본적 있다. 찬신의 저런 표정.

"왜 그러세요?"

"아니에요. 깜빡 잊고 있던 게 떠올라서요."

태오는 웃음으로 얼버무렸다. 유림에게 말하기는 껄끄러웠다. 찬신이 그답지 않게 굳은 표정으로 딱딱하게 행동했던 때, 그건 바로 유림의 일로 ZM에 연락했었던 때다. PTJ엔터의 박태진 사장이 있는 곳이 ZM이라는 사실을 알았을 때.

"그나저나 유림 씨, 아까 그 앱 다시 보여줄 수 있어요?"

태오의 말에 유림은 핸드폰을 꺼내 케이토크 앱을 실행시켰다.

"어, 이분들은!"

"예쁘게 나왔죠? 우리 트윙클파티예요."

앱의 팝업 광고에 유림을 제외한 트윙클파티 멤버 셋이 포즈를 취하고 있었다. 유림이 다시 데뷔하기를 포기한 이후 박태진과 함께 ZM으로 들어간 그녀들은 재데뷔에 성공했다. 스스로 포기했다지만 유림은 전혀 아쉬운 마음이 없는 걸까. 태오는 조심스럽게 유림의 표정을 살폈지만, 그녀는 진심으로 뿌듯한 듯 웃고 있었다.

"ZM이 케이토크 계열사거든요. 요즘 여기 전속 모델이에요. 사실 제가 케이토크마켓을 쓰게 된 것도 이 친구들이 모델이라서이기도 해요."

ZM이 우리나라에서 첫손에 꼽히는 연예기획사라는 건 태오도 잘 알고 있었지만, 케이토크 산하의 회사라는 건 처음 듣는 이야기였다.

"케이토크가 연예기획사도 갖고 있어요?"

"원래는 아니었는데, 인수한 지 꽤 됐을걸요."

"그럼 케이토크마켓은요? 이것도 케이토크가 어디서 인수한 회사인가요?"

"그건 아닐 것 같은데요. 재작년에 트윙클파티가 ZM으로 데뷔하고 나서 좀 지나 새로 론칭했을 거예요. 그때 애들이 광고 모델이 됐는데, 새로 나온 서비스라고 했던 게 기억나요."

태오는 뭔가가 머릿속을 간질이는 듯한 느낌이 들었다. 찬신과 알배추마켓, 케이토크와 케이토크마켓, ZM과 트윙클파티까지. 뭔가 연결될 듯 연결되지 않았다. 태오는 알배추마켓의 행방과 케이토크마켓의 설립에 대해 더 알아봐야겠다고 생각했다.

§

알배추마켓. 알아서 배워 추천해준다는 이름 그대로 고객에게 AI 추천 서비스를 제공하는 것이 트레이드마크인 온라인 쇼핑몰. 2019년 말 중고 거래 플랫폼으로 시작했지만, 이후 중소 개인 사업자를 멤버십 시스템으로 흡수해 일종의 오픈마켓으로 성장함. AI 추천은 물론이고, 멤버십 업자들의 품질 보증제, 당일배송 시스템 등으로 몇 년 만에 대한민국에서 가장 핫한 기업이 됨. 일부 전문가들은 이 성장세가 유지될 경우 알배추마켓이 한국의 아마존이 되는 것도 가능하다고 평함. 리셋 이후 서비스를 다시 선보이지 않아 이젠 공식적으로 존재한 적 없는 이름이 되었음.

태오는 사무실 책상에 앉아 머리를 싸매고 있었다. 인터넷 커뮤니티 등을 통해 알배추마켓에 대해 조사할 수 있는 내용은 이 정도가 전부였다. 며칠에 걸친 조사 끝에 태오가 알아낸 건 알배추마켓의 어렴풋한 형태와 결국 케이토크마켓이 리셋 전 알배추마켓과 무척 유사하다는 것. 두 서비스를 모두 써봤다는 사람들의 말에 따르면 단순히 UI가 비슷한 수준이 아니라 핵심이 되는 인공지능 추천 서비스의 알고리즘이 거의 똑같다고 했다. 물론 내부 시스템을 본 것도 아닌 일반 고객의 관점에서 느낀 바를 말하는 것이니만큼 한계는 있겠지만, 태오로선 무시할 수 없는 부분이었다. 케이토크 이야기가 나오면 유독 이상해지는 찬신의 태도를 봤을 때는 더더욱.

하지만 애당초 알배추마켓이 리셋 이후 존재하지 않은 서비스니만큼 공식적인 자료는 하나도 남아 있지 않았다. 그저 온라인에 떠도는 사람들의 기억에 의지해 조사하는 게 전부이다 보니 정작 중요한 것들, 찬신이 알배추마켓을 다시 시작하지 않은 이유라든지 케이토크와의 관계 따위는 알아낼 방도가 없었다. 하다못해 찬신 외에 알배추마켓을 운영했던 직원이라도 만날 수 있으면 좋으련만, 그쪽으론 전혀 연이 없는 태오에게 애당초 공식적으로 존재한 적 없는 회사의 직원을 찾기란 존재 여부를 알 수 없는 유령을 잡는 것이나 다를 바 없는 일이었다.

182

"태오 씨, 무슨 생각을 그렇게 해요?"

갑자기 등 뒤에서 찬신의 목소리가 들려 태오는 소스라치게 놀라 화면을 바꿨다. 분명 나갔다 온다고 했는데 언제 들어온 거지. 자신이 딴생각하느라 인기척을 놓친 건 생각 못 하고 태오는 애꿎은 찬신만 탓했다.

"이번 의뢰 건으로 자료 좀 받아 올 수 있어요? 제가 다른 일이 있어서."

찬신은 태오의 이상한 태도에 잠깐 미심쩍은 표정을 보이다가 개의치 않고 용건을 말했다. 정보 상인 동수 씨를 만나고 오라는 것이다. 그간 찬신 외에는 접근할 수 없는 그였는데, 최근에는 태오도 정해진 장소에 가서 자료를 받아 오는 정도의 접촉은 하고 있었다. 그래봐야 대화 한마디 없이 서류 봉투만 받아 오는 정도였지만. 그래서 찬신도 태오에게 시키기 민망해하는 일이기도 했다. 거창하게 말하면 정보원과 접촉하는 일이었지만, 실상 그저 서류 배달 심부름에 불과했으니까.

"네, 어디로 갈까요?"

하지만 태오는 기다렸다는 듯 적극적으로 찬신의 말을 받았다. 문득 좋은 아이디어가 떠올랐기 때문이었다.

연말이라 그런지 추운 날씨에도 서울역은 오가는 사람들로 북적였다. 어디론가 떠나는 사람들에게서 보이는 기대감, 어디선가 도착한 사람들이 내비치는 안도감. 항상 수없이 오고 가는 사람들이 있어 서울역은 늘 웅성거리는 설렘이 있는 장소였다. 태오는 예전부터 터미널이나 공항 같은 장소를 좋아했다. 그런 곳에서 사람들의 분위기에 취해 있으면 정작 아무 계획이 없을지라도 낭장 어디론가 떠날 수 있을 것 같았다. 실제로는 아무 곳도 못 간다고 해도, 그냥 그런 느낌이 좋았다.

하지만 오늘은 그런 서울역의 분위기를 전혀 즐길 수 없었다. 동수 씨를 만나 무슨 말을 어떻게 할지 머릿속으로 끊임없이 되뇌고 있었기 때문이었다. 태오는 지하철에서 내려 기차역으로 가는 길에도 미간을 찌푸린 채 계속 중얼거렸다. 그런 태오의 행동은 패스트푸드점 앞에 있는 동수 씨를 발견할 때까지 계속됐다.

"안녕하세요."

째진 눈에 고집스럽게 생긴 그는 정보 상인이라기보다는 어딘가의 공방에서 작품을 만드는 장인처럼 보이는 인상을 가지고 있었다. 태오는 이제 제법 익숙해진 동수 씨를 보며 인사했다. 동수 씨는 고개만 끄덕였다. 태오는 그의 목소리를 들어본 적이 없었다.

태오가 다가가자 동수 씨는 등에 진 백팩에서 갈색 서류 봉투를 꺼내 내밀었다. 제법 두툼한 봉투에는 그가 수기로 작성한 리셋 전 과거에 대한 정보들이 담겨 있으리라. 태오는 그가 내미는 봉투를 얌전히 받았다. 평소라면 여기서 끝. 서로 고개 한 번씩 꾸벅하고 각자 갈 길을 가면 됐다. 하지만 오늘 태오 는 다른 생각이 있었다.

"저, 동수 씨. 저도 의뢰를 하고 싶은데요."

백팩을 정리해 다시 메던 동수 씨는 태오의 말에 눈썹을 치 켜떴다. 자신에게 사적인 접근을 하지 않을 것. 어쩌면 동수 씨가 태오의 심부름을 허락하며 찬신에게 내건 조건은 그런 것일지도 몰랐다. 태오는 침을 꿀꺽 삼키며 그의 반응을 살폈 다. 그가 괜히 찬신에게 연락이라도 하면 일이 더 꼬이게 된 다. 다행히 동수 씨는 그럴 생각은 없어 보였다.

"뭐요?"

대신 그는 퉁명스러운 목소리로 태오에게 말했다. 역사적 인 첫 대화였지만, 지금 태오에게 그런 것에 감격할 여유는 없 었다.

"저도 리셋 전의 정보를 알고 싶어서요."

"내가 정해진 의뢰인 외에는 일을 안 받는다고 이 소장이 이 야기 안 합디까?"

역시나 불퉁거리는 말투였다. 동수 씨는 태오의 대답을 기 다리지도 않고 몸을 돌려 가려고 했다. 태오는 반쯤 돌아선 그 를 붙잡듯 다급하게 소리쳤다.

"이찬신 소장과 알배추마켓. 리셋 전에 무슨 일이 있었는지,

그걸 알고 싶습니다."

그 말에 동수 씨의 움직임이 멈췄다. 태오를 돌아본 그의 입에선 의외의 말이 튀어나왔다.

"그걸 몰라?"

말문이 막힌 태오의 얼굴을 빤히 바라보던 동수 씨는 한숨을 푹 내쉬었다. 동수 씨가 향한 곳은 역 밖에 있는 흡연 부스였다. 동수 씨는 태오가 따라오든 말든 아랑곳하지 않는 발걸음으로 흡연 부스 뒤쪽으로 가 담배를 꺼내 물었다. 태오는 그런 그를 놓칠세라 뒤따라갔다.

"이태오 씨. 리셋 전 오성증권에 다니던 엘리트였는데, 고객사 투자금 횡령했다가 걸렸죠?"

담배를 한 모금 깊게 들이마신 동수 씨는 다짜고짜 태오의 과거를 쏟아냈다. 태오는 얼굴이 붉게 달아오르는 기분이었지만 잠자코 있었다. 그가 무슨 말을 하려는지 조금은 짐작 갔기 때문이었다.

"그 횡령한 고객사가 ABC트레이더스, 그러니까 알배추마켓이었던 건 알고 있을 거고."

태오는 별다른 대답을 하지 못하고 고개만 주억거렸다. 리셋 전 자신이 손댔던 고객사의 투자금이 찬신의 알배추마켓 것이었다는 거야 찬신을 만났을 때 알았으니까. 다만 찬신이 처음 만났을 때 외엔 그에 대해 일절 말하지 않았기 때문에 그도 잊고 살고 있었을 뿐이었다.

"근데, 아직도 이 소장이 왜 그러고 사는지 모른다는 말이
죠? 거참."

찬신의 리셋 전 과거를 알고 싶었을 뿐인데 느닷없이 혼나
는 꼴이 된 태오는 어찌할 바를 모르고 그저 서 있었다. 마치
자신 때문에 찬신과 알배추마켓이 잘못되기라도 했다는 것처
럼 들렸기 때문이었다. 동수 씨는 못마땅한 눈초리로 태오를
보다가 툭 내뱉고는 떠나버렸다.

"케이토크 오수현 이사, 강태곤 이사. 그 사람들이 알배추마
켓 제작자들이오. 정 궁금하거든 그쪽에 물어보시오."

§

사무실에 찬신은 없었다. 태오는 서류를 찬신의 책상 위에
올려두고는 자신의 자리로 가 컴퓨터를 켰다. 오수현, 강태곤.
포털 사이트에 이름만 검색해도 이력이 쭉 나왔다. 둘은 케이
토크 내에서도 꽤 높은 직급을 가지고 있었다. 물론 그 이력에
동수 씨가 말한 알배추마켓 제작자였다는 내용은 없었다. 알
배추마켓은 공식적으로 존재하지 않는 서비스니 당연한 일이
었다. 두 사람의 이력엔 케이토크마켓 관련 경력만이 들어 있
었다.

정황만 놓고 생각해보면 알배추마켓의 제작자였던 두 사람이 케이토크로 가 케이토크마켓을 만든 것으로 보였다. 그렇다면 찬신은 이들에게 배신당한 걸까? 찬신의 태도를 봐선 그렇게 생각하는 게 합당해 보였지만, 이것만으로는 진실이 무엇인지 알 수 없었다.

이 두 사람과 접촉할 수 있다면. 아니, 이들이 왜 케이토크마켓을 만들었는지 알 수 있다면 의문이 풀릴 것 같았다. 하지만 대기업 고위 임원인 이들에게 어떻게 접근해야 할까. 태오는 사무실에 앉아 이리저리 머리를 굴려봤지만 딱히 뾰족한 수가 떠오르지 않았다.

"뭐 하세요?"

"깜짝이야!"

태오는 놀라 소리를 질렀다. 유림이었다. 모니터에는 태오가 띄워놓은 오수현 이사의 사진이 그대로 있었다. 유림이었으니 망정이지, 찬신이 지금 모니터를 봤다면 태오가 자신의 뒤를 캐고 있다는 사실을 눈치챘을지도 몰랐다. 태오는 등골이 서늘해짐을 느끼며 좀 더 주위를 철저히 경계해야겠다고 생각했다.

"어? 이 사람?"

"알아요?"

"네, ZM 대표잖아요."

태오는 오수현의 이력을 확인했다. 현재 직함에 '케이토 크 엔터 부문 이사'라고 큼직한 볼드체로 되어 있고, 그 뒤에 'ZM 공동대표 겸임'이라고 작게 쓰여 있었다. 아마 겸직인 데 다가 자회사 공동대표라 현직으로는 케이토크 이사가 더 앞 에 쓰여 있는 듯했다. 케이토크마켓으로 승진해 자회사 대표 까지 된 건가. 태오는 화면 속 오수현을 바라보며 상념에 잠 겼다. 버섯 같은 짧은 단발머리에 순박해 보이는 얼굴. 나이 에 비해 꽤나 어려 보이는 동안이라서일까, 오수현은 대기업 이사나 연예기획사 대표라기보단 어딘지 학생 같은 분위기를 풍기는 사람이었다. 이 사람이 찬신을 배신하고 케이토크에 간 걸까. 자신의 성공을 위해?

"오수현 대표는 왜요?"

"아뇨, 그냥."

태오는 대충 대답을 얼버무렸지만, 유림은 그냥 넘어갈 생 각이 없어 보였다.

"그러고 보니 태오 씨, 얼마 전에 케이토크마켓 물어본 것도 그렇고, 케이토크 쪽에 관심이 많네요. 이직 준비라도?"

의뭉스러운 표정을 지으며 물어보는 그녀의 질문에 태오는 고개를 설레설레 저었다.

"이직은 무슨…… 그런 거 아녜요."

"생각 있으면 말해봐요. 혹시 알아요? 트윙클파티도 크게

189

보면 케이토크 소속인데, 제가 뭐라도 도울 수 있을지."

유림은 반농담조로 던진 말이었지만 태오는 한 가지 아이디어가 떠올랐다.

"유림 씨, 멤버들하고는 여전히 자주 연락하세요?"

"그럼요. 애들이 바빠서 자주 만나진 못해도 가끔 밥도 먹고 그래요."

사는 세계가 달라졌다고 해서 사이가 소원해지진 않았을 것이란 태오의 짐작 그대로였다. 태오는 유림에게 조심스럽게 말을 꺼냈다.

"그럼 혹시 ZM 통해 좀 알아볼 수 있을까요?"

"역시 그건 쉽지 않다고 하네요."

전화 너머의 박태진은 난감해했다. 태오는 포기하지 않고 한 번 더 물었다.

"채용 관련 기록이니 당연히 쉽지 않으시겠죠. 꼭 공식적인 것이 아니라도 상관없으니, 당시 돌았던 소문 같은 거라도 없을까요?"

박태진은 별다른 대답을 해주지 못했다. 워낙 몇 년 전 일이라 안다는 사람이 별로 없다, 도움이 되지 못해 죄송하다. 박태진은 그렇게 말하곤 전화를 끊었다. 태오는 핸드폰 화면을 원망하듯 일별하고는 옆에서 귀를 쫑긋 세우고 있던 유림에게 결과를 들려줬다.

"안 됐어요. 피디님도 알아보는 데 한계가 있는 것 같네요."

"에고……."

태오의 말에 유림은 자기 일처럼 안타까워했다. 태오가 세운 계획은 간단했다. 태오는 케이토크마켓 출신인 오수현이 ZM의 대표가 됐다면, 케이토크마켓을 담당했던 직원들도 같이 옮겨 왔을 가능성이 크다고 짐작했다. 그래서 유림에게 트윙클파티나 박태진을 통해 ZM에 있는 케이토크 출신 직원들에게 정보를 얻어줄 수 있는지 물어봤다. 그들에게 오수현과 강태곤이 영입되었을 당시의 정황, 혹은 케이토크마켓이 론칭된 과정을 알아보겠다는 것이 그의 계획이었다.

이를 위해 태오는 유림에게 리셋 전 찬신이 알배추마켓이라는 잘나가는 스타트업의 CEO였으며, 어떤 이유에선지 리셋 후에는 그 사업을 하지 않았다는 것, 정황상 케이토크가 찬신의 사업을 빼앗아 간 것 같다는 것 등 자신이 생각해온 것들을 설명해줬다. 자신이 그 알배추마켓의 자금을 횡령했었다는 사실까지는 굳이 말하지 않았지만.

유림은 트윙클파티의 일로 찬신에게 늘 고마움과 부채감을 가지고 있었다. 그랬기에 찬신이 억울하게 사업을 빼앗겼다는 말에 진심으로 분개했다. 트윙클파티 멤버들이나 박태진이 같은 회사라도 전혀 다른 영역에서 일하는 직원에게 정보를 확인한다는 건 쉽지 않은 일이었지만, 유림은 멤버들에게 부탁해 어떻게든 케이토크 출신 직원들과 접촉하도록 했다.

하지만 일은 쉽게 풀리지 않았다. 직원들은 하나같이 잘 모른다, 혹은 기억이 안 난다는 대답만 했다. 별거 아닌 질문이라 해도 일면식도 없는 박태진이나 드웡클파티의 연락에 대뜸 대답하기도 쉽진 않았을 것이다.

"일단 들어갈까요?"

유림은 입에서 하얀 입김을 내뱉으며 고개를 끄덕였다. 태오와 유림은 전화 통화를 위해 미래세탁소가 있는 상가 1층까지 내려와 있었다. 찬신이 사무실에 있어 통화하기가 어려웠기 때문이었다. 짧은 통화를 마치고 태오와 유림은 몸에 서린 냉기를 이겨내려고 3층에 있는 사무실까지 빠른 걸음으로 뛰다시피 해 올라갔다.

"어딜 그렇게 다녀와요?"

오들오들 떨며 들어오는 두 사람에게 찬신이 속 편한 목소리로 물었다. 사무실은 제법 따뜻했음에도 찬신은 고스톱 칠 때나 쓸 법한 국방색 모포를 꺼내 몸에 둘둘 감싸고 책상에 엎어져 있었다.

"시간이 벌써 이렇게 됐네. 저는 이만 알바하러 가볼게요!"

유림은 벽에 걸린 시계를 보는 척하며 능숙하게 말을 돌렸다. 둘이 뭐 하고 왔냐고 찬신이 끝까지 캐물을 사람도 아니지만, 그렇다고 궁색한 대답을 할 필요도 없으니까. 타이밍 좋게 사무실에서 퇴장할 구실을 만든 유림이 소파 위의 겉옷을 챙겨 사무실을 나가려는데, 누군가 문을 두드렸다.

"누구…… 어?"

마침 문가에 있던 태오는 의뢰인인가 싶어 손님을 맞으려다가 얼굴을 보고는 깜짝 놀라 멈춰 섰다. 실물을 보는 건 처음이지만 모를 수가 없는 사람이었다. 태오가 요 며칠 계속 조사하던 사람이었으니까. 짧은 단발머리에 동그랗고 어려 보이는 얼굴이 사진과 꼭 같은, 다만 사진 속 순박해 보였던 눈매와 달리 치켜뜬 눈이 매서운, 케이토크 오수현 이사였다.

"여긴 어쩐 일이야?"

언제 자리에서 일어났는지, 찬신은 모포를 걷어치운 뒤 문가로 다가왔다. 그런 찬신을 보고 또 저 얼굴이다, 라고 태오는 생각했다. 평소의 그와는 180도 다른 딱딱한 얼굴. 찬신의 역린이 케이토크와 오수현 이사라는 걸 다시 한번 확인하는 순간이었다,

"어쩐 일? 어쩐 일이냐고?"

"그래, 우리 사이에 더 볼일이 남아 있었던가?"

찬신의 말에 대뜸 목청부터 키우는 오수현은 태오가 생각했던 이미지와는 많이 달랐다. 아니면 그녀도 찬신 앞에서만 다른 모습을 보이는 걸까. 당장이라도 싸울 듯 팽팽해진 두 사

람의 분위기에 태오가 어쩔 줄 몰라 하는데, 뒤이어 문을 열고 나타난 누군가가 오수현의 앞을 가로막았다. 알배추마켓 제작자이면서 케이토크로 간 또 한 사람, 강태곤이었다.

"잠깐, 수현아. 우리 찬신이 말부터 듣기로 했잖아."

강태곤이 앞을 막자 오수현은 씩씩거리면서도 일단 입을 다물었다. 하지만 찬신은 그럴 생각이 없어 보였다.

"너희들과 더 할 말이 있을 것 같아? 왜 여기까지 찾아와서 소란이야?"

찬신이 소리치자 오수현도 같이 언성을 높였다.

"그런 사람이 왜 우리 뒤를 캐고 다녔대? 네가 직원들 시켜서 케이토크마켓 조사하고 다니는 거 모를 것 같아? 너야말로 이제 와서 무슨 심보야?"

"뭐? 그게 무슨……."

오수현의 말에 찬신은 태오와 유림을 쳐다봤다. 최악의 상황이었다. 태오는 눈을 질끈 감았다.

"제가…… 제가 다 말씀드릴게요."

§

무거운 공기가 사무실을 짓눌렀다. 태오는 고개를 푹 숙인 채 테이블을 사이에 두고 찬신과 마주 앉아 있었다. 태오의 옆

194

에는 유림이 그와 비슷한 자세로 얼굴을 들지 못하고 있었다. 알바하러 간다더니, 그래도 그녀가 가지 않고 있어줘서 태오는 고마움을 느꼈다.

잔뜩 흥분했던 오수현은 강태곤이 끌고 가다시피 해서 데리고 돌아갔다. 뭔가 오해가 있는 것 같은데, 알아보고 연락해줘. 끝까지 서글서글한 얼굴로 찬신에게 말하던 그는 어쩌면 세 사람 중 유일하게 서로에 대한 악감정이 없는 듯 보였다.

찬신은 여전히 굳은 얼굴로 말없이 앉아 있었다. 꼼짝하지 않고 앉아 그의 눈치만 살피던 태오가 조심스럽게 입을 열었다.

"저⋯⋯."

"이게 어떻게 된 일이죠?"

찬신의 목소리에 담긴 분노가 여실히 느껴져, 태오는 간신히 냈던 용기를 잃어버리고 목을 움츠렸다.

"리셋 전에는 알배추마켓의 대표셨다고 들었어요."

그런 태오를 구해준 건 유림이었다. 그녀는 차분한 목소리로 이야기를 시작했다.

"그런데 리셋 후에는 그 사업을 하지 않으셨잖아요. 마침 케이토크에서 비슷한 서비스가 나왔고, 그 서비스를 만든 사람들이 원래 알배추마켓의 제작자들이라는 걸 알게 됐어요. 저희는 혹시 소장님이 억울한 일을 당하신 게 아닐까 걱정돼서

195

일의 전후를 알아보려고 했던 거예요."

"후…… 알배추마켓, 알배추마켓."

찬신은 한숨을 내쉬고 중얼거렸다. 그 중얼거림에 담긴 깊은 회한이 느껴져, 태오와 유림은 별다른 말을 하지 못하고 그저 얌전히 앉아 그의 말을 기다렸다. 스스로의 감정을 디스리듯 한참 동안 심호흡하던 찬신은, 마침내 결심한 듯 두 사람을 바라보며 말했다.

"처음엔 저도 당연히 다시 시작하려고 했죠. 아니, 리셋을 하늘이 준 기회라고 생각했어요."

하늘이 준 기회. 2018년으로 돌아온 순간, 찬신은 정말로 그렇게 생각했다. 리셋 전 알배추마켓은 우리나라에서 가장 주목받는 온라인 서비스였다. 하지만 화려한 외형만큼 내실도 튼튼한 것은 아니었다. 빠른 시간에 급성장했다는 건 그만큼 회사의 기초 체력이 부족하다는 이야기였다. 게다가 출혈성 마케팅 경쟁, 상대방을 이기기 위한 치킨 게임을 피할 수 없는 온라인 쇼핑몰 사업의 특성 때문에 알배추마켓은 큰 자금 위기에 빠진 상태였다.

그런데 그 모든 게 사라지다니. 시장에서 성공했던 노하우만 가진 채로 시작점으로 돌아오다니. 찬신은 정말 춤이라도 추고 싶은 심정이었다. 2018년은 사업을 시작하려고 막 회사를 꾸리던 때. 알배추마켓을 다시 시작하기 위한 핵심 인력은 전부 모여 있었다. 이제 누구보다 빠르게 다시 사업을 시작하기만 하면 된다. 처음이라 겪었던 오류들을 피해 간다면 찬신과 알배추마켓은 누구보다 높게 날아오를 수 있으리라.

찬신은 기쁜 마음으로 사무실 문을 열었다. 리셋 후 두 달째. 리셋 전 입주했던 으리으리한 사옥이 아닌, 회사를 처음 시작했던 스타트업 임대 사무실로 돌아오긴 했지만 그럼에도 하루하루가 즐거웠다. 이제 사무실에 들어가면 직원들이 다시 열심히 알배추마켓을 만들고 있을 것이라고 믿어 의심치 않았다. 그를 다시 날게 해줄 알배추마켓을.

"좋은 아침입니……."

사무실엔 아무도 없었다. 열 명도 채 안 되는 직원들이지만 다 같이 지각할 리는 없을 텐데. 찬신은 묘한 불안감을 느끼며 연인이자 회사의 수석 프로그래머인 오수현에게 전화를 걸었다. 신호음이 한참 울렸지만 오수현은 받지 않았다. 이번엔 오랜 친구이자 메인 기획자인 강태곤에게 전화했다. 그 역시 받지 않았다. 찬신은 얼마 전에 새로 뽑은 신입사원에게 전화했다.

"여보세요? 어머! 죄송합니다!"

신입사원은 곧장 끊어버렸다. 나머지 직원들에게도 전부 연락해봤지만 아무도 찬신의 전화를 받지 않았다.

찬신은 빈 사무실에서 오지 않는 직원들을 기다렸다. 그렇게 하루, 이틀이 지나고 결국 열흘쯤 돼서야 현실을 인정했다. 모두 사라졌다는걸. 그제야 찬신은 주변 인맥을 동원해 사라진 직원들이 어디로 갔는지 수소문하기 시작했다. 그들의 행적을 찾는 것은 어렵지 않았다. 오수현, 강태곤과도 잘 아는 사이인 대학 동창 하나가 떨떠름한 얼굴로 알려줬다. 케이토크, 그곳으로 다들 입사했다고. 거기서 새로운 알배추마켓을 만든다고 했다. 찬신 없이.

찬신은 케이토크 본사에 찾아갔지만 보안요원들에게 가로막혀 건물 안으로는 들어가보지도 못하고 쫓겨났다. 오수현과 강태곤은 여전히 연락이 되지 않았고, 찬신은 변호사를 찾았다. 그는 리셋 이전부터 아는 변호사가 많았다. 하지만 모두 고개를 가로저었다. 리셋 전의 일은 공식적으로 없는 것, 그 전의 아이디어나 상품은 인정받을 수 없다는 게 공통된 의견이었다. 직원들이 하루아침에 케이토크로 옮겼다 한들, 직업 선택의 자유가 있는 나라에서 법적으로 문제 삼을 수 있는 일은 아니라고 했다.

법적 대응이 불가능하다는 걸 알게 된 찬신은 다른 방법을 찾았다. 그와 비슷한 처지의 사람들을 모으기 시작한 것이다. 리셋 이후 억울한 일을 겪은 사람은 많았다. 찬신은 그들과 함께 시민단체를 결성하고 다양한 방법으로 싸워나갔다. 하지만 백전백패. 전 세계가 공식적으로 인정하지 않는 권리를 돌려받을 방법 따윈 없었다. 찬신에겐 다른 길이 없었다. 그래도 우직하게 계속 매달렸다.

그런 나날이 몇 달이나 지속되었다. 그리고 비가 퍼붓던 어느 날, 거리에 앉아 시위하고 있던 그에게 오수현과 강태곤이 나타났다.

"이제 그만해."

그들이 건넨 가방에 들어 있던 현찰 10억 원. 지칠 대로 지쳐 있던 그에게 그건 돈이 아니라 포기할 수 있는 명분이고 핑계가 되었다. 그날 시민단체 사람들에게 돈을 전부 나눠준 찬신은 알배추마켓을 되찾기 위한 투쟁을 포기했다.

"그러면 왜 미래세탁소를?"

태오는 조심스러운 목소리로 물었다. 투쟁을 포기했는데, 왜 리셋으로 사라진 미래 때문에 힘들어하는 사람들을 위한 미래세탁소를 차린 걸까? 그는 알고 싶었다.

"동수 씨예요."

"네?"

"제가 만들었던 단체엔 동수 씨도 있었거든요. 자기 얘길 하는 걸 싫어하지만 그분 또한 리셋의 피해자예요. 동수 씨가 그러더군요. 당신이 모은 저 사람들 어떻게 할 거냐, 네 일만 포기하면 다냐고 말이에요."

"그럼 그 단체 회원들을 위해……."

유림의 말에 찬신은 고개를 끄덕였다.

"네, 미래세탁소의 시작은 그런 것이었어요. 나중엔 소문이
나서 단체 외의 분들도 찾기 시작했지만. 동수 씨는 경찰이었
던 전직을 살려 리셋 전의 정보를 조사하는 역할을 맡아줬고
요. 아, 이건 비밀입니다."

동수 씨가 경찰이었다니. 알면 알수록 의외의 면모가 있는
그였다. 태오는 동수 씨가 경찰 제복 입은 모습을 상상하다
가, 문득 자세를 바르게 하고는 찬신을 똑바로 보며 고개를 숙
였다.

"제가 괜한 일을 했습니다. 죄송합니다."

해볼 만큼 해보고 포기했다. 아마 그래서 케이토크에 작품
을 빼앗겼다는 웹툰 작가 호섭C의 의뢰도 거절했으리라. 이
제 와서 그 일을 다시 들추는 건 찬신의 상처를 후비는 일밖에
되지 않을 터였다. 태오는 자신의 경솔함에 대해 진심으로 사
과했다.

"말하기 부끄러운 일이라 태오 씨한테도 몇 년이나 말하지
않고 얼렁뚱땅 넘어갔네요. 같이 일하는 사이에 그러면 안 됐
는데."

찬신은 어느새 평소의 얼굴로 돌아와 있었다. 과거 이야기

200

를 하며 마음이 조금은 후련해진 덕일까. 홀가분해 보이기도
했다.

"아무튼 이제 알았으니 이해해주세요. 그 녀석들한테는 제
가 이야기할 테니."

태오는 알았다는 표시로 작게 고개를 끄덕였다. 찬신은 그
런 그를 보며 빙긋 웃고는 오늘은 이만 퇴근하겠다며 사무실
밖으로 나갔다.

"그런데 말이에요, 태오 씨."

그때까지 가만히 둘의 이야기를 듣고만 있던 유림이 입을
열었다.

"직원들은 왜 소장님을 배신하고 케이토크로 갔을까요?"

"글쎄요. 케이토크에서 좋은 조건을 제시한 것 아닐까요?"

태오는 궁색한 답변을 내놨다. 찬신의 이야기만 들어선 직
원들이 왜 케이토크로 대거 이직했는지 알 수 없었다. 어쩌면
찬신도 제대로 된 이유를 모르는 걸 수도 있었다.

"리셋 전에 회사가 자금난에 빠진 상황이었다고 했죠? 다시
시작해도 회사가 망할 거라고 생각한 걸까요?"

유림은 그 부분이 계속 찜찜한 모양이었다. 리셋 전 알배추
마켓의 상황을 PTJ엔터와 겹쳐 보는 것일까. 이런저런 가능
성을 이야기하는 그녀의 말을 듣던 태오는 자금난이라는 단
어에 문득 걸리는 것이 있었다.

"자금난 때문이라…… 설마?"

태오는 머릿속에 떠오른 생각을 부정하려 애썼다. 하지만 만약 그게 맞다면 방금 찬신에게 한 사과를 뒤집더라도 이 일에 대해 더 알아봐야 했다. 어쩌면 찬신만의 일이 아닐 수도 있었다.

§

4년 만에, 리셋 이후 처음 찾은 청계천은 여전했다. 웬만하면 절대 오고 싶지 않은 곳이었는데. 태오는 오성증권 근처의 카페에 앉아 누군가를 기다리고 있었다. 자기 손으로 먼저 연락하게 되리라고는 상상도 못 해본 인물을.

"오랜만이네."

정장 차림의 중년 남자가 태오 앞에 앉았다. 오성증권 시절 태오의 상사였던 김 팀장이었다.

"잘 지내셨죠?"

"그럼, 이제 밑에 회삿돈 빼먹는 놈도 없는데 못 지낼 게 뭐가 있겠냐."

김 팀장은 뻐딱하게 태오의 말을 받았지만, 눈은 웃고 있었다. 김 팀장은 좋은 사람이었다. 리셋 전 태오가 고객 투자금을 횡령했을 때도 끝까지 그를 바른길로 이끌려 했고, 리셋 후

202

에는 태오가 회사에서 불이익을 받지 않도록 힘썼다고 들었다. 태오에게 그는 너무 좋은 사람, 면목이 없어 먼저 연락할 엄두도 못 냈던 사람이었다.

"죄송했습니다. 예전에도, 그 전에도."

태오는 먼저 고개 숙여 사과부터 했다. 횡령 때야 말할 것도 없고, 리셋 후 재입사했을 때도 그가 퇴사함으로써 김 팀장에게 알게 모르게 불이익이 갔을 것이다.

"됐어, 이놈아. 이제 와서 나한테 사죄하려고 여기까지 온 건 아닐 테고. 무슨 일로 보자고 했냐?"

김 팀장은 시원스럽게 용건부터 재촉했다. 태오는 씩 웃으며 허리를 폈다. 여전한 그가 반가웠다.

"제가 손댔던 ABC트레이더스 말인데요. 혹시 당시에 고객사에게 무슨 피해가 있었나요?"

태오의 일은 내부 비리다. 당연히 오성증권이 책임지고 손실을 보전했을 것이다. 다만 금액 규모에 따라 보전이 바로 이뤄지지 않았을 수도 있고, 그런 상황은 자금 순환이 중요한 스타트업에게는 치명적인 상황이 될 수도 있었다. 태오는 혹시 자기가 알배추마켓을 파탄 낸 원인은 아닐까 걱정스러웠다.

"왜, 피해자들 찾아가 사과라도 하려고? 과거 청산하고 다니는 거야? 너 무슨 일 있냐?"

김 팀장이 장난스러운 말투 속에 걱정을 섞어 넌지시 물었지만, 태오는 웃으며 고개를 저었다.

"뭘 생각하시는지는 몰라도 그런 건 아녜요."

"음…… ABC트레이더스가 당시 잘나가던 알배추마켓 만든 회사였단 말이지. 우리로선 맡은 금액이 많진 않았지만, 그 회사 입상에서는 꽤 큰 규모였을 거야. 잠깐 여유자금을 투자한 것이었을 테니 급할 땐 바로 빼서 써야 했을 거고. 아무튼, 아무 일 없었어."

김 팀장은 맥 빠지는 결론으로 말을 맺었다. 태오는 그게 다냐고 되물으려 했지만, 김 팀장이 먼저 입을 열었다.

"너 횡령 들키고, 얼마 안 있어서 바로 리셋됐잖아. 이 세상이."

리셋으로 문제가 생길 겨를이 없었다면 다행이었다. 태오가 걱정했던 건 자신의 행동으로 말미암아 찬신의 회사가 어려워졌고, 그 때문에 직원들이 이탈했을지도 모른다는 가능성이었다. 그게 아니라면 이제 이 일에 대해 더 이상 신경 쓰지 않아도 됐다.

"그때 거기 대표가 돈이 급하다고 찾아오긴 했었지. 나중에 우연히 들은 건데, 케이토크에서 거기를 인수하려고 했었더라고. 아마 그대로였으면 대표 지분을 케이토크에 넘겨야 했을 거야. 그런 찌라시가 한동안 돌았지. 뭐, 리셋 덕에 그런 일은 안 일어났지만."

김 팀장의 말에 태오의 얼굴이 일그러졌다.

§

"저를 왜 찾아오셨다고요?"

강태곤의 사무실은 케이토크 본사의 상층에 있었다. 넓은 통창으로 보이는 야경이 인상적이었다. 태오가 불쑥 연락해 찾아왔음에도, 강태곤은 전혀 불쾌한 기색 없이 태오를 맞이했다. 솔직히 케이토크 내에서도 높은 위치에 있는 사람인데, 이렇게 쉽게 만날 수 있을 줄은 몰랐다. 김 팀장을 만나고 충동적으로 연락했는데, 그것도 대표전화로 비서에게 강태곤을 만나고 싶다고 했을 뿐인데, 그는 찬신이 운영하는 미래세탁소의 직원이라는 말만 듣고 선선히 태오를 초대했다.

"지난번에 보니 이사님께는 여쭤봐도 될 것 같아서요. 아, 오늘 온 건 이찬신 소장님은 모르는 일입니다."

"네, 편하게 물어보세요. 저도 어차피 그 녀석한테 먼저 연락은 잘 못 해요. 저번에 보셨듯 하도 으르렁거리니."

강태곤은 어깨를 으쓱해 보였다.

"이사님은 오수현 이사님하고는 조금 다르시네요. 이찬신 소장님을 대하는 태도가요."

강태곤은 쓸쓸한 얼굴로 피식 웃었다.

"나도 처음엔 수현이 같았어요. 찬신이한테 배신감을 느꼈었죠. 그래서 수현이와 케이토크로 왔고요. 하지만 시간이 지나고 보니 너무 성급했던 게 아닌가 싶더라고요."

배신감이라, 그건 찬신이 두 사람에게 느껴야 하는 감정 아닌가? 태오는 의문이 늘었다.

"아무래도 연인 사이였던 수현이하고야 저는 입장이나 감정이 달랐겠죠. 그래서 저는 찬신이하고 대화해보려고 시도도 많이 해봤어요. 하지만 그 녀석도 감정이 많이 상했는지 쉽지 않더라고요. 그래도 가끔은 연락했는데, 2년 전이었나. 그때도 미래세탁소 일을 도와준 거였는데. 갑자기 연락이 와서 무슨 아이돌 그룹을 도와달라고……."

"아이돌 그룹이요?"

"네, 어떤 기획사 대표랑 통으로 ZM에 받아달라는 이야기였는데, 대뜸 연락해서 다짜고짜 해달라고 강짜를 부리니 어찌나 곤란하던지."

어딘가 익숙한 이야기였다. 태오는 설마 하는 마음으로 강태곤에게 되물었다.

"설마 PTJ엔터?"

"어어, 맞아요. 그런 이름이었는데."

태오의 머릿속에 그날의 일이 그림처럼 지나갔다. PTJ엔터 사장인 박태진이 ZM에 가 있다는 걸 알고 잔뜩 굳은 얼굴로 어디론가 나갔던 찬신. 그날 이후 박태진과 트윙클파티는 ZM 으로 이적할 수 있었다.

"혹시 그때 이사님이 도와주신 건가요?"

"예에. 뭐 대단한 걸 한 건 아니었고, ZM 대표인 수현이한 테 도와달라고 한 거죠. 물론 찬신이가 부탁한 거라는 말은 안 했어요. 그랬다간 절대 안 들어줬을 테니까요, 하하."

이제야 몇 년 전 일의 의문이 풀렸다.

"요즘 찬신이는 어때요? 잘 지내요?"

태오는 이쯤에서 본론을 이야기해야겠다는 생각에 그의 눈 치를 살피며 말을 꺼냈다.

"잘 지내시죠. 가끔 케이토크 관련 이야기가 나오면 기분이 좀 안 좋아지시는 것 같지만."

"역시 그렇죠?"

강태곤은 태오의 말에 한숨을 쉬었다. 그가 찬신을 배신한 당사자라고 생각하면 뻔뻔스럽다고도 할 수 있는 태도였다. 정말 배신한 것이라면. 태오는 김 팀장에게 들었던 증권가 찌 라시를 떠올리며 그에게 물었다.

"혹시나 해서 여쭤보는데요. 이직 당시에 케이토크에서 따 로 들은 이야기가 있으셨나요? 리셋 전 지분 거래라든가."

"어떻게 그걸?"

강태곤의 눈이 휘둥그레졌다. 태오는 침을 꿀꺽 삼켰다. 어쩌면 자신의 생각이 맞을 수도 있다는 생각이 들었다.

"그때의 일을 자세히 들려주실 수 있을까요?"

§

아침부터 하늘이 흐렸다. 눈이 내리려나. 찬신은 꾸물꾸물한 먹구름의 움직임에 그렇게 중얼거리며 미래세탁소의 철문을 열었다. 사무실 안은 캄캄했다.

"소장님."

"아이고! 깜짝이야. 태오 씨, 불도 안 켜고 뭐 해요?"

어둠 속에서 들려온 태오의 목소리에 찬신은 자기도 모르게 비명을 질렀다. 태오는 사무실 소파에 앉아 철문 쪽을 바라보고 있었다.

"잠깐 이야기 나눌 수 있을까요?"

갑작스러운 태오의 면담 요청에 찬신은 당황스러웠지만 일단 고개를 끄덕였다.

"네, 뭐. 그럼 불 좀 켜고."

찬신은 스위치를 올렸다. 태오는 날씨만큼이나 우울한 얼굴로 소파에 앉아 그를 기다리고 있었다.

"태오 씨, 무슨 일 있어요?"

찬신이 걱정스레 물었지만 태오는 가만히 앉아 찬신을 바라봤다.

"소장님, 우리가 처음 만났을 때, 왜 절 만나러 오셨나요?"

"왜냐뇨, 그야⋯⋯."

우리 회삿돈으로 투자 빚 메꾸다가 도망간 사람이 누군가 해서요. 그때 찬신이 장난스레 했던 말이었다. 하지만 찬신은 그 말을 다시 하진 않았다. 태오가 원하는 답이 아니라는 느낌이 들었기 때문이었다.

"오성증권 남태오가 벌인 ABC트레이더스 투자금 횡령 사건. 그걸로 인해 당시 ABC트레이더스의 자금 흐름에 큰 문제가 생겼나요? 경영권을 넘겨야 했을 만큼?"

"태오 씨, 갑자기 그게 무슨⋯⋯."

찬신은 불편한 표정을 지었다. 태오가 무슨 이야기를 하고 싶은지 이해가 가지 않았다. 갑자기 예전 일을 들춰내서 어쩌겠다는 걸까. 하지만 태오는 멈추지 않았다.

"리셋 전에 알배추마켓을 케이토크에 넘기시려고 했나요? 임직원 전부 해고하고 본인과 서비스만 넘어가는 조건으로?"

"무슨 말도 안 되는 소리예요!"

찬신은 더 이상 듣고 있을 수 없어 자리에서 벌떡 일어나 소리쳤다.

"태오 씨, 어디서 무슨 말을 듣고 왔는지는 모르겠지만 그런 일은 전혀 없었어요. 그래요, 리셋 전 자금난으로 케이토크에 지분을 넘기는 걸 검토한 적은 있었어요. 물론 오성증권에 맡겼던 자금이 동결됐던 것도 문제가 됐지만, 더 근본적인 이유는 지난번에 이야기했던 것처럼 회사 구조상의 문제였어요."

찬신은 지금까지 태오에게 하지 않았던 이야기를 쏟아냈다. 본인에게 이런 말을 하기가 구차스러워 이야기하지 않았지만, 이상한 오해를 한 채로 넘어갈 수도 없는 노릇이니까.

"태오 씨를 찾아간 것. 생각해보면 알겠지만 이미 알배추마켓을 되찾는 걸 포기한 후였어요. 그저 동수 씨가 조사해준 내용 중에 태오 씨의 근황이 있었고, 모든 일이 끝난 마당에 얼굴이나 한번 보자 싶어서 간 것에 불과해요."

"그러면 왜 같이 일하자고 하신 건가요?"

찬신은 속에 꾹 눌러 담고 있던 이야기를 했다.

"원래는 그냥 손님인 척하고 물건이나 하나 사서 가려고 했죠. 근데 카운터에서 영혼 없는 얼굴로 서 있는 태오 씨가 마치 나 같았어요. 동수 씨의 조언으로 미래세탁소를 하기 전, 알배추마켓을 포기하고 모든 것을 놓아버렸던 그때의 나요."

이미 리셋 전 알배추마켓의 자금을 횡령했던 것 따위는 아무 상관이 없었다. 그때 찬신은 그저 태오의 얼굴에서 자신을 느끼고 도와주고 싶었을 뿐.

"지분 이야기는 어디서 들었는지 모르겠지만 확실히 리셋 전에 케이토크에서 접촉이 있었어요. 그들이 원한 건 이찬신의 지분이었죠. 알배추마켓, ABC트레이더스에서 이찬신을 제외하고 서비스와 임직원을 그대로 가져가고 싶다는 게 그들의 조건이었어요. 태오 씨가 아는 것과 정반대였다고요."

"그래서 그렇게 하셨나요?"

"이야기는 어느 정도 진행됐었죠. 케이토크에 알배추마켓의 미래 로드맵까지 그려줬었어요. 내가 없더라도 서비스가 계속 커나갈 수 있도록. 그 전에 리셋이 일어나 모든 게 없던 일이 됐지만."

거기까지 찬신의 이야기를 들은 태오는 돌연 두 손을 얼굴에 가져다 대고 마른세수를 했다.

"다행이다……."

"네?"

그때 캐비닛 쪽에서 인기척이 들렸다. 캐비닛 뒤 작은 공간에 몸을 숨기고 있던 강태곤이 걸어 나왔다.

"태오 씨는 널 끝까지 믿어서 다행이라고 하는 거야."

"뭐야, 넌 여기에 왜……."

찬신이 역정을 내려는 찰나, 강태곤이 찬신에게 고개를 숙였다.

"미안하다. 내가, 우리가 널 못 믿었어."

갑작스러운 강태곤의 행동에 찬신이 뭐라 말을 하려는 순간, 태오가 그의 말을 막았다.

"죄송해요, 갑자기 싸구려 연극을 해서. 전 소장님이 그럴 사람이 아니라고 믿었거든요."

"지금 이게 무슨……."

"리셋 직후, 케이토크마켓에서 수현이와 내게 접촉이 있었어. 방금 태오 씨가 말한 대로야. 리셋 전에 자금 사정이 어렵다는 거야 우리도 알고 있었고, 케이토크에선 네가 우리를 버리고 서비스만 가지고 옮기려 했었다고 말했지."

"……그걸 믿었어?"

찬신은 기가 찬다는 얼굴을 했다. 하지만 강태곤에게도 나름의 이유는 있었다.

"믿을 수밖에 없었어. 방금 네가 말한 알배추마켓의 3개년 로드맵, 너랑 나, 수현이밖에 모르던 걸 그들이 알고 있었으니까."

게다가 리셋 직전의 찬신은 이상했다. 어딘가 초조해 보였고, 항상 날이 서 있었다. 알아서 좀 해라, 나 없으면 회사 안 돌아가냐 따위의 말도 자주 했다. 지금 찬신의 설명을 들은 후에야 그게 자신 없이도 알배추마켓이 운영될 수 있도록 하려는 마음이었다는 걸 알 수 있었지만, 당시에는 그저 직원들을 못 믿고 못마땅해하는 것처럼 보였다.

"그래서, 케이토크로 갔다?"

"미안하다. 우리에게도 알배추마켓은 청춘을 다 바친 전부

나 다름없었어. 그걸 모두 빼앗긴다고 생각하니, 제대로 된 판단을 할 수가 없었다."

강태곤은 허리를 깊이 숙이고 사죄했다. 그런 그를 복잡한 심경이 담긴 눈초리로 바라보던 찬신은 가칠한 목소리로 한마디를 내뱉었다.

"돌아가."

강태곤이 고개를 들어 올려다봤지만, 찬신은 눈을 감고 있었다.

"돌아가. 나도 생각할 시간이 필요하니."

강태곤은 떨떠름한 얼굴로 태오를 봤지만, 태오로서도 별수 없었다. 태오가 고개를 끄덕이자 강태곤은 미련이 남은 듯한 발걸음으로 나갔다.

"저는 커피 좀 사 올게요."

강태곤이 나가고도 한참을 같은 자세로 눈을 감고 있는 찬신의 눈치를 살피며, 태오가 작은 목소리로 말했다. 어쨌든 찬신이 하지 말라던 과거 일을 캐내는 짓을 했다. 이걸로 찬신과 두 사람 간의 오해가 풀릴지는 모르겠지만, 지금은 자리를 피하고 봐야겠다고 생각했다.

"태오 씨."

"네, 넵!"

태오는 소스라치게 놀라며 대답했다. 찬신은 그런 태오를 실눈을 뜨고 바라보며 웃음기 어린 목소리로 말했다.

"고마워요."

§

막 추출한 에스프레소의 고소한 향이 조용히 퍼져나갔다. 태오는 긴장된 표정으로 앉아 커피 잔을 만지작거렸다. 4인 테이블에는 찬신과 오수현, 강태곤이 둘러앉아 있었다. 그 사이에 앉아 있는 태오는 가시방석이 이런 거라는 걸 온몸으로 느끼고 있었다. 카운터에서 유림이 작게 파이팅! 하고 포즈를 취하는 게 보였다.

강태곤이 미래세탁소를 다녀가고 며칠 후, 찬신은 두 사람에게 연락해 만나자고 했다. 연락을 받은 강태곤은 당장이라도 오수현을 데리고 미래세탁소로 오겠다고 했지만, 찬신은 커피하우스로 그 둘을 불렀다.

찬신에게 미안한 기색이 역력한 강태곤과는 달리, 오수현은 여전히 삐딱했다. 찬신의 해명을 믿지 못하겠다는 것이었다. 며칠 전 그 자리에 없었던 그녀로서는 말로만 전해 들은 이야기로 몇 년간의 오해를 털어버리긴 어려운 게 당연했다. 게다가 오수현은 찬신과 연인 사이였다. 연인으로서의 감정과 사업 파트너로서의 믿음, 그 두 가지가 모두 망가져버렸으니 강

214

태곤처럼 깔끔하게 마음을 풀기도 어려울 터였다.

"케이토크마켓은 망할 거야."

한참만에 찬신이 입을 열었다. 느닷없는 그 말에 오수현과 강태곤은 동시에 똑같이 당황스러운 표정을 보였다. 태오도 찬신의 의중을 알 수 없어 눈썹을 위로 치켰다.

"며칠간 살펴봤는데, 케이토크마켓은 우리가 원래 구상했던 알배추마켓의 사업 모델을 그대로 따라가고 있어. 맞지?"

두 사람은 고개를 끄덕였다. 프로그래머인 오수현, 서비스 기획자인 강태곤이 알배추마켓이라는 서비스를 만들었다면, 사업 전체의 방향을 제시하고 회사를 진두지휘하는 건 찬신의 몫이었다. 그렇기에 두 사람은 케이토크에 가서도 찬신이 원래 만들어뒀던 비즈니스 모델 그대로 케이토크마켓을 운영했고, 그 결과 지금까지 성공적으로 운영할 수 있었다.

"지금은 너희 둘도 케이토크마켓에서 빠졌지? 그렇다면 더더욱 사업 기조는 바뀌지 않을 거야. 어차피 케이토크에서도 내 청사진을 알고 있었으니까."

그 말 그대로였다. 애당초 훔치다시피 가져온 사업, 케이토크에서도 오수현과 강태곤을 그대로 두기 애매했는지 두 사람이 이직한 지 1년도 안 되어, 즉 케이토크마켓을 론칭하기도 전에 승진이라는 형태로 다른 부서로 보내버렸다. 오수현이 ZM의 대표가 된 것도 그때였다. 이름뿐인 공동대표였지만.

"아마 지금쯤 매출은 어마어마하게 커졌지만, 내부 수익구조는 엉망일 거야. 기억하지? 리셋 전 우리가 어땠는지. 그나마 대기업 아래 있으니 사정은 좀 낫겠지만, 이대로 가다간 한순간에 서비스를 접고 사라질 수도 있겠지."

실제로 케이토크마켓의 상황은 심각한 수준이었다. 겉에서 보이는 화려함과 다르게 케이토크 내부에서도 케이토크마켓을 매각하든 사업을 접든 어떻게든 해결해야 한다는 목소리가 커지고 있었다.

"그럼 어떻게……."

가만히 듣고만 있던 강태곤이 묻자, 찬신은 기다렸다는 듯 가방에서 낡은 다이어리를 하나 꺼냈다.

"리셋 후에 내가 겪었던 실패를 생각하면서 개선 방안을 짜놓았던 거야. 이번엔 정말 자신 있었거든. 다시 한번 알배추마켓을 만들 기회가 주어진다면 말이야."

찬신의 말에 오수현과 강태곤은 다이어리를 받아 들고 한참 동안 들여다봤다. 얼마나 지났을까, 다이어리에 쓰인 찬신의 글씨 위로 물방울이 떨어져 내렸다. 오수현의 눈물이었다. 다이어리에 쓰인 내용의 절절함이 드디어 그녀의 오해를 풀게 만든 모양이었다. 그녀는 고개를 숙인 채 얼굴을 들지 못했다.

"미안……."

오수현이 기어들어가는 목소리로 말했다. 커피하우스에 도착해 처음 한 말이었다. 찬신은 그런 그녀를 복잡한 표정으로 보다가 이내 작은 한숨을 내쉬고 말했다.

"이걸 써도 좋고 안 써도 좋아. 만약 진짜로 내게 미안한 마음이 있다면 케이토크마켓을 살려줘."

두 사람은 동시에 고개를 들었다.

"그래도 괜찮아?"

오수현의 물음에 찬신은 고개를 끄덕였다.

"사장으로서, 대표로서 너희들에게 믿음을 못 줬어. 미안하다."

찬신의 말이 그간 참아온 감정의 둑을 무너뜨리는 트리거가 되었을까. 오수현은 앉은 자세 그대로 눈물을 흘리다가, 엎드려 엉엉 소리 내 울기 시작했다. 옆에 있던 강태곤도 눈시울을 붉히며 눈가를 훔쳤다.

"내 바람은 알배추마켓을 지키는 거였어. 너희들도 케이토크마켓을 지켜주길 바란다."

그 말을 끝으로 찬신은 자리에서 일어났다. 태오는 카페를 나서는 찬신의 뒤를 황급히 따라갔다. 잰걸음으로 카페를 나서며 보니, 유림이 티슈를 한 움큼 들고 오수현에게 다가가는 것이 보였다.

"이걸로 일단락이네요."

찬신은 뒤돌아보지 않고 걸음을 옮기며 말했다. 태오는 굳이 그에게 다가가지 않고 뒤에 선 채 간격을 유지하며 대답했다.

"다행이네요. 오해가 풀려서."

태오의 말에 찬신은 고개를 저었다.

"다행인지는 모르겠네요. 중간에서 누가 농간을 부렸건, 결국 저도 저 둘을 믿지 못했던 거죠."

두 사람이 진심으로 자신을 배신했을까 봐, 그게 두려워 찬신은 끝까지 진실을 밝히지 못하고 있던 게 아닐까. 태오는 찬신의 뒷모습을 바라봤다.

"고마워요, 태오 씨. 덕분에 저도 드디어 미래 세탁했네요."

앞만 보고 걷던 찬신은 태오를 돌아보며 그렇게 감사를 표했다. 태오는 그가 눈물을 참고 있지 않을까 상상했지만, 찬신은 생각보다 개운한 표정을 짓고 있었다.

"이제야 용기가 생겼어요."

"무슨 용기요?"

찬신은 대답하지 않고 고개를 들어 하늘을 바라봤다. 겨울 하늘은 맑지도 않고 파랗지도 않았다. 하지만 이 계절이 지나야 봄이 오리라. 그렇게 한참 하늘을 바라보던 찬신은 태오에게 말했다.

"미래세탁소를 그만둘 용기요."

내일이 온다는 약속

"벚꽃 라떼 완성입니다. 자, 오늘은 여기까지. 그럼 우리 다음 영상으로 또 만나요. 구독과 좋아요, 눌러주세요!"

허공에 대고 잘도 한다. 커피하우스 주방에서 브이로그를 찍고 있는 유림을 보는 태오의 솔직한 심정이었다. 유림은 촬영을 마치고 거치해놨던 핸드폰을 내려 영상을 확인했다.

"잘하죠? 유림 씨가 저거 찍기 시작하고 우리 카페 매출도 늘었다니까요."

그런 태오의 속마음을 아는지 모르는지, 커피하우스 사장은 유림을 그저 뿌듯한 얼굴로 지켜보고 있었다. 아르바이트생이 일하는 시간에 딴짓을 하면 싫어할 만도 하건만, 이 속 좋은 사장은 그런 생각이 전혀 없어 보였다. 하긴 그 덕에 매출이 늘었다니 싫어할 이유가 없으려나.

태오가 보기에도 유림은 천생 연예인의 운명을 타고난 사람이었다. 브이로그를 시작한 지 얼마 되지 않았는데 금세 실버 버튼을 획득했다. 얼굴도 잘 안 비추고 주방에서 음료 제조하는 걸 찍는 게 전부인 영상인데도 인기가 많았다. 처음엔 트윙클파티의 옛 팬들이 찾아서 보는 거겠거니 했는데, 주변의 이야기를 들어보면 그것도 아닌 것 같았다. 유림 특유의 밝고 에너지 넘치는 분위기가 사람들을 끌어모으는 것이리라.

"태오 씨, 많이 기다렸죠. 여기 커피요."

"요즘 바쁜 것도 없는데요. 덕분에 좋은 구경했어요."

어느새 다가온 유림이 커피 두 잔이 든 캐리어를 태오에게 건네줬다.

지난겨울 미래세탁소 일을 그만두겠다고 말한 후, 찬신은 정말로 사무실을 접을 준비를 시작했다. 물론 당장 하루아침에 폐업하겠다고 나선 건 아니었다. 찬신이 제시한 기간은 1년. 정확히 리셋이 일어났던 2022년 12월 31일까지만 미래세탁소를 운영하겠다는 게 그의 계획이었다.

갑자기 직장을 없애버리겠다니. 이런 무책임한 사장이 어딨냐며 태오가 볼멘소리했지만, 찬신의 말에 태오의 불만도 수그러들었다.

"태오 씨를 자르겠다고 한 적은 없는데요? 지금부터 1년간 새로운 사업을 준비할 겁니다. 태오 씨가 괜찮다면 그 사업도 같이 해보는 건 어때요?"

찬신은 미래세탁소의 소장이기 이전에 천재적인 사업가였다. 그런 그가 새로운 사업에 동참하게 해주겠다는데 불만이 있을 리가. 태오는 그때부터 얌전히 찬신이 사업 구상을 마치기만을 기다리고 있었다. 요즈음은 폐업을 준비하고 있어서인지, 아니면 다들 이 세상에 적응하며 시간이 흐를수록 리셋으로 인해 망가진 미래를 세탁할 의뢰인이 사라지고 있는 건지, 미래세탁소를 찾는 손님도 점점 줄어들고 있었다. 덕분에 태오는 정말 할 일 없는 나날을 보내고 있었다.

"어, 왔어요?"

사무실에 들어서자, 찬신은 책상에 앉아 노트에 뭔가를 열심히 적고 있었다. 태오는 찬신에게 커피를 건네고는 자리에 앉아 핸드폰을 들었다. 아침에 출근해 웹서핑하다가 점심을 먹고, 커피하우스에 가서 커피를 사서 돌아온다. 그러곤 핸드폰이나 컴퓨터를 하며 시간을 때우다가 퇴근. 게다가 최근 의뢰인이 줄어든 것과 관계없이 월급도 꼬박꼬박 나왔다. 태오는 그야말로 워라밸 최상, 아니 라이프가 워크를 저만치 앞서버린 생활을 하고 있었다.

그렇게 태오가 방만한 자세로 앉아 핸드폰을 보고 있는데,

띠링 하는 소리와 함께 작은 알림창이 떴다. 유림의 브이로그가 업데이트됐다는 알림이었다.

"뭘 그렇게 재밌게 봐요? 아, 유림 씨 유튜브."

찬신이 다가왔다. 사업 구상으로 머리를 이리저리 굴리느라 꽤 지쳤는지 피곤한 기색이었다.

"유림 씨 유튜브는 잘돼요?"

"그럼요. 벌써 구독자가 80만이에요."

"대단한데요. 시작한 지 아직 두 달도 안 된 거 아닌가?"

찬신은 태오의 핸드폰을 건네받아 이것저것 둘러보며 연신 감탄했다. 본인이 사업 시작해 성공하는 것보다 유림이 유튜버로 뜨는 게 더 쉽겠다는 둥 찬신의 새 사업만 기다리고 있는 태오가 듣기에 좀 불안한 말을 중얼거리며. 그런데 웃으며 유림의 채널을 둘러보던 찬신의 표정이 일순 굳었다.

"이게 무슨……."

"왜 그러세요?"

태오는 자리에서 일어나 핸드폰 화면을 들여다봤다. 유림의 최근 영상 아래로 댓글이 주르륵 달려 있었다. 그중 눈에 띄는 댓글이 하나 있었다.

"곧 죽을 년이…… 발악이다…… 2023년 되면…… 먼지처럼 바스러질…… 이게 뭐죠?"

태오가 읽다 말았지만, 그 아래로도 저주 같은 글이 길게 쓰여 있었다. 마찬가지로 곧 유림이 사라져버릴 것이라는 내용이었다. 그냥 악플이라고 보기엔 기괴하지 않은가? 태오는 당황스러운 마음으로 다른 댓글들도 살펴봤다. 유림의 어떤 면이 마음에 안 드는 건지, 아니면 익명성 뒤에 숨어 마음대로 지껄일 수 있는 온라인의 특성 때문인지 악플이 꽤 있었다. 특이한 점은 단순히 유림의 콘텐츠가 마음에 안 든다는 평범한 수준의 악플도 소수 있었지만, 유림이 내년이 되면 없어질 거라고 단정 짓는 댓글이 많다는 것이었다. 심지어 악플이 아닌, 응원 댓글처럼 보이는 글에서도 '언니가 계시는 동안' '유림 씨와 함께할 수 있는 시간 동안' 따위의 전제가 깔려 있었다.

"사람들이 유림 씨에게 왜 이런 말을 하는 거죠?"

원래 유튜브를 잘 안 보는 데다가, 댓글 따위는 더더욱 안 보기에 태오는 이제야 댓글이 이상하다는 걸 알았다. 찬신은 짐작 가는 바가 있는 듯했다.

"요즘 이런 사람들이 좀 있다고는 들었어요."

"이런 사람들이요?"

태오가 쳐다보자 찬신은 고개를 끄덕였다.

"올해 초, 아니 작년 말쯤인가. 그런 이야기가 나오고 있다고 들었어요. 간단히 말하자면, 2022년 12월 31일이 지나면 과연 세상이 어떻게 될 것인가에 대한 갑론을박이죠."

"세상이 어떻게 되냐니…… 아, 설마?"

리셋이 일어나고 벌써 햇수로 5년, 이제는 리셋이 일어났던 시기인 2022년 12월 31일까지 1년도 채 남지 않았다. 그리고 아직껏 리셋의 원인은 밝혀지지 않았다. 애초에 각국 정부가 공식적으로 리셋 현상을 인정하지 않았기에, 당연히 공식적인 연구도 없었다. 사람들은 정부에서 비밀리에 리셋의 원인을 밝혀내려 노력하고 있을 것으로 생각하고 있었지만, 그렇다고 하기엔 2022년이 되도록 아무런 이야기가 없었다.

"크게 세 가지로 설이 나뉜다고 합니다. 첫째, 지금 이 상태 그대로 2023년 1월 1일을 맞이할 것이다. 태오 씨가 자연스럽게 생각했던 것처럼요. 둘째, 지나온 5년이 사라지고 리셋 전의 세상에서 이어진 세계로 돌아갈 것이다. 마치 5년간의 세월은 꿈처럼 사라진다는 거죠. 마지막이 가장 흥미로운데요, 다시 2018년 1월 1일로 돌아갈 거라고 하네요."

태오는 황당한 기분이 들었다. 사람들이 내놓는 가설이 황당하다는 게 아니라, 그런 생각을 한 번도 해본 적 없는 자신에 대한 황당함이었다. 설령 세상이 알 수 없는 이유로 5년 전으로 돌아갔다고 해도, 다시 시간이 흘러 그 시점이 됐을 때 어떻게 될 거라는 생각을 왜 해본 적이 없었을까? 애초에 5년 전으로 돌아온 이유도 모르는데 말이다.

"다들 바뀐 세상에 적응하고 사느라 거기까지 생각을 못 했던 거죠. 그러다 이제 리셋이 일어났던 시점이 다가오니 슬슬 그런 말들이 나오는 거고요."

찬신은 그런 태오를 이해한다는 듯 말했다. 하지만 태오는 찬신의 말도 위로가 되지 않는 기분이었다.

"세 가지 설 중 가장 주류가 두 번째인가요? 리셋 전으로 돌아갈 거라는."

찬신은 고개를 저었다.

"사실 누군가 조사를 해본 게 아니기 때문에 확실하게 말하긴 어렵지만, 대부분은 그냥 이대로 세상이 흘러갈 거라 생각하고 있을 거예요. 저도, 태오 씨도 그랬듯이. 다만 그렇게 생각하는 사람들이야 사실 바뀔 게 없으니 목소리를 내지 않는 것이고요. 주로 두 번째 설을 믿는 사람들이 유튜브를 중심으로 자신들의 이론을 설파하고 있으니 눈에 띄는 것뿐이죠."

찬신의 설명을 들은 태오는 유림의 유튜브를 떠올렸다. 사실 악플이 눈에 띄어서 그렇지, 전체적으로는 정상적인 댓글이 대부분이었다. 그 대부분의 정상적인 댓글을 단 사람들은 올해가 지나도 지금 이 세상이 흔들리지 않을 것이라 믿는 사람들일 것이다.

"아무튼 유림 씨한테 그런 댓글이 달리는 건, 유림 씨가 사망 후 돌아온 유명인이기 때문일 거예요. 안티팬이라는 게 그런 거겠죠. 욕을 하고 싶으니 무작정 그 사람의 약한 부분을 파고드는."

무작정인가. 태오야 남들에게 직접적으로 욕먹을 짓을 해본 적은 있어도, 이렇게 불특정 다수가 악의를 가지고 자신을 공격하는 일은 없었다. 상상만 해도 소름이 돋았다.

"유림 씨, 괜찮을까요?"

"유림 씨 멘탈 강한 거야 잘 아시잖아요. 그래도 기회 봐서 유튜브 댓글은 닫는 게 어떻겠냐고 넌지시 말해보시죠."

태오는 찝찝한 얼굴로 고개를 끄덕였다.

§

태오가 유림에게 유튜브 댓글 관련 이야기를 할 기회는 생각보다 빨리 찾아왔다. 찬신의 말을 듣고 마음이 어지러워진 태오가 며칠 동안 커피하우스에 나타나지 않자 유림이 커피를 들고 미래세탁소에 놀러 온 것이었다. 하긴 거의 매일 출근 도장 찍듯 들락거리던 사람이 갑자기 보이지 않으니 유림으로서도 태오에게 무슨 일이 생긴 게 아닌지 궁금할 법했다.

"어, 오셨어요?"

문을 열고 들어오는 유림을 태오가 어색하게 맞았다. 하필이면 찬신도 볼일이 있다며 자리를 비운 타이밍이었다.

"요즘 통 안 보이시길래요. 무슨 일 있으셨던 건 아니죠?"

유림은 테이블에 녹색 음료를 내려놓으며 말했다. 커피하우스에 웬만큼 드나든 태오도 처음 보는 음료였다.

"브이로그 이벤트로 만들어본 거예요. 유튜브 댓글로 레시피 받았거든요. 생각보다 괜찮은 레시피가 많아서, 사장님이 몇 개는 커피하우스 신메뉴로 넣겠다고 하시더라고요. 보기엔 녹즙같이 생겼어도 맛은 괜찮아요. 말차에 아보카도랑 요거트, 우유, 휘핑크림 들어간 거예요. 완전 건강식이죠?"

재료만 들어도 먹기 싫어지는 조합이다. 태오는 마지못해 음료를 받아 들며 유림이 버리기 아까워 가져온 게 아닐까 의심했다. 그나저나 댓글 이벤트라니, 더더욱 유림에게 댓글 창을 닫아버리라고 말하기가 어려웠다.

"트윙클파티 멤버들은 잘 지내죠? 얼마 전에 신곡도 나온 것 같던데."

"확실히 대형 기획사라서 그런가, 곡도 엄청 잘 뽑아주더라고요. 아, 나도 그냥 한다고 할 걸 그랬나."

유림이 방긋 웃으며 대답했다. 말로는 아쉬운 척하고 있지만 진심으로 멤버들이 잘되길 바라는 얼굴이었다. 태오는 유림의 표정을 살피며 넌지시 다음 단계로 넘어갔다.

"그래도 연예인 생활이라는 게 힘들잖아요. 안티팬도 있고. 유림 씨도 예전에 그런 사람들 있지 않았어요?"

"그럼요. 무슨 전생의 원수를 졌는지 그렇게 욕을 하더라고요. 그때만 생각하면 아주 그냥."

허공에 대고 주먹질을 하는 유림을 바라보며 웃다가 태오는 조심스럽게 한 수 더 놓았다.

"유튜브는 어때요? 요즘 유튜버들한테도 그러는 이상한 사람들 많지 않나?"

유림은 무표정하게 태오를 돌아봤다. 태오는 아차 싶었다. 질문이 너무 훅 들어간 것 같았다. 그때 유림이 돌연 배꼽을 잡고 웃기 시작했다.

"태오 씨, 너무 티 나요!"

어리둥절해하는 태오에게 유림이 설명했다.

"아까 소장님이 커피하우스 왔다 가셨거든요."

"소장님이요?"

태오의 눈이 휘둥그레졌다. 아니, 볼일 있어 나간다던 사람이 거긴 왜 간 거야?

"요즘 태오 씨가 안 보인다고 했더니, 아마 유튜브 댓글 때문에 저한테 어떻게 말해야 할지 고민되어서 못 오는 것 같다고. 아이고 웃겨라."

"아니 그럼…… 처음부터 알고?"

얼굴이 빨개져서 묻는 태오의 말에 유림은 웃으며 눈가를 훔쳤다. 너무 웃어 눈물이 찔끔 나온 모양새였다.

"너무 웃었네. 태오 씨가 하도 진지해서 알고 있다고 말을 못 했어요. 아무튼 걱정해줘서 고마워요."

태오는 당했다는 생각에 대꾸도 못 했다. 속으로 분하기도 했지만, 한편으론 유림의 반응을 보니 걱정하지 않아도 될 듯해 다행이란 생각도 들었다.

"그럼 괜찮으신 거죠? 제가 괜히 오지랖 부린 거죠?"

"오지랖은 절대 아니고요. 정말 고마워요. 고맙습니다아."

슬쩍 삐진 척하는 태오에게 유림은 장난스럽게 허리를 숙이며 감사를 표했다.

"그런 악플은 예전에 받았던 것에 비하면 아무것도 아니니까 걱정하지 마세요."

그렇다면 다행이다. 찬신이 말했던 대로 유림은 정말 멘탈이 강한 사람이었다.

"올해 말이 지나면 어찌 될 거라고 떠드는 말들 있잖아요."

유림은 약간 가라앉은 목소리로 말을 덧붙였다. 유림도 악플 내용을 다 알고 있었구나. 다른 것도 아니고 죽을 거란 이야기다. 세상에서 지워진다고 해야 할까. 아무튼 기분 좋을 수 없는 내용이었다. 태오는 유림이 무슨 말을 할지 긴장했다.

"사실 2018년에 다시 깨어나고 나서부터 계속 생각했어요. 저는 사고로 세상을 떠났었잖아요. 세상이 리셋되고 다시 살아 있던 시절로 돌아왔다고 해도 죽었던 당시의 정신 상태까지 멀쩡하게 돌아오진 않아요. 그래서 실제로 리셋 초기에 동기 불명의 자살자들도 많이 나왔고요."

229

동기 불명. 리셋이 공식적으로 인정되지 않으니, 그 이전에 있었던 죽음으로 인한 정신적 충격 때문에 자살한 사람들은 모두 동기를 알 수 없는 자살로 처리됐을 것이다. 유림 또한 리셋 직후 공황장애에 시달리는 등 크게 다르지 않은 상태였다.

"그때 절 잡아준 게 멤버들이었어요. 혹시나 제가 무슨 짓을 할까 봐 돌아가면서 제 곁을 지키고, 늘 토닥여주고……."

단순히 소속사의 분위기가 가족적이라 그렇게 끈끈한 게 아니었구나. 태오는 뒤늦게나마 알게 된 사실에 고개를 끄덕였다. 그렇다면 유림이 멤버들을 다시 데뷔시키기 위해 발버둥 쳤던 것도, 한창 정신없을 아이돌 생활을 하고 있는 멤버들과 여전히 친밀한 관계를 이어가고 있는 것도 어느 정도 이해가 됐다.

"그때부터 지금의 삶은 덤이라고 생각했어요. 멤버들을 위해 그렇게 노력했던 것도, ZM으로 오라는 제의를 거절하고 다른 일을 찾았던 것도 그런 생각 때문이었죠. 아무튼 지금은 하루하루 즐겁게 살아가려고 하고 있어요. 당장 내년에 다시 죽더라도 후회가 없도록."

유림이 배시시 웃어 보였다. 태오도 마주 미소 지었다.

§

봄날의 청계천은 산책하기 좋았다. 태오는 물길을 따라 쭉 걸었다. 김 팀장을 만나러 가는 길이었다. 지난겨울 일방적으로 찾아와 필요한 것만 듣고 갔던 것이 마음에 걸려, 오늘은 태오가 한잔 사겠다고 연락해 날을 잡았다. 리셋 이후 의식적으로 피했던 동네였지만 막상 와보니 나쁘지 않았다. 날씨가 좋아서인지 청계천을 걷는 연인들도 꽤 보였는데, 예전 같았으면 눈꼴시었을 그 모습도 오늘은 그저 보기 좋았다.

"저기요. 제가 드릴 말씀이 있는데요."

그렇게 한참 좋은 기분으로 길을 걷던 태오를 멈춰 세운 건 한 여자였다. 질끈 묶은 머리에 두꺼운 안경, 체크무늬 남방에 면바지. 등에는 낡은 백팩을 메고 손에는 한 아름 전단지를 가득 들고 있었다. 태오는 본능적으로 알아챘다. 사이비 종교인이구나.

"제가 바빠서요."

눈을 마주치지 않고 갈 길을 간다. 이런 사람을 대하는 태도의 정석이다. 태오는 능숙하게 여자를 외면하고 걸어갔다. 아니, 걸어가려 했다. 뒤에서 여자가 소리치지만 않았어도.

"당신, 이제 죽어요! 죽었던 사람이잖아!"

여자는 체구에 어울리지 않게 무서운 목소리로 소리쳤다.

231

여자의 말이 태오의 발을 붙들었다. 태오가 멈춰 서자 여자는 기다렸다는 듯 태오의 앞으로 다가와 말했다.

"구원자를 믿으세요. 이 세상을 다시 돌려놓지 않을 수 있는 분은 그분뿐입니다."

몽롱한 눈빛으로 말하는 여자의 전형적인 사이비 종교인 같은 말투에, 태오는 정신을 차리고 걸어가기 시작했다. 재수가 없으려니까, 라고 중얼거리며. 이미 태오의 좋았던 기분은 다 날아간 후였다.

태오가 김 팀장을 만나기로 한 곳은 종로의 한 노포였다. 이 동네 중년 직장인들이 대부분 그렇듯 김 팀장도 낡은 가게의 푸근한 분위기를 좋아했다. 미래세탁소의 철문이 연상되는 가게의 문을 열고 들어가니, 김 팀장이 벌써 자리를 잡고 앉아 그를 향해 손을 들어 보였다.

"선배를 기다리게 하고 말이야. 이제 네 팀장 아니라 이 거지?"

능글맞은 김 팀장의 말에 태오는 시계를 쳐다봤다. 5시 55분. 약속 시간보다 거의 30분이나 일찍 왔을 뿐 아니라 퇴근 시간보다도 이르다. 이 아저씨는 언제부터 회사에서 나와 있었던 걸까.

"팀장님이야말로 몇 시에 퇴근하신 거예요?"

"마, 나는 그런 거 이미 초월했다."

김 팀장은 웃으며 말했지만 태오는 마음이 좋지 않았다. 나름 회사에서 능력을 인정받고 있던 김 팀장이었다. 그가 승진 경쟁에서 밀려났다면 태오의 일과 무관하지는 않을 터였다. 그런 생각에 태오가 우울한 표정을 한 채 자리에 앉지도 않고 있자 김 팀장이 말을 돌렸다.

"손에 그건 뭐냐?"

"아, 이거 받아 와버렸네요."

태오는 손에 들고 있던 전단지를 식당 테이블에 올려놓았다. 아까 여자를 지나치며 무의식중에 받아 든 모양이었다.

"그거구먼. 요즘 이 동네에 엄청 많아. 신경 쓰지 마라. 어차피 언제 죽을지 모르는 인생. 내년이 뭐가 그리 중요하냐."

김 팀장도 사이비 종교인들을 꽤 봤던 듯 인상을 찌푸리며 전단지를 구겨 쓰레기통에 던져 버렸다. 그러곤 종업원을 재촉해 술을 가져오게 했다. 괜스레 분위기가 무거워지기 전에 알코올의 힘을 빌려보려는 심산으로 보였다.

오랜만에 만난 두 사람은 그간의 사건들로 쌓인 묵은 감정을 털어내려는 듯 경쟁적으로 잔을 비웠다. 그렇게 한 잔, 두 잔. 종로에서의 밤이 깊어갔다. 얼굴이 벌게진 태오와 김 팀장은 혀가 약간씩 꼬부라진 채 두서없이 말을 주고받았다.

"그런데 말이야, 남태오."

"네, 팀장님. 말씀하십시오오."

태오는 고개를 푹 숙인 채 대답했다. 그야말로 취객들의 대화였다. 둘 다 목소리가 꽤 커져 있었지만, 워낙 가게 안이 시끌시끌해 오히려 그 풍경의 하나처럼 잘 어울렸다.

"너 이 자슥. 내가 예전에 너 잡으러 다닐 때, 어디 있었냐?"

"언제요?"

"언제긴 인마. 그 있잖아, 12월 말에. 이 세상 온 사방을 다 뒤져도 널 못 찾겠더라고. 그래서 내가 널 다시 만나면 꼭 물어봐야겠다고 생각했지."

태오는 의미심장한 웃음을 지으며 김 팀장을 바라봤다. 취기 때문인지 지금 상황이 너무 웃겼다. 내가 어딨었냐고? 당신들은 절대 못 잡을 곳에 있었지.

"회사에요."

"뭐?"

"회사에 있었다고요. 회. 사. 연말이라 아무도 없드만. 그러니까 못 잡지 나를."

태오는 오성증권 본사가 있는 방향을 손가락질하며 크게 웃었다. 그 모습에 김 팀장도 박장대소했다.

"와, 이 새끼. 난놈이네! 거기 있었어?"

태오는 김 팀장과 함께 테이블을 치며 웃었다. 다른 사람들이 쳐다봤지만 둘은 전혀 상관하지 않았다. 그저 유쾌했다. 가슴속 응어리 하나를 날려버린 기분이었다.

"아니, 거기서 뭐 하고 있었어? 그날 불도 제대로 안 들어왔을 텐데."

"뭐 하긴요. 거기서……."

웃으며 김 팀장의 말을 받던 태오는 대답할 수 없었다. 나, 거기서 뭐 하고 있었지? 뭐 했지? 2022년 12월 31일. 제야의 종이 치던 순간. 오성빌딩 옥상에서 뭐 했지? 온몸에 소름이 돋았다. 갑자기 그날 맞았던 빗방울의 미지근한 감촉이 생생하게 되살아났다. 청계천에서 사이비 종교인이 했던 말이 떠올랐다. 당신, 이제 죽어요! 죽었던 사람이잖아!

§

계절과 어울리지 않는 끈적한 빗방울이 떨어진다. 이 빗물은 그냥 물이라기엔 너무 끈적하다. 태오는 양손을 들어 떨어지는 빗물을 받는다. 두 손에 고이는 빗물이 어두운 가운데서도 벌겋게 보인다. 벌건 빗물. 아니, 이건 핏물인가. 태오는 손바닥에 고이는 핏물을 보다가 고개를 들어 하늘을 바라본다. 검붉은 먹구름에서 온통 내리는 것은 피. 이상을 눈치챈 태오가 움직이려 하자 발아래가 허전하다. 정신 차려보니 발밑은 시커먼 암흑이다. 간신히 딛고 선 곳은 빌딩 옥상의 난간 위. 이내 균형이 무너진다. 태오는 아래로 추락하기 시작한다.

235

"으아악!"

태오의 비명과 함께 우당탕 하는 요란한 소리가 났다. 여느 때와 같이 심각한 표정으로 자리에서 뭔가를 끄적이던 찬신은 놀라서 벌떡 일어났다.

"태오 씨, 괜찮아요?"

태오는 의자와 함께 바닥을 나뒹굴었다. 찬신은 걱정스러운 표정으로 태오를 살폈다. 책상에 앉아 졸다가 넘어진 것 같긴 한데, 그냥 넘어가자니 요즘 태오의 상태가 심상치 않았다.

"몸 안 좋으면 들어가도 돼요. 딱히 급한 일도 없고."

"아니, 아니에요. 괜찮습니다."

태오의 얼굴은 누가 봐도 괜찮지 않아 보였다. 잠을 제대로 못 잔 건지 퀭한 눈에 다크서클이 광대까지 내려와 있었다. 요 며칠 밥도 제대로 못 먹었는지 양 볼도 핼쑥해진 게 누가 봐도 아픈 사람 같았다.

"진짜 괜찮아요. 잠깐 균형을 잃어서 그래요."

서 있는 것도 아니고 의자에 앉은 상태로 균형을 잃기가 더 힘들다. 찬신은 말도 안 되는 핑계를 대는 태오를 물끄러미 보다가 다시 자기 책상으로 돌아갔다. 애도 아니고, 본인이 저렇게까지 괜찮다고 하는데 더 강요할 수도 없는 노릇이었다.

태오는 눈을 질끈 감았다 뜨곤 다시 자리에 앉았다. 별로 할 일은 없었지만 집에 돌아가고 싶진 않았다. 혼자 있으면 더 불안하니까. 며칠 전 김 팀장과 술자리를 가진 후로 계속 이 모양이었다. 정확히는 김 팀장과 이야기하다가 리셋 직전 자신이 무엇을 하고 있었는지 떠올리면서부터였다. 내가 바닥까지 떨어졌었나? 떨어지고 있었나? 아니면 난간에서 발을 떼기 전이었나? 몸을 던졌던가? 지금 태오의 머릿속은 온통 리셋 당시의 상황을 재구성하려는 생각들로 가득했다. 그날의 일을 프레임 단위로 쪼개가며 기억을 되살리려 노력했지만, 애당초 답이 없는 문제였다.

아무 일도 없을 거다. 그날 자신이 옥상에서 뛰어내렸든 아니든, 세상이 리셋 전으로 돌아가지만 않는다면 전혀 상관없는 일이었다. 태오는 그렇게 수없이 되뇌었지만 불안한 마음은 좀처럼 가시지 않았다. 만약에 세상이 그대로 흘러가지 않는다면? 12월 31일에 종이 치자마자 리셋 직전으로 돌아가버린다면? 자신에게 남는 건 30층짜리 빌딩에서 떨어져 죽는 일밖에 남지 않는다. 아니, 실은 떨어지면서 심장마비로 죽었을 수도 있다. 그것도 아니면, 기억은 못 하지만 이미 바닥에 떨어져 곤죽이 된 상태였을지도 몰랐다. 그런 생각이 끊임없이 태오를 괴롭혔다.

그렇다고 주변에 솔직하게 말하기도 망설여졌다. 유림에게는 그렇게 잘난 척하며 걱정해놓고, 정작 본인은 죽을지도 모른다는 걸 알자마자 패닉에 빠졌다고 어떻게 말하겠는가. 이미 명백하게 죽었다가 되살아난 사람은 꿋꿋하게 이겨내고 하루하루를 열심히 살고 있는데.

유림을 떠올리며 의연한 태도를 가져보려고도 노력했다. 그녀의 마음가짐을 본받으려고. 하지만 시시각각 등골을 서늘하게 하는 공포심은 그런 노력 따위는 순식간에 시시하게 만들어버리는 힘을 갖고 있었다.

한참 유림을 생각하고 있어서일까. 아르바이트를 마치고 놀러 온 유림이 다가오는 모습이 태오에게는 마치 꿈처럼 비현실적으로 느껴졌다.

"태오 씨, 요즘 무슨 일 있어요?"

걱정스러운 얼굴로 그녀가 말을 건 순간, 태오는 참지 못하고 사무실을 나가버렸다. 그녀의 얼굴을 보자 도저히 참을 수 없었다. 이게 무슨 감정인지 태오 스스로도 알지 못했다. 자신은 억눌려 질식할 것 같은 이 공포를 이미 예전에 이겨낸 그녀를 보자, 뭔가 견딜 수 없는 기분이 들었을 뿐.

미래세탁소를 나선 태오는 정처 없이 걸음을 옮겼다. 어디로 간다는 생각조차 없었다. 그저 일단은 유림 앞을 벗어나고 싶었다. 그녀에게 아무런 잘못이 없다는 건 알고 있지만, 그녀의 밝은 에너지가 지금은 그의 숨통을 조여드는 것처럼 느껴졌다.

얼마를 걸었을까. 정신없는 와중에도 다리가 아파왔다. 한참 걸은 것 같았다. 주변은 어느새 어둑해지고 있었다. 그제야 마음이 안정된 태오는 자신이 있는 곳이 청계천이라는 걸 깨달았다. 그것도 얼마 전 김 팀장을 만났던 종로 근처의 상류 부분이었다. 미래세탁소가 있는 성수동이 청계천의 하류 쪽이니 개천을 고스란히 거슬러 올라온 셈이었다. 왜 내가 여기에, 라고 생각하던 태오는 문득 깨닫고는 그 자리에 주저앉았다. 그 여자를 찾아온 것이다. 질끈 묶은 머리에 안경을 쓴 사이비 종교인을. 그녀를 만나서 빌고 싶었던 거다. 살려달라고. 당신이 말하는 구원자든 뭐든 믿을 테니 제발 살려달라고.

따뜻한 날씨를 즐기며 산책하는 사람들이 오가는 봄날 오후의 청계천에서, 태오는 무릎 꿇고 엎드린 채 오열했다. 안 된다, 이대로는 안 된다고 울음 섞인 목소리로 소리치며.

다음 날 아침, 갑자기 뛰쳐나간 태오 때문에 밤늦게까지 주변을 찾아다닌 찬신은 피곤한 몸을 이끌고 사무실에 출근했다. 전화도 안 받고, 집에 찾아가도 없었다. 찬신은 무슨 일인지 몰라도 오늘은 태오를 붙잡아놓고 반드시 이유를 들어야겠다고 다짐했다. 태오를 걱정하는 마음과 몇 년을 함께했음에도 혼자만 끙끙대는 것에 대한 괘씸한 마음이 가슴속에서 서로 다투고 있었다. 그렇게 속 시끄러운 상태로 미래세탁소의 문을 열려는데, 문에 붙어 있는 포스트잇이 눈에 들어왔다.

'잠시 머리 식히고 오겠습니다. 죄송합니다.'

누가 쓴 건지 이름이 없었지만, 포스트잇을 붙인 이가 누군지는 명백했다. 찬신은 눈을 지그시 감으며 탄식했다.

"태오 씨……."

§

금빛으로 물든 논 위로 파란 하늘이 끝없이 펼쳐져 있었다. 미세먼지가 없는 계절이라서일까. 2022년의 가을 하늘은 유독 맑았다. 태오는 낡은 트럭에 시멘트와 벽돌 따위를 싣고 시골 도로를 달리고 있었다. 오늘은 읍내 보육원의 보수 공사가 있는 날이었다. 건물이 낡아 외풍이 심하다나. 혼자서 할 수 있을지 걱정됐지만, 일단 인력소장이 시키는 대로 출발했다. 하는 데까지 해보고 안 되면 그만이다, 일당은 주겠지 따위의 생각을 하며.

미래세탁소를 뛰쳐나온 지도 벌써 반년가량 지났다. 세월은 속절없이 흘러 따뜻했던 봄날이 지나고 기록적인 불볕더위가 있던 여름을 거쳐, 어느덧 날이 서늘해졌다. 간단한 옷가지만 챙겨 집을 나섰던 태오는 동에서 서로, 다시 남에서 북으로 발길 닿는 대로 전국을 돌아다녔다. 처음엔 이렇게까지 오래 떠돌 생각은 아니었다. 사이비 종교인이라도 붙잡고 살려달라고 빌려 했던 자신이 너무 하찮고 초라해 보여 바다라도 보고 잠시 머리를 식힐 생각이었다. 그럴 생각으로 찬신에게도 간단한 쪽지만 남기고 떠나왔다.

하지만 바다를 봐도, 산에 올라도, 아무도 없는 외딴곳으로 가 허공에 소리를 질러봐도 두려움은 마음속 깊은 곳에 숨어 있다가 밤이 되면 슬그머니 태오를 덮치곤 했다. 그때부터였다. 태오는 닥치는 대로 인력소를 찾아다니며 막노동을 하기 시작했다. 슬슬 주머니가 가벼워지고 있긴 했지만 돈 때문은 아니었다. 대학생 시절, 등록금을 벌어보겠다고 친구들과 호기롭게 공사판에 뛰어들었다가 며칠 안 돼 뻗었던 기억이 있기 때문이었다. 몸을 혹사하면 잡생각이 사라지지 않을까. 그런 단순한 생각으로 시작한 일이었다.

그렇게 며칠 일하고 움직이고, 또 며칠 일하고 다시 움직이길 반복하다 보니 어느새 가을이 돼 있었다. 몸을 혹사시킨다는 아이디어는 생각보다 괜찮았는지, 밤에 악몽에 시달리다가 깨는 일은 확실히 줄어들었다. 하지만 미래세탁소로 돌아가기는 여전히 망설여졌다. 완전히 떨쳐내지 못하고 있는 두려움이, 서울로 돌아가면 다시 커질 것 같다는 막연한 예감이 들었기 때문이었다.

저 멀리 읍내 외곽에 있는 보육원 건물이 보였다. 겉보기에는 앞마당이 있는 작은 빌라나 다세대주택같이 생겨서 내비

게이션이 아니면 그냥 지나칠 수도 있을 듯한 건물이었다.

보육원 건물 앞에 트럭을 세운 태오를 맞이한 건 오십대 중년 남자였다. 그는 자신을 시설관리인이라고 소개했다.

"그거 들고 따라오소."

시설관리인은 태오가 트럭에 싣고 온 사재들을 틱으로 가리키며 말했다. 그의 지시에 따라 짐을 가득 채운 수레를 끌며, 태오는 왜 인력소장이 자기만 보냈는지 깨달았다. 시멘트를 바르거나 실리콘으로 마감하는 등 보수에 대한 전문적인 요령이 필요한 일은 시설관리인이 하고, 자신은 그저 그가 시키는 대로 짐을 나르거나 삽질 등 몸 쓰는 일을 하면 됐다.

태오는 그가 시키는 대로 열심히 움직였다. 원래 목적이 몸을 피곤하게 하는 것이니만큼, 일용직이라고 농땡이 부릴 생각 같은 것은 하지 않고 우직하게 일했다. 그런 그의 모습에 처음에는 요령 없어 보이는 젊은 놈이 왔다고 못마땅해하던 시설관리인도 표정을 풀고 점차 그에게 호의적인 모습을 보이기 시작했다.

"젊은 사람이 열심히 하네. 잠깐 커피 한잔 마시고 합시다."

그렇게 말하며 휘적휘적 건물 안으로 들어가는 시설관리인을 따라가니 우당탕 뛰어다니는 아이들의 모습이 보였다. 아이들이 그늘 없이 해맑은 얼굴로 웃고 떠드는 걸 보며, 태오는 이곳이 꽤 괜찮은 보육원인가 보다 하고 생각했다.

그렇게 아이들의 천진난만한 모습을 흐뭇하게 지켜보고 있자니, 시설관리인이 냉온수기에서 믹스커피를 타 휘휘 젓고는 태오에게 건넸다. 태오는 종이컵을 물끄러미 바라봤다. 돌아가기는 해야 하는데. 예정대로라면 찬신은 올해 말까지만 미래세탁소를 운영할 것이다. 그 전에 돌아가지 않으면 영영 복귀하지 못할 수도 있었다. 태오는 그 사실에 은근한 초조함을 느끼며 아직 뜨거운 믹스커피를 한 번에 마셨다.

"어, 저기…….혹시 서울에서 오셨나요?"

태오가 다 마신 종이컵을 내려놓으려는데, 아이들을 돌보고 있던 보육교사 한 명이 쭈뼛거리며 태오에게 다가왔다. 자세히 보니 어딘가 익숙한 얼굴이었다. 이런 곳에서 만나리라고는 생각도 못 했던 인물. 리셋으로 아이를 잃은 김민서. 워낙 뜻밖이었고, 예전의 맥없고 넋이 나가 있던 인상이 활력이 도는 얼굴로 바뀌어 있어 태오도 바로 알아보지 못했다.

"오랜만이네요. 저 미래세탁소에 있던 남태오입니다."

"역시 맞네요. 잘 지내셨죠?"

그녀는 태오를 향해 활짝 웃어 보이며 안부를 물어왔다. 태오로선 처음 보는 그녀의 미소였다. 이렇게 웃을 수 있는 사람이었구나, 태오는 그렇게 생각하면서도 한편으론 대답을 궁리했다. 사실 별로 친분이 있는 사이는 아니었지만 자신을 아는 사람을 마주치고 싶은 상태가 아니었다.

"뭐, 그럭저럭요. 여기서 일하시는 건가요?"

"그렇게 됐네요. 태오 씨는 어떻게 여기에……."

태오로선 가장 듣고 싶지 않은 질문을 민서가 하려는 찰나, 건물 밖에 있던 시설관리인이 큰 목소리로 태오를 불렀다.

"어이, 젊은 양반! 나 좀 도와줄 수 있는가?"

"예에, 갑니다!"

태오는 잽싸게 대답하며 민서에게 짧게 목례하곤 시설관리인이 있는 쪽으로 나갔다. 타이밍이 절묘했다고 생각하면서. 밖에 나가보니, 웬 트럭 한 대가 새로 들어와 있었다. 짐칸에는 쌀로 보이는 포대가 꽤 여러 개 쌓여 있었다.

"요거를 저짝에 옮겨야 하는디."

시설관리인은 말끝을 흐리며 창고 쪽을 손으로 가리켰다. 사실 태오는 외벽 보수하러 온 사람이니 갑자기 나타난 쌀가마니를 옮겨야 할 이유 따원 없었다. 하지만 시골 인심이 어디 그런가, 대충 퉁쳐서 시키면 시키는 대로 해야지. 그래도 태오에게 대놓고 지시하지 않는 걸 보면 시설관리인도 나름대로 양식이 있는 사람인 듯했다. 태오는 웃으며 쌀가마니를 들었다. 상대가 이왕 부탁하는 모양새를 취했는데 굳이 뺄댈 일도 아니었다.

"저기 말이죠?"

"으이, 고맙네."

태오의 시원시원한 태도에 시설관리인은 빙긋 웃으며 자기도 쌀 한 포대를 들었다. 그때 건물 안쪽에서 카랑카랑한 목소리가 들려왔다.

"잠시만요!"

오십대쯤 되어 보이는 퉁퉁한 여자가 잰걸음으로 다가오며 시설관리인에게 타박하듯 말했다.

"실장님! 제가 기다리시라고 했잖아요."

"아니, 원장님. 기부 물품이라는데 뭘 그렇게……."

"그래도요!"

두 사람이 목소리를 낮춰 실랑이를 벌이는데, 원장이라고 불린 여자가 나온 쪽에서 그녀를 뒤따르듯 검은 옷을 입은 사람 몇 명이 걸어 나왔다.

"원장님, 너무 부담스러워하지 않으셔도 됩니다. 정 그러시면 저희는 쌀만 전달해드리고 가겠습니다."

선두에 선 중년 남자가 온화한 표정으로 그리 말하자 원장은 마지못해 고개를 끄덕였다.

"죄송해요, 저희가 정식으로 후원받는 교회도 있고 해서."

"괜찮습니다. 하지만 나중에라도 한 번쯤은 꼭 구원자님의 말씀을 들려드리고 싶네요."

구원자. 그 말에 태오는 중년 남자와 그 뒤에 있는 무리를 살펴봤다. 대충 견적이 나왔다. 원장이 기부한다고 해도 찜찜한 얼굴로 교회를 언급한 이유, 이들이 사이비 종교인이었기 때문이었다. 이 시골까지 사이비 종교가 퍼지고 있었다니. 순간 청계천에서 만났던 그 여자가 떠올랐다. 태오에게 곧 죽을 거라고, 너는 이미 죽었던 사람이라고 소리 질렀던 여자.

그 여자와 눈앞의 사내가 겹쳐 보인 순간, 태오는 많이 옅어졌다고 생각했던 공포심이 다시 발끝에서부터 저릿하게 온몸으로 솟구쳐 올라오는 것을 느꼈다. 몇 달간 방황하며 간신히 잦아들었던 생각이 머릿속에서 폭주하기 시작했다. 눈앞이 번쩍인다고 생각한 찰나, 태오는 그 자리에서 그대로 쓰러졌다.

"남태오 씨, 괜찮으세요?"

민서의 목소리였다. 태오는 간신히 눈꺼풀을 들어 올려 주변을 둘러봤다.

"여기 보육원 양호실이요. 아까 갑자기 쓰러지셔서……."

"그 사람들은……."

태오가 몸을 일으키려고 하자, 민서가 태오의 상체를 붙들었다.

"누워 계세요. 그 사람들이라니, 누구 말씀하시는 거예요?"

"아까 그 검은 옷 입은 사람들요. 쌀 가져왔다던."

"구원회던가? 사이비 교도들은 아까 돌아갔어요. 혹시 아는 사이세요?"

246

그녀의 말에 태오는 고개를 저었다. 잠시 태오의 안색을 살피던 민서는 일부러 대수롭지 않다는 양 말했다.

"저런 사람들, 요즘 굉장히 많이 와요. 이 시골 보육원에 뭐 얻을 게 있다고 여기까지 오는지. 아까 왔던 사람들 말고도 최근에만 대여섯 단체가 돌아가면서 오더라고요."

저런 단체가 한둘이 아니라니. 민서는 별거 아니라는 뜻으로 말한 것이었지만, 그녀의 말에 태오는 오히려 정신이 아득해질 것 같았다.

"그 단체들이 다 그런 건가요? 올해가 지나면 세상이 다시 리셋 전으로 돌아갈 거라는……."

민서는 그런 태오의 떨리는 목소리를 짐짓 모른 척하며 대답했다.

"그런 곳도 있고, 다시 리셋이 일어나서 2018년으로 돌아갈 거라고 하는 데도 있고요. 근데 그걸 누가 아나요?"

어차피 중구난방으로 일어난 사이비 종교다. 그들의 목소리가 통일되어 있을 리 만무했다.

"그거 아세요? 저 어릴 때도 저런 사람들 있었어요. 그때는 사이비 정도가 문제가 아니고, 뉴스에서도 2000년이 되면 컴퓨터가 숫자 입력을 이해하지 못해서 세상이 망할 거라고 했었어요. 그 전에는 1999년에 세상이 멸망할 거라고도 했었지만 아무 일 없었잖아요?"

Y2K, 노스트라다무스. 태오에겐 민서보다도 더 어릴 때의 일이지만 대충은 알고 있었다.

"그치만 리셋은 정말 일어난 일이잖아요. 아직 아무도 원인을 모르기도 하고, 또다시 이상한 일이 일어난다고 해도 이상할 게 없지 않나요?"

"맞아요. 아무도 원인을 모르죠. 그러니 더더욱 저런 사이비들의 말에 휘둘릴 필요가 없지 않을까요? 저 사람들이라고 뭘 알겠어요."

민서의 말에는 신념이 들어 있었다. 혼란을 겪고 그걸 이겨낸 사람만이 가질 수 있는 단단한 신념. 그래서일까, 태오는 몇 달 전 유림에게서 느꼈던 것과 비슷한 압박감을 민서에게서도 느꼈다. 태오는 자기도 모르게 질문을 던졌다.

"민서 씨는 만약에 저들 말대로 리셋 이전으로 돌아가면 어떨 것 같으세요?"

"아, 저는……."

답을 망설이는 민서를 보고 태오는 아차 싶었다. 리셋 때문에 아이를 잃은 사람이다. 자기 생각에만 휩싸여 순간 민서의 처지를 생각하지 못했다. 그가 말을 주워 담으려고 하는데, 민서가 먼저 입을 열었다.

"너무…… 감사한 일이겠죠. 하지만 그만큼 슬픈 일일 거예요."

"슬프다니요?"

아이를 되찾을 수 있을 텐데, 태오는 말을 돌리려던 생각도 잊고 자기도 모르게 민서에게 되물었다. 민서는 문 쪽을 바라보며 대답했다.

"여기, 이 시설만 해도 다섯 살이 안 된 아이들이 많이 있어요. 그 아이들은 어떻게 해야 할까요?"

"아……."

사이비 종교인들의 주장대로 리셋 이전으로 돌아간다면, 리셋 이후 태어난 아이들은 사라지게 된다. 또 다른 주장대로 다시 2018년으로 돌아가도 마찬가지다. 리셋 이후 그 전에 태어났던 아이들이 사라졌듯, 지금 있는 아이들이 다시 태어나리란 보장도 없었다.

"그래서 저는 어떤 것도 선택할 수 없네요."

민서가 웃으며 말했다. 슬픈 미소였다. 태오는 괜한 이야기를 꺼냈다는 생각에 고개를 들지 못했다.

"제가 지금 할 수 있는 건, 눈앞의 아이들에게 최선을 다하는 것뿐이라고 생각해요. 미래가 어떻게 되더라도 후회가 없을 순 없겠지만, 그나마 적어지도록."

지금은 하루하루 즐겁게 살아가려고 하고 있어요. 당장 내년에 죽은 몸이 되더라도 후회가 없도록. 민서의 말에 몇 달 전 유림에게 들었던 말이 겹쳐서 들렸다. 태오는 속에서 무언

가 뜨거운 것이 울컥 올라오는 느낌을 받았다. 동시에 부끄러
웠다. 모두가 같은 처지인데 혼자만 어리광을 부리고 있었다
는 생각이 들었다.

"저는 두려웠어요."

찬신에게도, 유림에게도 말하지 못했던 일이지만, 지금이라
면 털어놓을 수 있을 것 같았다. 태오는 민서에게 리셋이 일어
났던 날에 있었던 일을 말하기 시작했다.

"그날, 빌딩 옥상에서 뛰어내렸거든요."

민서에게 지난 일들을 모두 털어놓은 태오는 어느새 굵은
눈물을 흘리고 있었다. 하지만 몇 달 전 청계천에서와 같은 절
망에 찬 울음은 아니었다. 속에 있는 것들을 털어낸 후련함과
비로소 자신이 혼자가 아니라는 걸 깨달은 안도감의 눈물이
었다. 민서는 자기보다 한참 커다란 덩치의 태오의 등을 조용
히 쓸어주며 그가 마음껏 울 수 있도록 옆을 지켰다.

"고맙습니다. 오랜만에 뵀는데 폐만 끼치네요."

얼마나 지났을까. 드디어 눈물이 잦아든 태오가 그제야 멋
쩍게 웃으며 말했다. 민서는 태오를 따뜻하게 바라보다가 문
득 자리에서 일어났다.

"태오 씨, 지금 괜찮으면 잠깐 따라오실래요?"

태오는 눈물로 엉망이 된 얼굴을 양손으로 문지르며 일어

났다. 얼굴은 엉망이었지만 기분은 오히려 상쾌했다.

보육원의 복도를 걷는 민서를 따라 도착한 곳은 아이들의 놀이방이었다. 책과 장난감으로 도서관 겸 실내 놀이터처럼 꾸며진 그곳에는 다양한 나이대의 아이들이 놀고 있었다.

"소희야, 잠깐 이리 와볼래?"

민서는 놀이방에 도착하자 구석에서 책을 읽고 있던 여자 아이를 불렀다. 아이는 책을 덮고 쪼르르 달려왔다. 초등학교 저학년 정도 됐을까, 가까이서 보니 보육원에서도 눈에 띌 정도로 굉장히 예쁜 아이였다. 아역 배우나 키즈 모델이라고 해도 믿을 정도였다.

"잘 놀고 있었어? 이 아저씨는 선생님 친구야. 인사할래?"

민서의 말에 태오는 최대한 친근한 표정을 지으며 아이에게 안녕, 하고 손을 흔들어 보였다. 아이는 말없이 태오에게 꾸벅 인사하고는 민서를 빤히 쳐다봤다. 민서는 아이에게 책은 재미있는지, 점심은 잘 먹었는지 등 몇 가지를 물었다. 아이는 민서의 말에 고개를 끄덕이거나 가로저었다.

"선생님이 아저씨한테 소희 인사시켜주고 싶어서 오라고 했어. 이제 가서 놀아도 돼."

아이는 다시 민서와 태오를 향해 꾸벅 인사하고는 자리로 돌아가 책을 읽기 시작했다. 민서는 아이가 자리로 돌아가는 모습을 지켜본 후, 등을 돌려 다시 복도로 향했다. 태오는 민서가 자신에게 뭘 보여주고 싶었던 건지 의문이 들었지만 일단 그녀의 뒤를 따랐다.

"우리 소희 예쁘죠?"

"네, 되게 예쁜 아이네요."

태오는 순수한 감상으로 그렇게 말했다. 민서는 작게 웃다가, 조금 가라앉은 목소리로 말했다.

"저 아이, 데려가겠다는 분들이 굉장히 많았어요. 그런데 아홉 살이 되도록 아직도 시설에 남아 있죠. 왜 그랬을 것 같아요?"

태오는 민서의 질문에 의문을 가지면서도 일단 대답했다.

"혹시 저 아이 말을 못 하나요?"

민서의 질문에 그저 고개를 끄덕이기만 했던 아이. 태오 앞이라고 수줍어서 말을 못 하는 느낌은 아니었다.

"하지만 그건 결과지 원인은 아니에요. 실은 소희가 입양을 거부하고 있어서 아직까지 이곳에 남아 있는 것이거든요."

"왜……."

보육원에 있는 아이가 스스로 입양을 거부하다니. 보육원에 대해 잘 모르는 태오라도 이상하게 들리는 이야기였다.

"소희는 리셋이 일어나지 않았다면 지금 열넷이죠."

그렇다. 지금 아홉 살이라면, 정신연령은 리셋 전 사라진 5년을 더해 열네 살이 맞다. 하지만 그게 아이 스스로 입양을 거부할 이유가 될까. 애초에 몸이 자라지 않는 상태에서 정신연령만 높아졌다고 성인이 되는 것도 아닌데.

"소희는 원래 다섯 살, 그러니까 2018년 초에 입양됐었어요. 아실지 모르지만, 입양이라는 게 생각보다 절차가 까다로워서 이미 리셋 이전의 시기인 2017년부터 이야기가 거의 다 된 상태였죠. 그러니까 리셋이 일어났다고 해도 원래 입양됐던 가정에 그대로 가면 되는 상황이었어요. 그런데 리셋이 일어난 직후 양부모였던 사람들이 바로 입양을 포기했어요. 실질적으론 5년간 길러준 양부모가 소희를 파양한 거죠."

"어째서요?"

태오가 놀라며 물었지만 민서는 그저 어깨를 으쓱했다.

"양부모는 집안 사정이 어렵다며 이런저런 핑계를 댔는데, 그건 정말 핑계로밖에 안 보였어요. 소희는 그 충격으로 실어증이 왔어요. 그 바람에 아이가 그동안 어떻게 지냈는지 물어볼 수도 없었고, 상황을 전혀 알 수 없게 됐죠."

그녀는 분노 서린 목소리로 말을 이었다.

"공식적으론 그랬지만 알아보니 소희를 입양하고 얼마 후에 양부모가 아이를 가진 것 같더라고요. 그러니까……."

민서는 끝까지 말하지 않았지만, 충분히 뒷말을 예측할 수 있었다. 태오는 그 양부모라는 작자들의 이기적인 결정에 한숨이 나왔다. 믿었던 부모에게서 버려지고 말까지 잃다니. 태오는 어디선가 들었던 '어린아이들에겐 부모가 세상을 구성하는 전부'라는 말을 떠올렸다. 비록 양부모라 해도 다섯 살에 입양됐으면 거의 기억하는 인생의 전부를 함께한 것일 텐데, 소희에게는 세상이 무너지는 충격이었으리라.

그런데 그와는 별개로 태오는 민서의 의도가 궁금했다. 아이의 사연은 안타까웠지만, 그걸 왜 자신한테 말했을까.

"예전에 도와주셨는데도 감사하다는 말도 제대로 못 했네요. 그땐 정말 감사했어요."

태오는 엉거주춤 그녀의 감사를 받았다.

"그때 자동차 사고가 나고, 그 동네를 떠나게 된 이후로 쭉 생각했어요. 내 아이, 지유를 위해 내가 할 수 있는 일이 뭘까. 그러다가 미래세탁소분들이 떠올랐어요. 아, 리셋 때문에 힘들어하는 사람들을 도와주시는 분들이 있었지. 그럼 나도 비슷한 일을 해봐야겠다. 그게 설령 의미 없는 자기만족이라도. 그렇게 생각하고 오게 된 게 여기였어요."

민서는 계속해서 말을 이었다.

"소희를 왜 보여드렸는지 의아하셨죠? 저는 저 아이를 볼 때면 늘 미래세탁소의 두 분이 떠올랐어요. 물론 저 아이의 사연은 두 분도 어찌할 수 없겠지만, 그건 저도 마찬가지였잖아요. 두 분이라면 저 아이를 위해서 뭐라도 하려고 나섰겠지, 그런 생각이 들더라고요."

"그건⋯⋯."

민서는 태오에게 강하게 손을 내저어 보였다.

"소희의 일을 의뢰하고 싶다거나, 그런 의도로 말씀드린 건 아니에요. 아이를 파양한 양부모에게 복수할 생각도 아니고. 소희에게는 저희가 사랑으로 보듬어주는 게 가장 나은 해결책이겠죠. 소희…… 지금은 많이 좋아졌지만, 처음에는 정말 힘들었어요. 어떤 일이 있었고 어떤 상처를 받았는지 자세히는 알 수 없지만, 어른이 근처에만 가도 경기를 일으켰었거든요. 입양을 거부하고 있다고 했죠? 말도 못 하는 아이가 논리적으로 거절했겠어요? 누가 소희를 입양하고 싶다고 보러 오면, 발작 수준으로 울며 난리를 쳤었어요. 그래서 여기 선생님들도 소희를 어디 다른 시설에 보내야 하는 게 아닌가 의논했을 정도였어요. 실어증도 있고."

민서가 말하는 다른 시설이란 아마 정신과나 심리치료를 위한 곳일 것이다. 소희의 상태는 일반적인 보육원에서 대응하기 힘들었을 테니.

"하지만 두 분을 떠올리면서 저도 소희를 위해 최선을 다해야겠다고 다짐할 수 있었어요. 다른 선생님들이 말렸지만 저는 계속 소희에게 매달렸고, 아까 보신 정도로나마 아이의 상태가 좋아질 수 있었어요. 심리치료도 받았지만, 소희에게 그 이상으로 필요했던 건 결국 자기를 사랑해주고 기댈 수 있는 어른의 존재였으니까요. 제가 말씀드리고 싶었던 건, 두 분이

하시는 일이 그만큼 가치 있고, 누군가에겐 그런 일을 하는 분들이 있다는 것만으로도 위로가 된다는 거예요. 저나 소희처럼 세상에는 리셋으로 상처받은 사람들이 많고, 그런 사람들에게 두 분은 큰 의지가 된다는 말이에요."

민서는 태오에게 다시 고개를 숙여 보였다. 태오는 그제야 민서의 의도를 알 수 있을 것 같았다. 태오가 여기까지 흘러들어오게 된 사연을 듣고 나서, 그녀는 태오에게 돌아갈 이유와 용기를 주고 싶었던 것이리라. 태오는 그녀에게 마주 고개를 숙였다.

"감사합니다. 덕분에 빨리 서울로 돌아가고 싶어졌어요."

드러내놓고 말은 안 했지만 서로의 생각이 통한 탓일까. 태오와 민서는 서로를 보며 말없이 미소 지었다. 백 마디 말보다 더 많은 의미를 담은 미소였다. 그때 복도 저편에서 시설관리인이 휘적휘적 걸어왔다.

"젊은 양반, 이제 몸 좀 괜찮은가?"

태오의 눈치를 살피며 말하는 시설관리인. 속이 빤히 보이는 그의 말에 태오는 민서를 보며 한쪽 눈을 찡긋해 보이고 말했다.

"우선 여기 외벽 보수부터 끝내고요."

§

　미래세탁소의 물건들은 다 오래된 것이었다. 애초에 사무실을 차릴 때 찬신이 중고로 싸게 들인 물건들이었으니까. 태오가 들으면 놀라겠지만, 이런 물건들은 찬신의 스타일도 아니다. 원래 찬신이 좋아하는 건 극도로 깔끔하고 현대적인 미니멀리즘이나 북유럽 스타일이지 이런 낡고 지저분한 가구들이 아니었으니까. 실제로 리셋 전 찬신의 ABC트레이더스 사무실은 실리콘밸리 부럽지 않은 최신식 인테리어를 자랑했었다. 그럼에도 찬신이 이런 가구들로 사무실을 채웠던 건, 처음부터 이 일을 오래 할 생각이 아니었기 때문이었다.

　'5년이나 할 줄은 몰랐는데 말이지.'

　찬신은 미래세탁소 안을 둘러보며 쓸쓸하게 웃었다. 동수 씨의 권유로 시민단체 회원들을 도와주고자 임시로 만든 사무실이었다. 그 후에 입소문을 타고 회원이 아닌 의뢰인들이 많아졌지만. 하지만 이제 그것도 끝이다. 찬신은 이제 새로운 사업을 위한 준비를 본격적으로 시작하는 동시에 미래세탁소도 본격적으로 정리하기 시작했다. 오늘은 12월 30일. 태오에게 말했던 기한도 다 끝나가는 참이었다.

　"이거 많이 쳐드리기는 어렵겠는데요. 반은 그냥 폐기하셔야 할 것 같고. 저기 저런 건 저희도 가져갈 수가 없어요. 가져가도 산다는 사람이 없을 거거든.”

미래세탁소를 이리저리 둘러보며 사무용 가구들의 견적을 내던 중고 업자가 찬신에게 말했다. 그가 가져갈 수 없다며 가리킨 건 그동안 미래세탁소의 트레이드마크나 다름 없던 소파였다. 물건의 상징성을 떠나 등받이 부분이 다 해지고 엉덩이 쪽은 푹 꺼진 소파는 찬신이 봐도 되팔기 어려워 보였다.

“할 수 없죠. 가져가실 수 있는 것만 견적 내주세요.”

찬신이 별 불만 없이 고개를 끄덕이며 업자에게 말했다. 처음부터 큰 기대는 없었다. 그저 그냥 버리는 것도 돈이 드니까 그 비용이나마 줄여보려고 업자를 부른 것에 불과했다. 찬신의 말에 업자가 들고 온 수첩에 견적을 계산하고 있는데, 등 뒤에서 익숙하지만 오랜만에 듣는 목소리가 들려왔다.

“와, 이 소파가 얼마나 편한데 버린다고 그러세요. 이렇게 몸에 착착 붙는 소파 별로 없는데?”

능글맞은 그 목소리에 찬신은 놀라 뒤를 돌아봤다. 미래세탁소의 낡은 철문 앞에, 태오가 서 있었다.

“태오 씨!”

§

“태오 씨가 사라진 게 4월이었으니까, 거의 8개월 무단결근

258

이네요. 해고 처리해도 할 말 없는 것 알죠?"

태오는 짐짓 근엄한 목소리로 말하는 찬신에게 넙죽 허리를 굽히며 소리쳤다.

"죄송합니다!"

태오는 허리를 90도로 굽혀 사죄했다. 찬신은 그런 태오를 보며 진지한 목소리와는 달리 장난기 어린 표정을 하고 있었고, 태오도 허리를 굽힌 채 고개를 들고 슬며시 미소를 지어 보였다.

"일단 앉아봐요. 지금까지 대체 어디서 뭘 하고 다닌 거예요?"

찬신은 소파를 가리키며 태오에게 자리를 권했다. 태오는 기다렸다는 듯 등에 멘 커다란 배낭을 내려놓고는 소파에 털썩 주저앉았다.

"아이고, 좋다. 정말 이렇게 제 몸에 꼭 맞는 소파는 앉아본 적이 없어요. 소장님, 이 소파 그냥 저 주시면 안 돼요?"

태오는 묻는 말에는 대답하지 않고 흰소리만 늘어놓았다. 하지만 찬신은 그런 태오를 타박하거나 재촉하지 않고 그저 그의 말에 선선히 대답해줬다.

"태오 씨 가져요, 그럼."

찬신의 말에 태오는 아싸, 하고 기쁨의 소리를 내고는 은근슬쩍 찬신의 눈치를 살폈다. 사실 태오는 여기 돌아오면서 많

259

은 생각을 했다. 갑자기 사라졌던 걸 찬신에게 어떻게 사과할
지, 그동안의 일은 어떻게 설명할지, 그리고 지금부터 하려는
말은 어떻게 할지.

"그럼, 이 사무실도 그냥 통째로 저한테 넘겨주세요. 기왕이
면 미래세탁소 간판도."

"네? 그게 무슨……."

"당연히 공짜로 달라는 거 아닙니다. 제값 주고 인수할게요.
권리금 달라고는 안 하실 거죠?"

한쪽 눈을 찡긋하며 익살맞게 말하는 태오를 보며 찬신은
말문이 막혔다. 몇 달 만에 나타나서 한다는 소리가 사무실을
넘기라는 거라니. 찬신의 표정이 미묘해지자, 태오는 얼굴에
장난기를 지우고 진지한 목소리로 말했다.

"소장님, 그간 많이 걱정하셨죠? 정말 죄송합니다."

태오는 테이블 너머의 찬신에게 다시 한번 깊게 고개를 숙
였다. 그러곤 자신의 이야기를 하기 시작했다. 리셋 직전 빌딩
에서 몸을 던졌던 일, 청계천에서 사이비 종교인을 만나 죽을
것이란 말을 들었던 일, 그로 인해 패닉에 빠져 결국 도망치듯
미래세탁소를 떠나야 했던 일까지. 태오의 이야기를 묵묵히
들어주던 찬신은 그 대목에서 탄식을 내뱉었다.

"그런 일이 있었으면 얘길 해주시지……. 여기가 어딥니
까, 리셋으로 사라진 미래의 문제를 세탁하는 미래세탁소잖

아요."

"하하, 그러게 말이에요. 중이 제 머리 못 깎는다고, 정작 저 스스로는 그런 생각을 못 했지 뭐예요."

태오는 말을 이었다. 여기저기 지방을 떠돌다가 한 보육원에서 민서를 만난 일, 그리고 그녀와 이야기하며 가슴속의 두려움을 털어낼 수 있었던 일도.

"김민서 씨가 편안해 보인다니 다행이네요."

"오히려 이번엔 제가 도움을 많이 받았죠. 그리고요……."

민서를 만난 후, 태오는 곧바로 미래세탁소로 돌아오지 않았다. 대신 계속 전국을 돌아다녔다. 달라진 건, 민서를 만나기 전에는 목적 없이 그저 떠돌았을 뿐이지만 그녀와 헤어진 후에는 한 가지 목적을 위해 전국을 누볐다는 점이다.

"발길 닿는 대로 우리나라 이곳저곳을 돌아다니면서, 리셋으로 사라진 미래 때문에 고통받고 힘들어하는 사람들을 도왔어요. 최근 우리 사무실을 찾는 사람들은 적어졌지만, 그렇다고 해서 리셋의 피해자가 줄어든 건 아니더라고요."

태오의 말에 찬신은 고개를 끄덕였다. 확실히 미래세탁소를 찾는 의뢰인들은 줄어들었다. 하지만 그게 리셋으로 인한 상처가 사라졌다는 뜻은 아니었다. 그저 세월이 흐름에 따라 사람들이 포기하고 익숙해져갔을 뿐.

"이거 소장으로서 부끄럽네요. 8개월 무단결근이라고 한 건

취소할게요. 지방 출장 다녀오신 걸로 하죠."

찬신의 말에 태오는 예스! 하고 외치며 승리 포즈를 취했다. 찬신은 그런 태오를 새삼스러운 눈빛으로 바라봤다. 찬신도 알면서 애써 눈 돌리고 있었던 일이었다. 리셋은 전 지구적인 재앙이다. 사실상 리셋으로 인한 상처는 그든 삭는 세상 모든 사람이 가지고 있을 수밖에 없었다. 그렇다고 모든 사람의 상처를 치료해줄 수는 없는 노릇이니까, 찬신은 자신에게 찾아오는 사람만 도와주고자 했었다. 하지만 태오는 오히려 사람들을 찾아다니며 어려움을 해결한 것이다. 가을에 민서를 만났다고 했으니, 연말인 지금까지 적어도 몇 달간 고행이나 다름없는 길을 걷고 돌아온 것이다. 소장으로서 부끄럽다고 말할 만했다.

"미래세탁소를 넘기라고 한 건 그럼……."

태오는 찬신에게 다시 한번 진지한 얼굴로 부탁했다.

"네, 제가 미래세탁소를 물려받아 일을 해보고 싶습니다."

미래세탁소의 2대 소장이 탄생하는 순간이었다.

§

탕탕탕. 누군가 밖에서 미래세탁소의 철문을 두드렸다. 소리가 둔탁한 게 손이 아닌 발로 차는 것 같았다. 사무실에 앉아 있던 찬신과 태오는 소리에 놀라 서로를 쳐다봤다. 문을 두드리는 소리가 그다지 호의적이지 않게 들렸기 때문이었다.

"누구세…… 으악!"

문을 열어주던 태오는 밖에서 세게 밀치는 바람에 문에 이마를 찧고 몇 걸음 물러났다. 별이 번쩍였다.

"태오 씨!"

갑작스럽게 얻어맞았음에도 태오는 화를 낼 수 없었다. 문밖에 유림이 서 있었기 때문이었다. 양손에 뭔가를 가득 들고 있었는데, 아마 그것 때문에 문을 발로 두드린 모양이었다.

"유림 씨, 오랜만이에요."

"지금 태평하게 그런 소리가 나와요?"

서슬 퍼런 유림의 목소리에 태오는 어깨를 움츠렸다. 그러고 보니 유림이 화내는 건 처음 보는 것 같았다.

"아니 그게…… 죄송합니다."

태오는 뭐라 변명하려다가 결국 포기하고 고개 숙여 사과했다. 유림은 그런 태오를 노려보다가 양손에 든 짐을 내밀었다.

"됐으니까 이거나 좀 받아주세요. 아유, 무거워!"

태오는 그녀의 짐을 재빨리 받았다. 생각해보니 미래세탁소를 떠나던 날, 그녀가 말을 걸자 뛰쳐나갔었다. 그녀로서는 황당하기도 했을 것이고, 상처도 받았을 것이다. 그대로 몇 달간이나 사라졌었으니.

"……그런 일이 있었으면 말을 해주시지."

유림의 화는 오래가지 않았다. 태오가 그녀를 소파에 앉혀 놓고 죽을죄를 지었다며 지난날을 이야기하자, 곧 눈물을 뚝뚝 흘리며 태오를 위로하기 시작했다.

"아니에요. 그때 유림 씨가 너무 빛나고 대단해 보여서, 차마 제 미련한 마음을 말씀드릴 수가 없었어요."

"미련하긴요. 두려운 게 당연하죠. 저도 사실 오늘이 되니 조금은 무서운걸요."

오늘은 12월 31일. 리셋이 있었던 바로 그날이다. 그렇게 생각하니 이젠 완전히 두려움을 극복했다고 생각했던 태오도 손에 땀이 나는 게 느껴졌다.

"그나저나 제가 온 걸 어떻게 아셨어요? 저 어제저녁에 와서 아직 연락도 못 드렸는데."

"내가 연락했지요."

둘의 촌극을 뒤에서 지켜보고 있던 찬신이 슬며시 손을 들며 말했다. 그는 일부러 태오에게 말하지 않고 유림을 불렀다. 그래야 화난 유림에게 태오가 좀 당할 테니. 찬신은 사연이야 어쨌건 태오가 유림에게 제대로 사과해야 한다고 생각하고 있었다. 난데없이 태오가 떠난 후, 유림은 그가 사라진 게 자기 때문이 아닐지 자책해왔다는 걸 찬신은 잘 알고 있었으니까.

"셋이 같이 새해를 맞으면 좋을 것 같아서요. 유림 씨는 시간 되신대요."

이미 판을 다 깔아놓고 이야기하는 찬신의 말을 태오가 어찌 거부하겠는가.

"좋죠. 그런데 유림 씨, 이건 뭔가요?"

태오가 유림이 가져온 짐들을 가리키며 말했다. 커다란 짐꾸러미가 두 개였다. 하나는 마트에서 장을 봐 왔는지 주전부리와 맥주가 가득 담긴 장바구니였는데, 다른 쇼핑백엔 커다란 라디오가 들어 있었다.

"라디오는 커피하우스에 있던 건데, 소장님이 부탁하셔서 빌려 왔어요."

라디오는 카세트도 두 개 들어가는 커다란 스테레오라디오였다.

"오늘 제야의 종 치는 거 중계 같이 들으면 좋겠다 싶어서요. 우리 사무실에 TV가 없잖아요. 라디오로 대신 하려고요. 이건 좀 딜레이가 있으니까."

핸드폰을 흔들며 이야기하는 찬신의 설명에 태오는 고개를 끄덕였다. 유튜브 같은 데서도 중계하겠지만, 아무래도 온라인 중계는 딜레이가 있으니까 라디오가 제격이리라. 평소라면 1, 2초 정도 딜레이야 신경도 안 쓰겠지만, 오늘은 그 의미가 남달랐다.

"그럼, 좀 이르긴 하지만 한잔씩 할까요?"

찬신이 장바구니에서 맥주 한 캔을 꺼내 따면서 말했다. 그렇게 셋만의 송년회가 시작됐다.

§

"눈 온다!"

유림이 창문 밖을 가리키며 소리쳤다. 소파에 둘러앉아 맥주를 마시던 찬신과 태오도 창문 밖을 내다봤다. 바깥은 이미 어둑해져 있었는데, 그래서 오히려 눈이 가로등 불빛에 더 하얗게 빛나고 있었다. 함박눈이었다.

"그러게요. 타이밍 좋게 눈이 내리네."

오후부터 계속 마신 탓인지 얼굴이 벌게진 태오가 말했다.

"한 해의 마지막을 함께하는 눈이라, 좋네요. 이제 라디오 틀어볼까요?

태오의 말에 답한 찬신이 라디오를 찾았다. 이미 시간은 11시를 훌쩍 넘기고 있었다.

"두 분, 내일 뭐 하실 거예요?"

라디오에서 중계 방송이 흘러나오기 시작하자 유림이 물었다. 내일 뭐 할 거냐는 평범한 내용과는 다르게 약간은 긴장한 듯한 목소리였다. 그런 유림의 상태를 눈치챘는지 찬신은 짐짓 과장된 포즈를 취하며 대답했다.

"글쎄요, 약속은 없는데. 새해 첫날이니까 이대로 셋이서 일출이나 보러 갈까요?"

"오, 일출 좋지요! 그런데 어떻게 가요?"

태오가 끼어들었다.

"제 차로 가면 되죠."

"안 돼요. 소장님, 음주운전이잖아요!"

"아, 그럼 택시로 가죠."

"택시. 택시 좋네요."

마치 만담하는 것처럼 주고받는 두 사람을 보며 유림은 빙긋 웃었다. 오늘이 이 세상 마지막이라도, 이런 마지막이라면 나쁘지 않겠다는 생각이 들었다. 그리고 이왕이면 내일 셋이 꼭 일출을 봤으면 좋겠다고도 생각했다.

"아, 나온다. 나온다."

"쉿, 조용히!"

그때 태오가 라디오를 가리키며 말했다. 라디오에선 제야의 종 행사를 중계하는 아나운서의 목소리가 들렸다. 이제 2023년까지는 10여 초가 남았다. 유림은 새삼 몸이 떨리는 걸 느꼈다. 그때 누군가가 유림의 손을 꼭 잡았다. 태오였다. 그도 긴장해서 술이 깬 건지, 아니면 처음부터 술에 취하지 않았던 건지 또렷한 눈동자로 라디오를 바라보고 있었다. 태오의 손도 떨리고 있었다. 하지만 유림은 오히려 그 떨림에 자신의 마음이 안정되는 걸 느꼈다. 그렇게 셋이 침묵하는 가운데, 라디오 속 아나운서의 목소리가 숫자를 셌다. 3, 2, 1, 그리고 종이 울렸다.

　창문 밖에선 소담스러운 함박눈이 조용히 내리고 있었다.

마스크 없는 세상으로 돌아가고 싶다. 코로나19가 한창이던 어느 날 중얼거린 말이 이 이야기의 시작이었습니다.

팬데믹 이전의 시절로 돌아간다면, 그런데 나 혼자가 아니라 모든 사람이 함께 돌아간다면? 그래서 지난 몇 년간 있었던 일이 모두 다 없던 것으로 돼버린다면? 아, 그거 또 다른 재난이겠구나.

그런 생각이 꼬리를 물며, 시공회귀를 주제로 한 것치곤 조금은 독특한 이 이야기가 점점 형태를 갖췄습니다.

그렇게 완성된 『당신의 미래를 세탁해드립니다』는 과거로 돌아간 주인공이 자신만 알고 있는 미래에 대한 지식을 무기로 승승장구하는 그런 호쾌한 이야기는 아닙니다. 오히려 '리셋'이라는 전 세계를 덮친 거대한 재난 속에서도 삶을 찾아가는 사람들에 관한 이야기가 되었습니다.

맨 처음 이 글을 구상할 때 썼던 노트에는 이렇게 적혀 있습니다. '모든 것이 뒤집혀버린 세상에서 삶의 갈피를 잡으려는 사람들의 이야기.'

그래서 이 이야기에서 모든 문제를 해결할 수 있는 초인은 등장하지 않습니다. 지난 5년의 세월이 사라져버린, 지금까지 알고 있던 상식이 무너져버린 세상 속에서 등장인물들이 할 수 있는 일은 정말 미약할 뿐입니다. 하지만 그 미약한 행동 하나하나를 포기하지 않고 끝까지 해낸다면, 결국 다시 잃어버린 일상을 찾을 수 있을 것이라는 믿음으로 세상을 살아가는 사람들의 이야기를 쓰고 싶었습니다.

어쩌면 그런 등장인물들의 이야기를 통해, 전염병으로 가득한 세상을 어떻게 살아내야 할지에 대한 힌트를 얻고 싶었는지도 모르겠습니다. 백신을 만들 수도, 바이러스를 없애버릴 수도 없는 우리에게 주어진 일은 그저 언젠가는 이 재난이 끝날 것이라 믿으며 하루하루 포기하지 않고 지내는 것뿐이었으니까요. (다행히도 작가의 말을 쓰고 있는 지금은 엔데믹이 선언됐습니다.)

이야기가 끝나고, 등장인물들이 리셋 후 세상을 어떻게 살아갈지에 대한 단단한 확신을 얻었길 바랍니다. 그리고 저와 여기까지 글을 읽어주신 여러분도 등장인물들의 이야기에서 작은 위안을 얻었기를 바랍니다. 지금은 잠깐 앞날이 캄캄해 보이고 내일이 얼룩져 보여도, 당신의 미래는 언제나 깨끗이 세탁할 수 있다는 것을요.

단순한 아이디어가 한 권의 책으로 나오기까지 아낌없는 도움을 주신 교보문고와 북다 관계자 여러분께 깊은 감사의 인사를 드립니다. 또, 지치지 않도록 주변에서 끊임없는 응원을 보내준 가족과 친구들에게도 고마운 마음을 전합니다.
그리고 여기까지 이 글을 읽어주신 여러분께 가장 큰 감사의 인사를 드립니다.

당신의 미래를 세탁해드립니다

초판 1쇄 발행 2023년 11월 27일

지은이 정욱
펴낸이 안병현 김상훈
본부장 이승은 **총괄** 박동옥 **편집장** 박윤희
책임편집 정수향 김정은
마케팅 신대섭 배태욱 김수연 조윤선 **제작** 조화연
2차 저작권 관리 권정은

펴낸곳 주식회사 교보문고
등록 제406-2008-000090호(2008년 12월 5일)
주소 경기도 파주시 문발로 249
전화 대표전화 1544-1900 **주문** 02)3156-3665 **팩스** 0502)987-5725

ISBN 979-11-7061-050-2 (03810)
책값은 표지에 있습니다.

·이 책의 내용에 대한 재사용은 저작권자와 교보문고의 서면 동의를 받아야만 가능합니다.
·잘못된 책은 구입하신 곳에서 바꾸어 드립니다.
·'북다'는 기존 질서에 얽매임 없이 다양하게 변주된 책을 만드는 종합 출판 브랜드입니다.